琼 瑶
作 品 大 合 集

船

琼瑶 著

作家出版社

琼瑶，本名陈喆，作家、编剧、作词人、影视制作人。原籍湖南衡阳，1938年生于四川成都，1949年随父母由大陆赴台生活。16岁时以笔名心如发表小说《云影》，25岁时出版首部长篇小说《窗外》。多年来笔耕不辍，代表作包括《烟雨蒙蒙》《几度夕阳红》《彩云飞》《海鸥飞处》《心有千千结》《一帘幽梦》《在水一方》《我是一片云》《庭院深深》等。

多部作品先后改编成为电影及电视剧，琼瑶也因此步入影视产业。《六个梦》系列、《梅花三弄》系列、《还珠格格》系列等，影响至深，成为几代读者与观众共同的记忆。

琼瑶以流畅优美的文笔，编织了众多曲折动人的故事。其作品以对于梦的憧憬和爱的执着，与大众流行文化紧密结合，风靡半个多世纪，成为华文世界中极重要的文学经典。

我为爱而生，我为爱而写
文字里度过多少春夏秋冬
文字里留下多少青春浪漫
人世间虽然没有天长地久
故事里火花燃烧爱也依舊

馥禄

第一章

一九五三年，圣诞节。

夜晚的空气清清凉凉，细雨轻飘飘地、不着边际地洒着。

柏油路面被雨洗亮了，浮漾着灯光和人影。一幢天主教堂高耸的十字架上，垂下两串明明灭灭的彩色小灯泡，装饰而点缀了夜。另一幢西式洋房里，帕蒂·佩姬和多丽丝·黛正在唱盘上高歌，乐声泻出了门窗，夹杂着无数的欢笑和叫闹，把冷冷的夜唱活了。

纪远不慌不忙地从街道上踱了过去，咖啡色的皮夹克上映着水光，浓密而略显零乱的黑发湿漉漉的。带着几分闲散，他满不在乎地踩进地上汪着雨的水潭中，那泥泞的脚和它的主人一样，有着特有的洒脱和满不在乎的味道，用充满自信和优越感的步伐，稳定地走过大街，转进一条宽宽的巷子。

从口袋里取出一张字条，他寻找着字条上所写的门牌号码。终于，他停在两扇朱红大门的前面，望了望那占地颇广的围墙，和门上挂着的"杜寓"的牌子,他伸手按了门铃,靠在门柱上等待着。

门开了,一个装束得很整洁的下女好奇地打量着他,透过门内的走道和不大不小的花园,纪远可以看到里面灯烛辉煌的房子,和大厅前悬满彩色小灯泡的回廊。花园中显然也经过一番布置,一棵棵冬青树上全悬着小灯,连扶桑花的枝丫上,也拖着长长的彩条。屋内人影憧憧,笑声洋溢,随着人声笑语,大鼓、小鼓、大喇叭、小喇叭的乐声也涌了出来。纪远跨进大门,不自觉地感染了那份欢乐气息,而微笑了。

"先生,你找谁?"整洁的下女,用一副怀疑的神色问。

"杜嘉文,"纪远说,"在不在?他请我来参加晚会。"

"是的,从这边走。"下女指着走道和大厅,一面望着纪远泥泞的裤管和湿淋淋的衣服,奇怪着这是从什么地方跑来的客人,像来自荒野,周身都带着泥土味。

纪远抛开了小下女,大踏步地走过走道,跨上台阶,回廊上正有一对年轻男女在依偎谈心,都不由自主地把眼光调过来望着他。他径自走向大厅,推开了玻璃门,跺了跺脚,把鞋底在鞋垫上擦了擦,还没有跨进大厅,已经有个人直冲了过来,一把抱住纪远的肩头,欢呼地大嚷着说:"好呀!纪远,你总算来了!"

"够朋友了吧!嘉文?"纪远笑着说,"你别碰我,浑身都是泥。我刚从山上下来,回到家里,看到你留的条子,左一个'立刻',右一个'立刻',害我衣服都没换就跑来了!"他打量了一下大厅里面,打了蜡的地板光可鉴人,四壁悬着无数的小吊灯,沙发和椅子放在屋子的四周,中间空下来当作舞池,有十几对客人正分散在大厅的各处,他的出现显然引起了全体的注意。他望望自己,笑着说:"我这副样子怎么进来,不怕弄脏你的屋子?"

"什么时候你变得这么婆婆妈妈了?还不赶快进来!都是咱们同学,你认得的。"杜嘉文喊着说,不由分说地把纪远拉了进来。杜嘉文是个白皙而颀长的青年,看起来文质彬彬,和后者那微褐色的皮肤,粗犷而带点野性的神情正成了反比。他那身漂亮的铁灰色西服和深红色领结,更和纪远敞开的皮夹克,以及夹克里面套头的毛衣形成了鲜明的对比。纪远站在门内,微仰着头,依然带着他那满不在乎的微笑,环视着室内的人。

"嗨!纪远!你失踪三天,居然还魂了!"又一个瘦瘦长长的青年跑了过来,顺手把一杯饮料递给了纪远,"山上怎样,打到獐子没有?"

"打到许多新鲜空气!"纪远咧嘴一笑,露出一口整齐的白牙齿,使他那多棱角的脸显得柔和了许多,"这次运气不好,碰到下雨天,野兽全躲着不肯出来,追一只野猪追了一夜,也没打着。胡如苇,你真对打猎有兴趣,改天和我一起去怎么样?"

"好呀!你别说了不算数!上次你就说要和我一起去,结果还是偷偷地溜了。"胡如苇噘了噘嘴,那原来就显得孩子气的脸庞就更孩子气了,两道眉毛长得太近了一些,猛看过去成了个"一"字,有股天生的滑稽相。

"不是不和你去,是怕你猎不着野兽,等会儿被野兽猎走了,我对你父母交不了账!"

"什么话!"胡如苇大叫,"欺侮人嘛!"

又有几个相识的同学围了上来,男男女女都有,纪远被包围在核心，这个一句、那个一句地询问他打猎的情形。他握着杯子，不慌不忙地答复着，谈笑着。室内原有的热闹空气全转了方向，这个刚从山上下来的狩猎者成了所有客人注目的物件。一个少女排开人群，莽撞地冲了过来，像从地底冒出来一样，突然地停在纪远的面前。拉着杜嘉文的袖子，她大声地喊着说："哥哥，你不给我介绍！"

纪远有一秒钟的眩惑，面前的少女有种与生俱来的、令人心跳的力量。两道过分浓黑的眉毛底下，是对飞舞着的长睫毛和炯炯迫人的黑眼珠，一件黑色套头毛衣，紧裹着个成熟而挺拔的身子。红色的缎质圆裙上，缀着无数小银片，迎着灯光闪闪烁烁。一头野豹，应该是不太容易驯服的！纪远迎视着对方肆无忌惮的视线，不由自主地又微笑了起来。

"哦，真的，纪远，我该给你介绍一下。"杜嘉文笑着说，"这是我妹妹嘉龄，外号叫'小野猫'，会咬人会抓人，我劝你少惹她！"

"哥哥！"嘉龄警告地喊，"你当心！"

"我当心什么？"杜嘉文翻了翻眼睛，"我又不追求你，挨不上你的爪子。"

"你要不要试试看？"杜嘉龄挑起了眉毛，转身就向她哥哥扑去，杜嘉文一把拉住她，急急地说："别！别闹，嘉龄！给纪哥哥看着笑话！"

"纪哥哥？"嘉龄站住了，眼光又调回纪远的脸上，对他上上下下地打量着，仿佛一个画家在打量他的模特儿似的。然后点点头，对纪远一本正经地说："我不叫你纪哥哥，我叫你纪远，我从不叫别人什么哥哥,又别扭又肉麻,你也千万别喊我什么妹妹,否则,我浑身的汗毛都会立正,你可以叫我嘉龄。"

"好吧!嘉龄。"纪远微笑地弯弯腰,嘴边有一抹难以察觉的嘲弄意味。

"纪远,"嘉龄凝视着对方,眼睛中闪烁着好奇,"我早已知道你了,哥哥成天就谈你,你的打猎啦,外交手腕啦,吹牛啦,跳舞啦……好像你是个万能之神似的,我早就想看看你有些什么苗头了……"

"好了,纪远,"杜嘉文说,"你找上麻烦了,当心我这个妹妹出题目来难你,她的跳舞是有名的,而且,她有个好歌喉,你们等会儿可以表演一个男女对唱。现在,跟我来吧,我要介绍你认识一个人。"

说着,他拉住纪远,把他从人群中拉了出去。唱机上,不知是谁换上了一张《维也纳的森林》,于是,一部分的人又恢复了跳舞,室内重新喧嚣而活泼了起来。纪远出现所造成的短暂混乱又重归于平静。杜嘉龄迅速地卷进了舞池,和胡如苇翩翩起舞,圆裙子旋转得像只大彩蝶。

纪远跟着杜嘉文走向一扇落地窗的前面,在那儿,放着一棵高高的圣诞树,从树顶到下面都缀着小灯泡和星星、铃铛、小球等饰物,布置得华丽无比。树底下,堆满了一包包大小不等的圣诞礼物,有个长头发的少女正蹲在树下,在每包礼物上贴上标签。

"等一下我们有个交换圣诞礼物的节目,"杜嘉文说,"用抽签的方式,谁抽到几号的就拿几号。"

"糟糕，你可没向我说明要带圣诞礼物，我两手空空地来，怎么办？干脆我也不抽签了。"纪远说。

"我已经补了一包礼物进去。"地上的少女盈盈起立，轻轻地插进来说了一句。

纪远望着面前这个女性，用不着杜嘉文介绍，他也猜得出来她是谁。一件合身的黑色旗袍，修长而略嫌瘦弱的身子，披肩的长发，和那对若有所诉的眼睛。杜嘉文不止一百次把她的照片拿给他看，更不止一百次告诉他关于她的种种。

"嗨！"纪远不等介绍，就招呼着说，"我猜，你应该是唐小姐。"

"不错，"对方笑了，"你是纪远。"

"我是纪远，"他再点点头，"你是唐可欣。"

"这样比叫我唐小姐好得多。"她微笑地说，"你和我想象中的完全不同。"

"是吗？怎么不同？"

"你没有我想象中漂亮，却比我想象中更富有个性。嘉文总把你形容成一个四不像的人，一会儿是花花公子，一会儿又成了流浪汉，一会儿是武夫，一会儿又成了书生。"

"他本人就是这样。"杜嘉文在一边笑着说，"可欣，你别忙，等你认识他深一些的时候，你就会发现我说的一点儿也不错，他是个名副其实的怪人，不能用常理推测。"

"嘉文喜欢帮我吹牛，"纪远望着唐可欣说，后者带着笑的嘴角有一抹温存和亲切，那朦胧的眸子却是飘忽而难以捉摸的，"不过，你和我想象中的完全一样。"

"你想象中的我是怎样的?"

"和我所看到的一样美,一样好。"

那微笑消失了,朦胧飘忽的眸子转为清晰,这张脸忽然变得冷淡和疏远了起来。她点点头,用种世故而客套的语气说:"谢谢你的赞美。"然后,她转向杜嘉文,"我要去洗洗手,满手都是糨糊。有件事先和你打个招呼,湘怡要在十点钟以前回去,你最好到时候送她一下,她回去晚了又要看哥哥嫂嫂的脸色。"

"好,我知道,我让胡如苇送她回去。"

"胡如苇?"可欣笑笑,"胡如苇全心都在你妹妹身上。"

"嘉龄?不可能!她还是孩子呢!"

"十八岁了,还是孩子?"可欣嫣然一笑,转身走到后面去了。

杜嘉文目送可欣的影子消失,解释地说:"湘怡是可欣最要好的同学,就是坐在那边沙发里穿绿衣服的那个。本来,我们想把她介绍给胡如苇的。"望了望纪远,他重重地拍拍他的肩膀,"你觉得可欣如何?"

"好极了。"纪远顺口说着,搜索地望着舞池里旋转的那条红裙子,"你的眼光和运气都不坏,什么时候订婚?"

"寒假里,可能阴历年前后,预备大大地庆祝一下,你当然要来。"

"如果我不在山上的话。"

"那么冷的天你还要爬山,什么瘾?"

"冷天爬山才够味呢,想到合欢山赏雪去。"

杜嘉文注视着纪远,后者那宽阔的额角下,藏着一对令人永远看不透的眼睛,他漂亮吗?并不。但他浑身都具有强大的吸引力，不只吸引女孩子，也吸引男孩子，吸引任何和他接近的人，或者，是由于他有一股强韧的生命力，时时刻刻，你会觉得那生命力像喷泉般从他身体里涌出来。使人不知不觉地被他的干劲所左右。握着纪远的手臂，杜嘉文摇了摇头："我不了解你的生活方式，纪远。"

纪远微微一笑，把眼光从飞舞的红裙子上调到杜嘉文的脸上，他由衷地喜欢嘉文，喜欢他的憨厚和那种与生俱来的温文儒雅。如果说嘉文有什么缺点的话，那就是太漂亮了一些，漂亮得稍带着点脂粉味。但是，他待人的热情和坦率又弥补了这不算缺点的小缺点。在学校里，杜嘉文始终是教授们另眼相看的物件，也是女同学暗中倾慕的物件。纪远望着他那清秀的两道眉毛，和挺直的鼻子，暗中自思，如果他是个女孩子，可能也会爱上嘉文。唐可欣何其幸运，这样好的未婚夫，还有——他下意识地打量了一下室内布置——这么好的家世。

"每个人的生活方式，和他的背景有关，"他淡淡地说，伸手去触摸窗子上垂下来的一串银色的纸穗，"你和我的背景太不相同，你有个温暖的家庭，还有很正常的恋爱及稳定的生活。我呢？必须自己去找寻——"他停住了。

"找寻什么？"

"找寻什么？"纪远重复了一句，背脊靠在窗棂上，嘴角浮起一丝自嘲的笑，"找寻一些我自己也不知道是什么的东西——"他眯起眼睛，有一团轻雾从他眼睛中飘过去，"一些使我能够安宁下来的东西。"

杜嘉文再摇摇头："我还是不了解你。"

"你慢慢地会了解，"纪远说。音乐停了，一支新的舞曲正放了出来，"人就是这样，有的人一生都在找寻中，而不知道自己在找寻什么。"他笑了，注视着前面，脸色突然变得生动而明朗起来，"你妹妹来了，她年轻得像一朵迎春花，活跃得像一簇跳动的蓝色火苗——"目视着那卷过来的红裙子，他又低低地加了一句："如果燃烧起来，会是不可想象的。"

真的，那火苗已经蹿到了纪远和杜嘉文面前。毫无顾忌地，她一把就抓住了纪远的手，嚷着说："你不是跳舞专家吗？只管站在这儿干什么？来！希望你的舞跳得和你爬山的技术一样好！"转头对着她的哥哥，她又抛下了一句，"哥哥！你这主人怎么当的？冷落了湘怡，当心可欣怪你！"

说着，她已经把纪远拉入了舞池，这是个快节拍的"吉特巴"。纪远说："你不怕我身上脏？"

"脏！哈！"嘉龄喊，"没有男孩子是干净的！"

于是，一阵旋转跟着一阵旋转，舞池里飞动着闪烁的红裙子。音乐淹没了她，旋律支配了她，轻巧的步伐，灵活的身段，转，转，转！一舞既终，嘉龄大大地喘了一口气，瞪视着含笑而立的纪远："你！真有你的！"

"你也不错！"纪远说。把嘉龄带向沙发旁边。在那儿，嘉文正和一个梳着辫子的少女坐在一块儿攀谈。那少女有张苍白的脸，大眼睛怯生生地仰望着他，看起来却是楚楚动人的。

"我给你介绍一下，纪远。"嘉文说，"这是郑湘怡小姐，可欣同班同系的同学，师大史地系的高才生。"

"郑小姐。"纪远弯了一下腰，顺势坐了下来，看着辫梢的黑蝴蝶结，和那件陈旧的绿毛衣及绿裙子，交叠着的双脚，和一双后跟已泛白的平底黑皮鞋。"怎么不跳舞？"他笑着问。

"我——不大会跳。"湘怡低低地说，带着拘谨和不安。

"你应该学！"嘉龄插进来嚷着，不由分说地拉住湘怡的手，"来！让我教你！"

"不，不，别闹，好妹妹！"湘怡央求地说，"你看，那些男孩子在起哄，准是要你去唱歌，你去表演一个吧！"

真的，那些男孩子聚在一起，不知道在商量些什么。接着，胡如苇就被抓到人群中间，硬给扣上了一顶纸做的尖帽子，身上披了许多彩色纸条，拿着一根长长的拐杖糖，被推了出来。摇摇摆摆地，胡如苇晃了过来，在嘉龄面前一站，举着拐杖糖，蹙着他的一字眉，像个小丑般立定，又敬了个滑稽兮兮的礼，说："鄙人奉全体来客之要求，请我们今晚的公主——杜嘉龄小姐表演一曲独唱！"

说完，他又夸张地鞠了一躬，那顶活摇活动的帽子就掉了下来，他慌忙伸手接住，谁知帽顶上不知是谁放了一小纸杯的果汁，这一下，果汁倾倒，弄了胡如苇一头一脸。所有的来客都哗然大笑大叫了起来。杜嘉龄就在笑声和闹声之中，被簇拥到房间的正中。一时，掌声雷动，杜嘉龄笑吟吟地站着，略一沉思，就高歌了一曲英文的《亲爱的约翰》。唱完，大家都怪叫了起来，拍着手，大喊着："再来一个！"纪远斜倚在沙发上，望着那被群众所包围的少女，嘴边不由自主地又浮起了他惯有的微笑。

"她的歌喉真不错，是不是？"他身边有个女性的声音在问，他回过头去，唐可欣不知何时来到他的身边，正含笑望着他。

"嘉龄对功课没兴趣,"她继续说,"她应该去学声乐。"

"不错,她可以成为一个很好的女歌唱家。"纪远泛泛地应着。

嘉龄显然再不唱一个歌,是不能脱身了,但是,更显然,她也不想脱身。拍了拍手,她高声地说:"好了!好了!我再唱一支歌,这支歌是你们都没有听过的,题目叫《船》。"

纪远觉得身边的唐可欣震动了一下,他诧异地看过去,唐可欣正把手里的杯子放到小茶几上,一面站起身来走开。当她起身的一刹那,纪远注意到她微锁的眉头,同时,听到她低低的一句自语:"她不该唱这支歌。"

纪远不解地调回眼光,望着屋子中间的杜嘉龄。大家已经安静下来了,嘉龄微昂着头,清晰而婉转地唱了起来:

有一条小小的船,漂泊过东南西北,西北东南。

盛载了多少憧憬,多少梦幻。船儿美丽,梦儿旖旎,穿过海洋,渡过河川,来来往往无牵绊。

春去秋来,时光荏苒,憧憬已渺,梦儿已残,美丽的小船,不复昔日的光辉灿烂!

经过风暴,涉过险滩,盛满时光,载满苦难,何时才能卸下这沉沉重担?

经年累月,漂泊流连,白日苦短,夜来苦寒,何处是我避风的港湾?

我已疲倦,我已颠顶,憧憬已渺,梦儿已残,何处是我停泊的边岸?

> 我已疲倦，我已颠顶，何处是我停泊的边岸？
> 憧憬已渺，梦儿已残，何处是我避风的港湾？

歌声结束，余声缭绕。大家静了几秒钟，又爆发出一阵叫好。纪远看了看杜嘉文，他现在了解了唐可欣皱眉的原因，何等沉重的歌词！似乎不是这种场合所该唱的。杜嘉文笑了笑，说："歌词很美，是不？"

"太感伤了，谁写的？"

"不知道，"杜嘉文摇摇头，"谱是可欣配的。"

"真的？她不是学历史的吗？"纪远十分诧异。

"她父亲是个音乐家，已经去世好多年了。她对音乐的造诣很深。"

"哦。"纪远搜索地望着窗子旁边，那儿亭亭地立着一个人影。他有种朦胧的恍惚，突然间，觉得不再感染那欢乐的气息，而遗世独立起来。一种根藏在内心的寂寞，随着那喧嚣的乐声洋溢，迅速地充塞在屋中的每个角落里。他感到坐不住了，唱片在旋转着："看看我的新鞋！看看我的新鞋！"人群也在转动着，一对对的舞伴，手拉着手，跳成了一排："看看我的新鞋！看看我的新鞋！"他忽然地站了起来，对杜嘉文说："对不起，嘉文，我要先走一步。"

"怎么！"嘉文看看表，"还不到十点钟！"

"我必须走了，从山上下来，太累了，要洗个澡早些睡觉！"

"今天应该玩到一两点钟才对，圣诞节，你也该应个景嘛！"

"不了，嘉文。谢谢你，我已经玩得很开心了。我看我悄悄地溜吧,免得惊动你的客人。"

杜嘉文了解纪远说什么就什么的习惯,只得站了起来。纪远对郑湘怡点了个头,低低地说了声再见。悄悄地绕过人群,唐可欣追了过来。

"怎么?要走?"

"是的,"纪远点点头,"累了,回去睡觉。"

"那么,去抽一包礼物。"唐可欣说。

"我看不必了,我又没带礼物来。"

"已经准备了你的,你不抽就多一包,"杜嘉文说,"别辜负可欣的一番准备,今天这个晚会全是可欣布置的。"

"好吧,那么我就抽一包!"

纪远说着,跟着唐可欣和杜嘉文走到那棵圣诞树底下。唐可欣拿出一个盒子,里面是折叠好的签条,纪远抽到一个"五"号。唐可欣找出了那包礼物,小小巧巧的一包,杜嘉文说:"打开看看是什么?"

纪远拆开了包着的彩纸,里面,竟是一条小小的牛骨雕刻的小船!纪远本能地愣了愣,抬起头来,他看到唐可欣有些愕然的脸色,和杜嘉文惊异而高兴的神情。

"居然是一条小船!"杜嘉文笑着说,"它将载满了梦幻向你驶来!"

"我祝福你!"唐可欣低声地说,飘忽的眸子里漾着轻雾,眼光是深沉而奇异的,"你的憧憬不会缥缈,你的梦幻也不会残破!你该是个凭意志力克服一切困难的那种人!那么,"她微笑了,笑容像一滴融进水缸里的颜料,从她嘴角一直漾开到眉梢,"你有了一条最美丽的船，盛满了最美丽的梦，永远光辉灿烂。"

"谢谢你。"纪远说，微微地带着笑，注视着手里的船，"它找到了我，因为它知道我这儿是最好的港湾，而且，"他扬起眼睛来望着面前的一对未婚夫妇："我还是一个好舵手呢！"

转身走向了房门口，他对那厅中欢乐的人群再投以最后一眼，那红裙子还在人群中旋转，同时高声地发出一串串的轻笑。杜嘉文和唐可欣站在门口送他。他跨出大门，对他们挥了挥手。

"再见！"他喊着，"谢谢你们的一切！一个快乐的晚上，和一条美丽的小船！"

"再见！"杜嘉文也喊着，他的手挽着可欣的肩膀。

纪远大踏步地走了，雨，还在下着。走了一段，他下意识地回头看了一眼，杜嘉文和唐可欣还站在门口，两个人并立着，是一片模糊的影子。

他继续走下去，满不在乎地跨过泥泞和水潭。

第二章

夜深了，客散了，喧嚣和热闹都已成过去。偌大的客厅中，散了一地的彩纸和用过的纸杯，沙发垫子滑在地下，瓜子皮堆满了茶几，到处是零乱一片。圣诞树上缀着的小灯泡依旧在一明一灭，带着股慵慵懒懒的疲倦，闪烁着这空寂的房间。唱机停了，成打的唱片散乱地堆在地上，套子和唱片都分了家，东一张西一张地四散着。

唐可欣坐在唱机旁边的地板上，正试着把唱片套回套子里。嘉龄脱下了高跟鞋，倒提在手上，疲倦地打个哈欠，说："噢！我累得脚都抬不起来了，我要去睡觉了！"张开嘴，她又是一个哈欠，一面摇摇摆摆地向里面屋子走去。

"嘉龄！"嘉文不满地喊，"你玩过了就睡觉，好意思？也帮忙收拾一下嘛！"

"收拾什么？"嘉龄哈欠连天地说，"明天早上阿珠自然会收拾的，何必多费这个劲？花钱请下女是干什么来的？"说完，她再打一个哈欠，提着鞋子，跌跌冲冲地走进她自己的房间去了。

"嘉龄就是这样，"嘉文说，跪在可欣身边，帮她套着唱片的套子，"小姐架子十足！"

"让她去吧，她是真累了，跳了整整一个晚上，就没休息过一分钟！"可欣说，匆匆地把整理好的唱片叠在一起，"几点钟了？嘉文？我也该回去了，妈一个人在家里。"

嘉文握住了可欣的手，跪在地板上凝视着她。

"别管时间，可欣，整个晚上，你到现在才属于我。"托起了她的下巴，他望着她那白皙而姣好的脸庞，和那对永远模模糊糊，像浮沉在雾里似的眼睛，"人真奇怪，可欣，我们干什么找上这一群人来疯疯闹闹？弄得自己都没有相聚的时间。"

可欣笑了，对嘉文摇摇头。"你的性格就是这样，老毛病又犯了，你每次都在事先有劲得不得了，事后就心灰意懒的。大概人都有这种毛病。"她环视着零乱而空漠的房间，叹息地说，"好荒凉！尤其在刚刚那样狂欢之后。会使人有空虚之感，难怪你觉得冤枉。不过，嘉文，我们常常是这样的，不是吗？忙一阵，乱一阵，不知道换得了什么。无论如何，今天晚上还算很好，你的客人都很快乐，嘉龄也很快乐，这就是代价了，对不对？"

"有一个人并不快乐。"

"谁？"

"纪远。"

"纪远？"可欣沉思地歪了歪头，"你怎么知道他不快乐？"

"我看得出来。"

"说真的，嘉文，"可欣垂下眼睛，望着地上的一张唱片，

"我并不觉得纪远有什么了不起,相反地,我还觉得他太世故,太虚伪,刚见他的时候,受了你宣传的毒素,我可能对他太坦白了,没想到他……"

"你并没有认清他,别太早下定论!"嘉文打断了她,"他那个人,不是见一面所能了解的!"

可欣审视着嘉文。"怎么?"她笑着说,"你不高兴了?干吗把眉头皱起来?纪远在你心里的分量,恐怕比我还重呢!我不过只说了那么几句,你就……"

"别傻!"嘉文叫着说,一把拉过可欣来,用嘴堵住了她的,"不要再谈那些客人,现在这儿没有客人了,只有我们两个。"

"别闹了,嘉文,我真的该走了,你不送我回去?"可欣推开嘉文,想从地上站起来。

"等一下,现在还早。"嘉文揽住了可欣,紧紧地拉住她不放,寻找着她的嘴唇,"不要走,可欣,你走了这屋子更荒凉了。我生来最不能忍耐的就是寂寞,可欣。"他凝视她,"你不知道在这样的灯光下,你看起来有多美。"

"哦,嘉文,别闹了,真的别闹了,妈妈一个人在家里,我真该回去了。你父亲呢?"

"不知道,他说要把房子让给我们年轻的一辈……可欣,你对我已经没兴趣了,我知道……"

"胡扯八道!"

"那么,你干吗急着想回去?"

"你不觉得我们太自私了?嘉文?只追寻着我们自己的欢乐,把寂寞留给老一辈的人,我的母亲……你的父亲……哦,嘉文,我们实在有些不应该!"从地上跳了起来,她变得迫不及待了,"我说什么也得走了!"

嘉文拉住了她。"走以前,你还欠我一样东西!"他的胳膊圈住了她。她仰起头来,接触到他深情款款的眼睛。一阵内心的激荡,她感到那样地不能自持。他的眼睛似乎一直望进了她的内心深处,把她心中所有纤细的感情都搅动了起来。叹息了一声,她合上眼睛,低低地说着:"好吧!嘉文。"

他吻住了她。冗长的、缠绵的、细致的一吻。远处教堂的钟声在响着,报佳音的歌唱队从街头走过,偶尔有一两声汽车喇叭,大门似乎轻轻地响动……他们紧拥着,什么也听不见,什么也看不见,直到客厅门被人推开,可欣倏然地离开了嘉文的拥抱。回过头来,嘉文的父亲杜沂正含笑地站在门口。

"噢,杜伯伯!"可欣喃喃地说,为刚才那一幕涨红了脸。

"怎样?"杜沂跨进了房间,脱下他的大衣,搭在沙发背上,"玩得尽兴吗?"他注视着面前的两个孩子,欣赏着他们脸上所涌现的红潮。青春、欢乐、爱情,这是属于年轻的一代的。时间真是件残忍的东西,它会把一切你所留恋的给你带去,把你所畏惧的苍老、孤寂给你带来。但是,时间也是公平的,有今日的苍老,也曾有过昔日的年轻,不是吗?

"哦,好极了,爸爸。"嘉文愉快地说,"你没看到有多热闹。"

"我可以想象得出来。"杜沂望了望零乱的屋子,和那些纸做的帽子、彩条,微笑地说。一面又看了看可欣,"可欣,你母亲好吗?"

"很好。"

"代我问候她。"

可欣点点头。杜沂看着那张年轻的脸,那对雾蒙蒙的眼睛,那尖尖的小下巴,一阵恍惚和迷惘从他心头掠过去。微笑从他唇边消失了,疲倦忽然间笼罩住了他。点了点头,他没兴趣和孩子们继续谈下去了,他转向里屋走去,有些意兴索然地说:"好吧,嘉文,你要送送可欣。我先去休息了。"

"好的,爸爸。"嘉文顺从地应着。

"再见,杜伯伯!"是可欣软软脆脆的声音。

"再见!"杜沂的语气里充满了疲乏,拿着大衣,他从这间客厅退到他自己的卧室里。开亮了桌子上的台灯,蓝色灯罩下那青幽幽的光线柔和地散布开来。房间内纤尘不染,墨绿色的窗帘从屋顶垂到地下,弹簧床上的被单没有丝毫褶痕。他在书桌前的安乐椅中坐了下来,无意识地让椅子转了一圈,带着种难言的、厌倦的情绪,打量着这间屋子,太干净了,太整洁了!他向来是个有洁癖的人,但,现在他却厌恶这份整洁,那零乱的客厅里处处都是欢笑的痕迹,这儿,却只有干干净净的冷清。下午,当他避出去的时候,他多么希望孩子们说一句:"爸爸,你别走开,和我们一起玩玩!"

可是,孩子们没说。他知道,在年轻一辈的狂欢里,他如果停留在场,会多么尴尬而让他们拘束不安,他是个开明的父亲,他走开了,把屋子让给孩子们。但,冷冷的街道不是停留的地方,圣诞节也不是个访友的好日子,到处都有欢乐,欢乐中没有他。一度,他考虑去看另一个寂寞的人——可欣的母亲。想想看又有些多此一举,三十年前的事早已烟消云散,那只是生命中一个太小太小的插曲,而今,两家的孩子都已长成,且将联婚,往日的遗憾总算在下一辈身上获得了弥补,也就够了。如果他现在去拜访,反而会让雅真感到意外。那么,他到何处去呢?信步而行,一幢熟悉的大房子正灯烛辉煌,那儿有金钱可以买到的欢乐,也有轻易打发时间的好方法,他去了。灯红酒绿,舞影缤纷,那些舞女包围着他,她们知道他是××银行的经理,不知道他的年龄!他周旋在舞女之中,跳舞、醇酒、美人……容易打发的时间里堆满了打发不走的空虚!舞厅,在他的记忆里那样鲜血淋漓,上海时的一段沉醉,换来的是什么?那女人竟抛下孩子,和情人私奔而去。嘉龄?她身体里也有她母亲淫荡的血液吗?摇摇头,他站起身来,走到窗子旁边,拉开了窗帘,窗外的夜色朦朦胧胧,他燃起了一支烟。别再想了!那些往事!喷出一口烟,烟雾在玻璃窗上铺展,幻散。

"我未成名卿未嫁,卿须怜我我怜卿!"喃喃地,他无意识地念出了这两个句子,自己的声音却把他自己吓了一跳。怎么会想起这两句话的?多久了?三十年前?他曾把这两句话写在一张纸条上,夹在一本《花间集》里送给雅真。而今呢?她的女儿已快要嫁给自己的儿子了。世界上的事就是这样难以预料,难以捉摸。时间把一切美的、丑的、好的、坏的……都带走了,把料想不到的许多新的事物带来。杜沂、沈雅真,一段结束了的梦。杜嘉文、唐可欣,一段正编织着的梦!举起了烟蒂,他望着那点明灭的火光,如同手里举着的是一个酒杯,大声地说:"祝福他们!"他的声音在空寂的房子中意外地响亮,他吃了一惊,四面望望,寥落地苦笑了起来。

杜嘉文挽着唐可欣，缓缓地从街道上走过去。雨已经停了，月亮在云层中掩映。可欣抬头看了看天，有几颗星星透过云层，放射着微茫的光线。云，仍然很厚，但正在逐渐飘散中。

"明天会是个晴天。"可欣说。

"你有课吗？"嘉文问。

"明天？当然。"

"可惜，否则可以出去玩玩。"

"也没什么地方好玩，附近那些所谓名胜地区都玩腻了。除非——"她笑了。

"除非什么？"

"学纪远，打猎去！"

嘉文愣了愣，眼睛中顿时闪亮了，挽紧了唐可欣，他叫着说："可欣！好主意！我们可以组织个狩猎队，让纪远带我们去，说不定可以打回一个大野猪来呢！嘉龄要听到这计划，不跳起来才怪！"

"看你，说到风就是雨的！哪有那么简单？"

"真的，我们很可以计划一下，例如趁元旦放假的时候去，三天回来，不是很不错吗？只是——你们女孩子大概爬不动山。"

"算了吧！"可欣笑着说，"你也不见得比女孩子高明多少！"

"你这是什么话？"杜嘉文紧握了可欣一下，痛得可欣跳了起来，"让你知道我的力气，是不是和女孩子一样！"

"噢！"可欣透了口气，从路灯的光线下去望着嘉文，后者那年轻而漂亮的脸庞上焕发着光辉，乌黑的眸子闪烁着，薄薄的嘴唇像女孩子般温柔，嘴角微微向上翘，带着个充满稚气的笑。可欣就欣赏他那股偶发的孩子气,固执起来什么道理都不讲,要怎么就怎么,完全像个宠坏的孩子。她和嘉文是从小一块儿长大的,很小的时候,她就知道她必定会嫁给嘉文,她喜欢他。不过,她觉得自己对他的感情里,混合了一种母性的柔情,常不由自主地要去逗逗他,等他急了,又去哄他,惯他,宠他。就在这一刻,看到他嘴边所浮起那个顽皮的笑容,她胸中立即涌起了那份母性的柔情。笑了笑,她揉着自己被弄痛了的手臂,注视着他说:"嘉文,你母亲一定很漂亮,是不是?"

"怎么突然想到我母亲去了?"

"因为你很漂亮。"可欣坦率地说,"我常想,如果你有个亲妹妹,可能比嘉龄更漂亮。"

"嗨,可欣,这话可别给嘉龄听到,嘉龄并不知道她和我不是一个母亲生的。"

"我怎么会去讲这些!"可欣说。心底油然地浮起一层喜悦,她高兴嘉文待嘉龄的态度,很少有人对异母的兄弟姐妹不分彼此的,何况嘉龄的母亲还有那么一段不大名誉的故事!

夜很静,路很长,两个人的影子在地上忽前忽后地移动。只那么一会儿,就已经到了可欣的家门口。可欣的父亲原是×大学的教授,住的是公家的宿舍,父亲去世后,×大因为她们孤儿寡妇的,也就没有收回屋子。这是幢小小的日式房子,有个小得不能再小的院子,里面栽了些棕榈树和扶桑花。可欣取出了钥匙,开开了花园的大门,嘉文的手扶在围墙上,深幽幽的眼睛一瞬也不瞬地盯着她。她接触到他的眼光,一时间也忘了举步。好半天,他们就这样对视着。然后,还是可欣先开口:"回去吧,嘉文,那么晚了。"

"不,再等一下。"嘉文的手按在她的手背上,那带着固执的深情的眼睛一直望入了她的心底。"可欣!"他柔声地喊。

"嗯?"

"可欣!"

"做什么?"

"只是想叫叫你!"

"傻气!"她笑着,一转身向院子里走去。嘉文又拉住了她:"等一下!"

"干什么?"

"告诉我,你爱我多少?"

"你再不回去,天都要亮了!"

"干脆我到你家去,我们聊到天亮!"

"别傻!明天晚上又见面了,你干吗像生离死别一样?"

嘉文懊恼地用手抹了抹脸,把一绺头发拂到了额前,看来更增加了几分傻气,不过,傻得那么漂亮,那么可爱!

"我完了!"他叹息地说,"可欣,我越来越离不开你,怎么办?一分钟的离别都好像要杀了我一样!"

"好好的,嘉文,"可欣哄孩子似的说,"回去吧!真的要天亮了!"

"好,我走!"嘉文转过了身子,"反正你只想赶我走!"

"是的,要赶你走!"可欣笑着说,闪身走进院子里,立即砰地把门阖上,随着关门的声音,嘉文在外面大叫了一声:"哎哟!你的门夹了我的手!"

可欣迅速地打开了门,慌张地问:"夹了哪儿?"

"这儿!"嘉文用手指指胸口,一脸的嬉笑。可欣呸了一声,重新阖上了门,却没有立即离开,站在门内,她从门缝向外望着,一直看到嘉文怏怏然地走开了,她才转过身来,满足地叹了一口气,走进了玄关。

上了榻榻米,她蹑手蹑脚地向自己的屋子走去,这幢屋子一共三间,前面一间是客厅,后面两间分别是可欣和她母亲沈雅真的卧房。她才跨了几步,就听到母亲的声音在喊:"可欣!回来了?"

"噢,妈妈!你还没睡着?"可欣问着,一头钻进了母亲的房间,掀开帐子,坐在雅真的床沿上,"对不起,妈妈,我回来得这么晚!"

"刚才是谁来了?嘉文?"雅真问,在窗口透进的月光中,打量着已长成的女儿。

"是的,他送我回来的。"

"怎么不让他进来坐坐?"

"这么晚了!"可欣说,望着母亲,"妈,杜伯伯要我带口信问候你!"

"哦,"雅真愣了愣,杜沂?可欣爱人的父亲?问候?她有一阵轻微的精神恍惚,"他和你们一块儿玩的?"

"没有,他出去了,很晚才回来,他说要把地方让给我们。"可欣说着,慢慢地脱下丝袜,"我觉得杜伯伯是个最富有人情味的人!"

"他吗?"雅真下意识地应着,"不错。"

"妈妈，"可欣的手伸到了雅真的脖子上，她的头俯了下来，发丝碰到了她的脸，"妈妈，我和嘉文在寒假里订婚，怎么样？"

"哦！"雅真轻悠悠地吐出一口气，"当然很好，我等这一天已经等了好久了！"

"妈妈，你真好！"可欣俯下头来，把她凉凉的面颊贴在母亲的脸上，低低地说，"妈妈，我要告诉你一个秘密。"

"是什么？"

"我——好快乐，好快乐，好快乐！"可欣说，跳了起来，脸孔发热了，"再见！妈妈！我去睡觉了！"

"记得关窗子！"雅真叮嘱了一句，目送女儿的影子走出了房间，又望着那两扇纸门被拉拢，情不自已地吐出一口长气。可欣，她终于要嫁给嘉文了，那白皙而清秀的男孩子！杜沂的儿子！翻了一个身，她面向着床里，合上了眼睛。但，她知道自己是不会睡着的。多少年前了？杜沂，也是个漂亮的男孩子，穷苦落拓，寄住在她的家中。她总是要借故跑到前面厢房里去，没事也要绕上一两圈，他的眼睛傻傻地跟着她的身子转……她猛地张开了眼睛，怎么了？自己在想些什么？可欣，多好的一个女儿，她说过什么？

"我——好快乐！好快乐！好快乐！"

有些人曾经得到过快乐，有些人一生也没有。可欣！愿她永远拥有这份快乐！她眨动着眼帘，眼眶里没来由地涌上一股热浪。人，仿佛年纪越大，会变得越脆弱，越无用了。

隔着一扇纸门，她听到可欣在轻轻地哼着歌：

有一条小小的船，漂泊过东南西北，西北东南。
　　盛载了多少憧憬，多少梦幻，船儿美丽，梦儿旖旎，穿过海洋，渡过河川，来来往往无牵绊。
　　……

她猛地一震，不禁愣愣地发起呆来。

第三章

"纪大哥!醒一醒!"

"纪哥哥!醒一醒!"

"纪远!醒一醒!纪大哥!纪哥哥!纪远!"

纪远翻了一个身,嘴里喃喃地呓语了一句什么,把头更深地埋进枕头里。"纪大哥!纪哥哥!纪远!"耳边的呼声反复不停,他懊恼地再翻一个身。他正做着梦,梦中有一对祈求的大眼睛瞪着自己。"带我走!纪远!"她喃喃地喊,"带我走!"带她走?带她走?她的父母,她的家庭……烽火之中,兵荒马乱……带她走?她呢?她在何方?"纪大哥!纪哥哥!纪远!"耳边的呼声继续着,他模糊地诅咒,该死!天下最可恶的事就是吵别人睡觉!他的梦境变了,深山丛林之中,他在打猎,一只熊正在他几码远的前方,他握着枪,瞄准着目的物……一样软软的东西拂在他的鼻尖上,痒酥酥的。有人猛摇他的肩膀,枪瞄不准了,他霍地跳了起来,恼怒地喊:"见什么鬼!"

"纪大哥！是我呀！"他伸手抓住鼻尖上的东西，是一条小辫子，张开眼睛，他和一个八九岁的小女孩的脸孔面面相对了。摇摇头，他想摇走那份睡意，小女孩正眨着眼睛对他笑。

"纪大哥！有客人来看你！"

他真的醒了，从床上坐起来，满室阳光灿烂地闪烁，连小女孩亮晶晶的眼睛里都盛满了阳光，难得的好天气！他陡地精神一振，全身都振奋了起来。把小女孩的小辫子抛到她的脑后，他用手抱着膝，说："好！小辫子，你一早把我吵醒干什么？"

"有客人来看你！"小辫子笑容可掬，"阿妈要我来叫你！"

"客人？"纪远掀掀眉毛，撇了撇嘴，做出一副滑稽相。

"男的还是女的？"

"男的！"

"男客人吵醒我干什么？如果是女客还情有可原！"纪远笑着说。跨下了床，随手拉过床边椅子上的西裤和毛衣穿上，再披了件夹克，说："好吧！小辫子，去把客人请进来吧！"

"阿妈说，你房子乱七八糟，客人看到要笑的，叫你洗了脸到客厅去，她已经把你的客人请到客厅里了！"

"你祖母就是喜欢多事！"纪远皱皱眉头说，"我的屋子还脏？你看过比我的屋子更干净的屋子没有？"

小辫子转着灵活的大眼珠，对那间六席大的小屋子扫了一眼，榻榻米上散着报纸和外国画报，书桌上堆满了颜料、纸张、设计图、三角尺、圆规、仪器、大头针……以及各种她叫不出名字来的玩意儿，几乎无一丝空隙之地。床上更不用说了，棉被、衣服、被单全堆成一团。墙上还零乱地钉着几张飞鼠皮，是纪远打猎的成绩。小辫子抿着嘴笑笑，用手指刮了刮脸，说："纪大哥！羞羞！"

"羞羞！"纪远学着小辫子的神气抿着嘴说，小辫子哈哈大笑，纪远趁势把她举了起来，扛在肩膀上，大踏步地走出房门，小辫子怕摔，在纪远肩膀上又叫又笑。纪远才跨出房门，就一眼看到小辫子的祖母"阿婆"正站在那儿，带着满脸的不同意而又无可奈何的表情，瞪视着他。

"早，阿婆。"纪远站住了，带笑地点了个头，把肩膀上的小辫子放下来。

"总有一天摔断骨头！"阿婆用台语唠叨着，故意板起的脸庞上却掩饰不住对纪远的喜爱和关怀，"早上起来，穿那么一点点！你有客人来了，还不洗个脸去会客！"

"还要洗了脸才能会客呀！"纪远叹着气喊，看到阿婆那一脸严重分分的样子，只得耸了耸肩，一声不响地钻到后边厨房里去洗脸漱口。阿婆目送他高大的背影消失，不由自主地微笑了起来。摇摇头，她走进了纪远的房间，四面张望了一下，就更厉害地大摇其头。冲到床边，她立即抖开棉被，找出脏衣服和脏袜子，换枕头套，铺床叠被，忙得不亦乐乎。而厨房里，纪远正扯开喉咙在喊："小辫子！告诉你祖母，别动我的房间，等会儿把我的秩序弄乱了！"

小女孩倚在门槛上，笑嘻嘻地说："阿妈！纪大哥叫你别弄乱他的房间呢！"

"哦，哦，"老太太头也不回地整理着她的，嘴里叫着说，"还说我要'弄乱'他的房间呢！他这还叫房间呀！再三天不整理，连他的人都要被垃圾埋起来了！"抬起头，她对她的孙女命令地说，"去！给我提一大桶水来！"

小辫子遵命办理。纪远洗了脸，走到房门口来看了看，叹着气说："今天我的房间非遭殃不可了！"

"你还不去会客！"阿婆嚷着，把地下的书报杂志一股脑儿地收集在一起，纪远看得惊心动魄，嘀咕地说："小心，别碰坏我的设计图！"

"你放心好了，弄不坏的！"阿婆大声说，"让客人等你这么久，算有礼貌哦！"

纪远回过头来，对门口的小辫子做了个鬼脸，缩缩脖子，伸伸舌头，小辫子扑哧一声笑了出来。纪远转过身子，大踏步地走进客厅。客厅中，杜嘉文正靠在藤椅里看报纸，报纸摊在膝上，手指却轻轻敲着茶几，一副百无聊赖的样子。纪远高兴地喊："怎么？嘉文？是你？简直没料到！你一大清早来干吗？"

"我也没料到你会起得这么晚！"嘉文说，看了看表，"九点半了！"

"昨天画一张建筑图，画到深更半夜。"纪远说，"我的哲学是：工作的时候尽量工作，睡觉的时候尽量睡觉，玩的时候尽量玩！所以，只要倒在床上，不睡够是不会起来的，今天还算给你面子呢！怎么？有事吗？这样急冲冲地跑来！"

"有一件大事！"杜嘉文笑吟吟地说。

"什么？"

"我是衔命而来，请你帮忙安排一次打猎。"

"打猎？"纪远诧异地问，"谁要打猎？"

"我们。我、可欣、嘉龄、胡如苇,还有郑湘怡……反正,就是我们这一群。"

纪远凝视着嘉文,好半天,才说:"你们想不出别的玩意儿了,是吧?打猎,你们想怎么样打?是找个小土坡爬爬,打两只小麻雀就算了呢?还是真正到深山里去打野兽?"

"当然是深山里啦!"杜嘉文迫不及待地接了口,兴致勃勃地说,"你不知道,自从圣诞节晚上你来转了一趟之后,我们那些小姐就都迷上了打猎,尤其嘉龄,闹得个天翻地覆,成天嚷着要去打猎。我们计划趁元旦放两天假的便利,去山上大规模地打一次猎。"

"大规模?"纪远笑了笑,把阿婆给杜嘉文倒的一杯茶端起来就喝,"如何大规模法?骑着马,带着猎犬,像电影里拍摄的十八世纪中,欧洲贵族的打猎一样,再找一大群人把养好的鹿放出来,赶到你们的身边,让你们这些少爷小姐放上一两枪过过瘾。等小鹿倒地时,你那位唐小姐、郑小姐等还可以表演一两幕昏倒……"

"别说笑话!"杜嘉文不快地蹙蹙眉,"别人和你正正经经地商量,难道你以为只有你纪远才配打猎?你这人什么地方都好,就有这么点小毛病,经常要流露出一份优越感,仿佛别人都不如你!"

纪远笑了,走到窗子前面去靠着,太阳光透过了玻璃窗,在他的皮夹克上反射着亮光。他那弯弯的嘴角上,还确实带着抹充满优越感的笑。拿起了茶几上一个摆饰用的音乐匣,他上了上发条,听着清脆的乐声轻泻出来:《少女的祈祷》,祈祷些什么?

"好吧,如果你们真要去,我当然奉陪,而且尽量帮你们安排。我只是怕小姐们会吃不消,山上并不像想象中那样好走,有路的地方还好,没路的地方是相当要命的,假如上了一半的山就想撤退,那可没意思了。"

"你放心,可欣和嘉龄都不是那种娇娇弱弱的女孩子,唯一成问题的是湘怡,但是,据我想,也不会怎么样的。反正路是人走出来的,没路就开路吧!"

"说得容易!"纪远的笑意更深了,"你们准备爬什么山?"

"你说呢?最好不要太高的,而且是在台北附近的。"

"让我想想看。"纪远深思地望着手里的音乐匣,那是个小钢琴的模样,上面有一个芭蕾舞女的玩偶,可以跟着音乐起舞。"这样吧,"他抬起头来,"乌来附近有个波露山,大概一千多米,如果到了波露山还有兴趣往高里走,我们还可以再上一层,到卡保山去。"

"有野兽吗?"杜嘉文问。

"除了熊,什么都有。鹿、獐子、野猪、飞鼠、羌……那儿是群兽出没的地方,也是泰耶鲁族的狩猎区。不过,很难走,你确定小姐们吃得消?"

"我去问她们,吃得消再去,不能半途而废!我想没问题!"

"好吧!那你就赶快准备东西,假如预备三天时间的话,就要准备三天的食物,这样算起来,大概每人要背十五公斤以上的东西。"

"什么?"杜嘉文吓了一大跳,"还要背东西?"

"不背东西,到山上吃什么?睡什么?"

"要带些什么呢？"

"帐篷、睡袋、水壶、毛毯、米、面包、青菜、油、盐、酱油、味精、香肠、肉类、酒、洋火、针线……"

纪远一连串地报了下去，杜嘉文瞪大了眼睛，以为纪远在开玩笑。但，纪远一脸的正经，似乎又不像是开玩笑。终于，杜嘉文忍不住地打断了他："你在干什么？别弄错了，我们只是上山去打猎，又不是移民到那儿，也不是去开饭馆，怎么油盐酱醋都得带？还要什么针线？"

"你不懂，我才报了一个头呢！油盐酱醋不带，你上山吃什么？物质文明早已把我们的嘴巴训练得高贵了。针线更是必需品，假如荆棘或树枝把小姐们的裤子剐破了，你说怎么办？"

"缺德！你！"杜嘉文叫。

"不是缺德，这是很可能的事情，所以针线必须带着，有备无患。"

"好吧，好吧，还有什么？"

"还有嘛，"纪远说，"消炎药膏、胶布、绷带、感冒特效药、止痛药、止血药粉、八卦丹……"

"天哪，"杜嘉文叹了口气，"刚刚开饭馆，现在又要开医院了！"

"万一有人受伤了呢？"纪远说，"如果是我上山，我才不带这些呢，你弄上一群小姐，还是多准备点吧！最好你拿支笔记下来，免得等会儿忘记。"

杜嘉文真的掏出钢笔和记事册，纪远又报了下去："小刀、绳子、筷子、饭碗、罐头、开罐器，每人自己要带的毛衣、外套、毛线袜、梳洗用具,要穿长裤和力士鞋、手套……"

"喂,有完没有?"杜嘉文越听越可怕了。

"还没完呢!还有牛肉干、瓜子、花生、酸梅、口香糖、五香豆腐干、奶粉、咖啡……"

"这是干什么?"

"增加情趣呀!"纪远笑着说,"告诉你,嘉文,不玩则已,要玩一定要尽兴,你想,到了晚上,我们在水边扎上帐篷,帐篷前烧上一堆营火,煮上一壶咖啡,吃点瓜子、牛肉干,谈谈唱唱,这才够味嘛!"

"好吧!有你的!"嘉文说,"这总全了吧!"

"什么?主要的东西都没说呢!锅、壶、锅铲、汤匙、猎枪、子弹、口琴、电晶体收音机、香烟、电筒、蜡烛或风灯……"

"哦呀,我的天!"杜嘉文叫。

"怎么,害怕了?害怕就别去,要去就得带这么多,少一样都不行!"

"不,不是害怕!"杜嘉文急忙申辩,"只是这么多东西,怎么弄上山去呢?"

"背呀!"纪远说,"我去准备几个大背袋,一人背一个,猎枪、子弹、睡袋、帐篷这些我去借,其他的东西你去准备,吃的东西当然越多越好,爬山之后都是胃口大开的!衣服得多带,山上奇冷无比……"

"我看,"杜嘉文愁眉苦脸地说,"小姐们能把自己背上山就不错了,你再叫她们背东西,她们不连人带东西都滚到山沟里去才怪!"

纪远嘴角上那个嘲弄的微笑又浮了上来,靠在窗台上,他一面拨弄着手里的音乐匣,一面用一种近乎欣赏的眼光,望着杜嘉文那副伤脑筋的样子。

"还有一个办法,"他慢吞吞地说,"假如你们要玩得贵族化一点儿,自己不想背东西的话,我们可以花点钱,雇几个山胞背东西,他们还可以做我们的向导,帮我们开路!"

"对呀!"杜嘉文跳了起来,"可以雇山胞,这不就解决了!你不早说!那么,多带点东西也没关系了!好吧,我们就这样决定,元旦一清早出发,你去借你那一份,我准备我的。"

"就这样吧!"纪远点点头,"你还得借一辆车子,把人和东西带到乌来,才能雇山胞。"

"车子!"杜嘉文说,"那没问题!充其量去租一辆旅行车!"

"金钱万能!"纪远轻声说,微笑着把音乐匣放回茶几上。

"你说什么?"杜嘉文没听清楚。

"没什么,"纪远说,"你吃过早饭没有?没吃的话和我一起吃,我的伙食是包给房东老太太的,不过多你这一餐也没关系。"

"我吃过了,你去吃饭吧,我也要走了。你的房东老太太好像对你挺好的!"

"就有一点不好,"纪远笑着说,"常常要强迫地帮我整理房间。还有一点也不好,每次有女孩子来找我的时候,她就要在背后品头论足,讨论别人是不是个贤妻良母型,能不能娶来做太太。"

杜嘉文笑了,站起身来说:"好了,我就和你讲定了,元旦一早出发。我现在还要到湘怡那儿去一下,帮可欣送封信去。"

他走到玄关去穿鞋子，又站定了说，"喂，纪远，你觉得湘怡那个女孩子怎么样？"

"还不错嘛，白白净净的。干什么？"

"介绍给你呀！"

纪远大笑，说："算了吧，你还不如把妹妹介绍给我呢！"

"嘉龄？"杜嘉文惊奇地说，"你真喜欢她？"

纪远又笑了，拍拍杜嘉文的肩膀说："别开玩笑了，嘉文，难道你还不了解我？我从不对女孩子认真的。"

杜嘉文望着纪远，摇了摇头。

"你实在是个怪人，纪远。但是，我不相信你能永远不动心。"

"动心？"纪远耸了耸肩，"我想我是经常在动心的。"

"我所说的是真正的倾心，一种惊心动魄的恋爱，使你能放弃一切的那种恋爱……"

"像小说里常写的，一种置生死于不顾的那种恋爱！"纪远接下去说。

"对了！"

"或者，会有那么一天，"纪远似笑非笑地说，"但是，对象会是谁呢？"

对象会是谁呢？真的，这不是个简单的问题，杜嘉文望着纪远那张满不在乎的脸，暗中又摇了摇头。这个人！你永远无法解释也无法看透他，甚至你无法断定他是个多情的人抑或铁石心肠的人。"或者，会有那么一天！"不过，谁能征服这个人？

跨出了房门，他回过头来，对站在门口的纪远挥了挥手。

纪远挺立在那儿，高大的身形，像一尊坚固的铁塔。

杜嘉文开始向湘怡的家里走去。

这儿是××处的员工宿舍，一个低洼而潮湿的地区，用竹篱笆围成个大杂院，里面是幢零乱的日式建筑，挤着二三十户人家。走廊七弯八拐，每户人家用纸门隔着，孩子们常把纸门打穿，于是这家可以一眼看到另一家。湘怡每当有客人来看她的时候，总会觉得由衷的不安，让客人穿过泥泞的院子，又要在别人家门口七绕八绕地绕到她住的地方，每家的主妇和孩子们都好奇地盯着看，好不容易找到了她的居所，又得容忍她嫂嫂的盘诘和注视。因此，当杜嘉文告辞之后，她不由自主地长长地透了口气。

打开可欣给她的信，不过是问她怎么一天没上学，叮嘱她一定要参加他们的打猎大计划，任何理由都"不可以""不参加"。放下信，她不禁发起呆来。上大学已经被嫂嫂冷嘲热讽够了，又要去打猎，嫂嫂更不知道要怎么说呢！缩在那间四席半大的小房间里，坐在床沿上，她用手托着腮，愣愣地望着书桌上的一盏小台灯。

纸门哗地被拉开了，嫂嫂李氏抱着最小的侄儿小宝站在门口，对她上上下下地望着，她慌忙把托着腮的手放下来，坐正了身子，讪讪地笑笑，说："嫂嫂，有事吗？"

"没有事不能看看你，是吗？"李氏歪着头问，拍着孩子的背脊，"刚刚来看你的那个男孩子是你的同学吗？"

"不，那是台大的。"她喃喃地说。

"哦，台大，"李氏锐利地盯着她，"台大的学生都是有钱人家的，这个看起来也不错呀！上次圣诞节也是他送你回来的，你们很要好吧？"

湘怡猛地涨红了脸，急急地说："不是的，你别乱猜，他不是我的朋友，是我同学的男朋友！"

"哎哟，"李氏抿着嘴角，要笑不笑地说，"这又有什么可害羞的，男大当婚，女大当嫁，有了男朋友总是件喜事呀！你哥哥还为你瞎操什么心，我早就知道你是会自己找人家的，大学生嘛，男男女女在一起，又有什么时髦的舞会呀，旅行呀，这个那个的，还不是——"

"嫂嫂！"湘怡的脸更红了，"我跟你说那不是我的男朋友嘛，人家已经快订婚了！"

"他家里是做什么的？"李氏自顾自地问。

"谁知道。"湘怡懊恼地说。

"你连人家家里做什么的都不知道！亏你还和他交朋友呢！"

"我说了，他不是我的朋友嘛！"

"不是你的朋友，来看你干什么？圣诞节还巴巴地送你回家？湘怡，你什么事瞒得住我的？只可惜你哥哥为你白操了心！哼！"她拍着孩子，一面走开，一面唠叨，"人家喜欢的是小白脸嘛，谁肯顾及你做哥哥的人的面子！"

湘怡目送嫂嫂的身子消失，重重地叹了口气，把房门拉上，重新坐在床沿上。刚刚坐定，李氏的声音就又传了过来："那么快地关门干吗？谁会吃掉你？摆小姐架子给谁看呢？茶来伸手，饭来张口，别人就是生来的老妈子命！"

湘怡跳下了床，慌忙把纸门拉开，走到外间屋里，对敞着胸脯抱孩子吃奶的李氏笑着说："对不起，嫂嫂，我不是有意的，纸门关着比较暖和些而已。今天我没课，帮你去菜场买菜吧。"

"算了，算了，不敢劳动大小姐。"李氏说，斜睨着湘怡，又抿着嘴角笑，"难怪人家大学生要追呢，倒真是越长越漂亮了！"

"嫂嫂！"湘怡皱着眉叫。

"好吧，湘怡，我问你，"李氏说，"上次你哥哥请到家里来吃饭的张科长，你倒是中意呢还是不中意？"

湘怡大吃一惊，倏地抬起头来，什么？张科长？那个早已秃了顶，眼睛像猫头鹰一样的男人？难道哥哥嫂嫂竟想把她介绍给这样一个人？怎么会想得出来的？她瞪大了眼睛，望着李氏那张瘦瘦长长的脸，惊愕得一句话也说不出来。

"怎么？湘怡？你别以为他年纪大，不过只是三十出头而已，人长得老相一点，家里只有个五岁的小男孩，给人做填房也没什么要紧，现在都不讲究这些规矩，年纪大些有大些的好处……"

"嫂嫂！"湘怡恳求地喊，"谈这些不太早了吗？我还在读书。"

"读书？读了书干什么？还不是管家带孩子！人家是科长，又有点积蓄，你不会吃亏的，别贪着年轻的小白脸……"

"嫂嫂！"湘怡难堪得眼泪都要流出来了，"请不要谈这些好不好？"

"哼！不要谈！"李氏气冲冲地说，"看不上别人是吗？早就知道帮你操心是没用的！大学生嘛！生来就比别人尊贵！"站起身来，她把孩子往床上一放，提起了屋角的菜篮。

湘怡怯生生地说："我帮你去买吧！"

"不敢！谢谢大小姐！盆子里还泡着被单呢！我可没时间跟你耗着，还是我去买吧！你在家享小姐福！"

湘怡望着李氏走了出去，不禁又长长地叹了口气。把小侄儿抱起来,放在小推车里。她走进厨房,开始一声不响地去洗那床大被单。李氏永远是用这种态度和语气来"分派"她工作。被单在盆子里搅起了许许多多的肥皂泡,她凝视着那些肥皂泡,每个泡泡中都包着她的梦。她把头垂了下来,眼睛里蓄满了泪。

"人,不知道为什么而活着?"她喃喃地自语。为了那些梦吗?望着那一个个在破灭的肥皂泡,每个泡泡中出现了一张相同的脸,她咬住嘴唇,陷入深深的沉思里。

第四章

难得的好晴天,太阳烘热了每个人的身心。

纪远背着一个大背袋,和三个雇来的山地青年走在前面。

唐可欣、郑湘怡随后,杜嘉文、嘉龄兄妹再随后,胡如苇走在最后面。三位女孩子都没有背东西,杜嘉文和胡如苇则象征性地背了两个小背袋,里面只有一床睡袋和自己的衣物。一行九人,走成了一条直线,因为山路十分狭窄,不容两个人并行。

离开了信贤村,沿着一条崎岖的小径,他们进入了山林之中。路虽然很陡峻,但并不难走。曲曲折折,上坡下坡地绕了半天,始终没有碰到什么大的困难和险阻。嘉龄愉快地仰头看了看天,阳光闪耀得她睁不开眼睛。吐出一口长气,她说:"哥哥就会吓唬人,讲得多么危险和难走,也不过如此!"

纪远从前面回过头来,笑着说:"别讲得太早,我们还没有开始上山呢!"

"没开始上山?"湘怡惊异地说,"那我们现在在哪儿?

"在平地。"纪远说,"再走半小时,过了河才开始上山。"

"哦!"可欣哦了一声,望着纪远,后者只穿着件花格子的长袖衬衫,一条牛仔裤,脚下却是双笨重无比的爬山鞋。那又大又重的背包驮在他的背上,和他那身装束似乎调谐无比。

"我已经热起来了,"她说,脱下了一件毛衣,搭在手臂上,"是谁说要穿得多的?"

"没叫你们穿得多,只叫你们带得多。"纪远说,"爬山的时候会热,休息下来就会冷了。"

三个山地青年也都只穿着单衣,胸前的扣子敞开着,露出多毛而结实的胸脯。腰上都用绳子绑着一把大的铁刀,走起路来,刀面迎着太阳光闪亮。他们背着沉重的背包,每人还扛着把猎枪,但,步伐却快速而矫捷,充满了一种原始的野性。湘怡望望那明晃晃的铁刀,笑着对可欣低低地说:"你觉不觉得他们的铁刀怪可怕的?假如走到半路上,他们野性发了,回过头来给我们一人一刀怎么办?"

走在前面的纪远扑哧一声笑了出来,回过头,他低声说:"别把人家当野人看,管保不会把你们煮了吃掉。"

"他们的刀是干什么用的?"可欣问。

"开路呀!如果碰到藤葛和深草的时候就要派上用场了!还有,假如我们打到了野猪的话,还可以马上用刀宰了来吃!他们山地人最喜欢喝野猪血。"

"喝野猪血?"湘怡打了个冷战,"怎么个喝法?"

"用手捧了喝呀!"

"什么?别说了!可怕兮兮的!"湘怡缩着头说,好像喝野猪血的一幕已经在眼前了似的,纪远大笑了起来。

"喂喂!"走在后面的嘉龄嚷着说,"你们在谈什么?讲得那么有声有色的?也讲给我听听!哥哥,让我,我要走到前面去!"

"别闹,嘉龄,你挤什么嘛!"嘉文叫,差点儿被嘉龄挤得摔倒,嘉龄已经窜到前面去了。后面的胡如苇喊着说:"嘉龄!别跑到前面去,你们三个女孩子走在一块儿容易出毛病,没人保护你!"

"没人保护我?"嘉龄回过头来做了个鬼脸,"你就保护得了我呀?别让人笑掉大牙!你保护你背上的背包吧!"说着,她又越过了可欣和湘怡,一直走到纪远的身边,用手拉拉纪远的袖子,说:"你们在谈什么?"

"谈他们!"纪远用嘴对那三个山地人努了努,"谈他们的习惯。"

"他们有什么习惯?"

"烤人肉吃!"纪远开玩笑地说。

"哼!"嘉龄耸耸鼻子,"骗鬼!"

三个山地人对于身后那群来自文明世界的少爷小姐似乎也颇感兴趣,不时回头来张望一两眼。但是,对于因他们而引起的谈笑,他们却浑如未觉。只彼此愉快地用山地话交谈着,时时爆发出一阵笑声。纪远微笑不语,好一会儿,才对身边的唐可欣说:"你猜他们在谈什么?"

"谈什么?"可欣问。

"他们说,居然有我们这样的大傻瓜,花钱雇了人背东西到山上去打猎,就是猎到了什么野猪、獐子,价值恐怕还抵不了旅费和食品，何况还可能什么都猎不到。"

"哈，这才有趣呢！"可欣说，"大概他们对我们的好奇，和我们对他们的好奇也不相上下！"她看看纪远，"你懂山地话？"

"懂一点儿。"纪远说，笑得更有趣了，"他们在计划，赚了我们这笔钱之后，要结伴到台北去玩一趟呢！"

"不同的人生！"杜嘉文感叹着。

"不同的什么？"胡如苇没听清楚，大声地问。

"你别多管闲事吧！胡如苇！"嘉龄喊，突然大发现似的叫了起来，"胡如苇！我发现了，你的名字的发音和你的人一样，胡如苇，标准的糊涂鬼！"

大家都大笑了起来，胡如苇仍然没听清楚嘉龄在嚷些什么，听到大家笑成一团，他在后面伸长了脖子，傻里傻气地追问个不停："笑什么？说什么？说给我听听，让我也笑笑嘛！"

大家更加笑弯了腰，笑得前面三个山地人都驻足而视，奇怪着这些城里人是不是得了神经病。好不容易，笑停了，大家继续走着。山地人中的一个拉开喉咙唱起一支歌来，立即，另外两个也加入了合唱，调子单纯而悦耳，歌词倒有些像念经，不知其所云。

"乌希巴那哟——乌希巴那哟！多卡达播哦嗨扬！……"

"喂，纪远！"嘉龄喊，"他们在唱什么？"

"一支山地歌，"纪远说，"意思是要大家一起来跳舞！"他笑着倾听那些山地人愉快的歌声，顿时间，也感染了那份欢乐气息，张开了嘴，他也大声地加入了山地人的合唱："哦苏巴那拉安多卡——达播卡达播——尼那鲁嘛！"

山地人显然没料到这个平地人也会唱他们的歌，回过头来，他们拍着纪远的肩膀，唱得更有劲了。那一张张黑褐色的、多棱角的脸上，布满了单纯的热情。纪远卷在他们中间，又唱又叫，俨然是他们中的一分子。唐可欣放慢了脚步，走到嘉文的身边，低声地说："我知道你为什么特别欣赏纪远了！"

　　"为什么？"嘉文问。

　　"他是那种人，无论在什么场合里，都会在无意间变成主角的那种人。"

　　杜嘉文望着纪远的背影，真的，他就是那种人，你在他身边，你就得受他的影响。

　　路，逐渐地变得难走了，下了一个陡坡之后，忽然水声大作，而眼前陡地一亮。大家放眼看去，一座瀑布正倒挂下来，激流奔泻着，巨石在激流中嵯峨耸立，瀑布高而陡，水声如万马奔腾。在激流中的一块巨石上，有一根树木摇摇欲坠地架在上面。大家都站定了，嘉龄仰望着瀑布，高兴地喊："多美哦！这么高，这么伟大！乌来那个瀑布比起这个来真是小巫见大巫了！"

　　"红叶！"可欣大叫了起来，"看！满山都是红叶，我已经好几年没有看到红叶了！"她仰视着峭壁，那上面正有一株红叶斜伸出一枝来，嫣红的叶子映着雪白的瀑布，在太阳光下闪烁。"哦！"她赞叹着，"我不惜任何代价，去换这枝红叶！"

　　纪远深深地望了可欣一眼，后者眼中流露出的渴望和切盼使他心动，那枝红叶在她眼中仿佛是无价之宝。他衡量了一下峭壁的高度，要想采到这枝红叶是不可能的。退后了几步，他从肩上取下猎枪，瞄准了一根细弱的枝子，放了一枪。

立即，一枝红叶应声而下，冉冉地飘坠在岩石上。纪远走过去拾了起来，拿到可欣的面前，微笑地说："并不需要花太大的代价，不过是一颗子弹而已。"

可欣接过红叶，那是小小的一枝，一共只有五片叶子，却长得疏密有致，楚楚可人。她握紧了红叶，闪亮的眼睛里有着惊愕和欣喜，喃喃地说："无论如何，我谢谢你。"

杜嘉文看了看纪远。他惊奇于他的机智。那几个山地人却面面相觑，用猎枪打红叶，这是他们从来没有见到过的"打猎"。摇摇头，他们继续了行程。城里人！有的是无法解释的古怪行为，还是少管为妙。

"嗨！"胡如苇惊讶地大喊，"你们看！那几个山地人在干什么？"

大家看过去，那三个山地人正一个个小心翼翼地跨上了水面架着的树木，慢慢地走过去。到了对面的石块上，那石块都尖峭而滑不留足，他们却攀着石块，像猿猴一般从激流上跃过，也不知怎么就到了河的对面。纪远微笑着说："这有什么可大惊小怪的？他们在过桥，我们也要这样走过去。"

"什……什……什么？"胡如苇一急就会口吃，"这……这……这叫桥？"

"不叫桥叫什么？"纪远说，"这是行程中的第一站，过了桥我们才算是进入情况，开始爬山。来！走吧！谁先过去？"

"喂，纪远，"杜嘉文说，"我们出钱给山地人，要他们给我们带'路'的，他们怎么不找有路的地方走呢？这怎么可能过去？"

"路?"纪远笑了,"这就是'路'呀!上山,只有这一条路可走,假若连这个桥都过不去,还想打什么猎?"

"天哪,"湘怡注视着那根浮架着的横木,和横木下滔滔滚滚的流水,战栗地说,"说实话,我不相信我能走过去,如果掉到水里,一定会被激流冲走。"

"好吧,我打头阵,"纪远说,"你看,山胞已经来接应你们了。"

真的,三个山地人把背包卸了下来,放在地上,他们又走回头来接应后面的人。纪远走上石块,一只脚跨在横木上,伸手拉住身后的可欣,低声说:"把胆量放大一点,你如果走不过去,她们两个更走不过去了!"

可欣紧紧地扶住纪远的手,那只手强而有力,她感到微微一震,仿佛有无数生命的源泉正从他的手里注入自己的体内。他紧紧盯着她,眼睛里有着鼓励和坚定。她咬咬牙,踩上了横木,纪远的手扶着她,把她送上了木条,然后站着目送她走过去。她颤巍巍地移着步子,这不到两码的路程好像有几百哩一样漫长,好不容易,她碰到了对面山地人伸给她的手,同时,听到身后纪远轻松的声音:"你看,没什么吧,看起来危险,走起来还不是和平地差不多!"

她站到对面的岸上,双腿还不住地发着抖。回过头来,她看到嘉龄也被送上了横木,才走了两步,她就站在横木上哇哇大叫:"不行了!我一步都不能走了!这木头好像在我脚底下跳舞!"

"走过去!"纪远在喊,"再走两步就行了!只要两步!"

嘉龄咬着嘴唇,摇摇晃晃地向前面冲过去,她显然是横了心，抱着一不做二不休的精神，把生死置之度外了。走得惊险之至，简直像在横木上表演华尔兹，看得可欣心惊胆战，但她终于也走了过来。站到岸上之后，她瞪视着可欣，愣愣地说："我是怎么样过来的，可欣？"

"走过来的呀！"可欣说。

"真的吗？"她大大地高兴起来，昂着头，她说，"我告诉自己，我正表演走钢丝，有几千万个人看着呢，不能出丑，就走过来了！看样子真正走钢丝也不过如此呢！"

纪远握住了湘怡的手。

"轮到你了，"他说，带着个温暖而鼓励的笑，"眼睛望着木头，不要看水。"

但是，湘怡望着的却是水，那清澈而透明的水，可以一眼看到水底的石块。水流迅速地奔泻着，激起了无数的洄旋和白色的泡沫。那么多小水泡，挣扎着，破灭着……她想起家里的洗衣盆，许许多多的肥皂泡，每个泡泡里都有她的梦……站在那儿，她看呆了。

"怎么？"纪远说，"真不敢走？"

"哦，不。"她轻轻说，自己也不知道在说些什么。水花搅乱了她的思想，神思是朦胧而恍惚的。在一种半机械的情况下，她跨上了木头，迷迷糊糊地往前面走，有几只手接住了她，她落在石块上，又稳稳地站在岸上了。

"噢，湘怡，"可欣抓住她的手，摇撼着说，"你简直勇敢得超过我的想象！你走得那么稳，比我强多了，我心里怕得要命，只能用意志力克服恐惧，我一直认为意志力是可以克服一切的。

你怎么能走得那样好？"

"我？"湘怡苦笑了笑，神思依然有些迷糊，"我自己也不知道！"

"哎！糟糕！"嘉龄发出一声尖叫，"胡如苇摔下去了！"

随着嘉龄这声尖叫，是胡如苇的一声大喊，他大概是刚跨上木头就滑了下去，一只脚已经落入了水里，纪远抓住他肩膀上的衣服把他猛然一提，他又被拉了上去，用手撑住木头，他顺势坐在那条横木上，湿淋淋的脚挂在那儿淌着水。纪远望着他，透了口气："你在表演什么？别丢人了！三位小姐都走过去了，只有你出毛病，还不赶快站起来走过去呢！快一些！节省时间！"

胡如苇站了起来，摇摇晃晃地走过了那独木桥。嘉龄用手捧着肚子，笑得直不起腰来，指着胡如苇，她边笑边说："真精彩哦！糊涂鬼！纪远真不该拉你，变成了落汤鸡才好玩呢！亏你还想保护别人呢！"

胡如苇恨得咬牙瞪眼，拉了拉肩膀上的背包，他点点头说："别得意，等你摔了跤，看我来拍手！"

"你以为我也像你一样没用呀！"嘉龄叫，笑得更加开心了。

大家都走了过来，三个山胞又背上了他们的背袋。纪远站在人群中间，重重地拍了两下手，说："注意了！现在开始，路不会很好走了，大家都小心一点，不出问题就没什么，真要出了问题可就麻烦了，别乘兴而来，败兴而返。现在，三个山地人分开，一个走前面带路，一个在你们中间照顾你们，还有一个殿后保护。"

有个山地人拿了一根草绳，朝着嘉龄走了过去，用草绳比画着，嘴里咿咿啊啊的，嘉龄一迭连地退后，一面大叫大嚷："纪远！你看这山地人要来绑我！"

纪远走过来，笑了。"他要你把这绳子绑在鞋子上，这样可以增加摩擦力，爬山的时候不至于滑倒，山路如果潮湿的话，会很滑的。我看你们三位小姐，每人都绑一绑吧！"

三位女性都把脚上绑了绳子，山地人又用刀子分别削了三根木棍递给她们。湘怡低声地说："我现在觉得这些山地人不那么可怕了，好像比平地人还懂礼貌些！"

纪远又微笑了。收拾停当，大家走成了一排，开始上路，纪远和一个山地人走在前面，后面的人紧跟而上。纪远大声地用山地话喊："朗尼路加！"

"路加路加！"山地人热烈地应着。

"你在说什么？"杜嘉文问。

"朗尼是朋友，路加是加油！"纪远解释地说，大踏步地向前跨去。路，确实比以前陡得多了，而且是沿着山的边缘向上走，一面是山壁，一面就是深谷。路宽不到两尺，而杂草丛生，大家才走几步，都已挥汗如雨。

"噢！太热了！"可欣叹着。

"把你手里的毛衣塞到我背袋里去。"纪远说，站定了让她把衣服放进去。同时看了她手里的红叶一眼，"那枝红叶可以丢掉，事实上，山上还多得很，随手都可以采到的。"

"那么，你为什么要放枪打这一枝下来？"可欣问。

"因为你那时渴望得到它——不惜任何代价地想得到它。"

"所以，我现在也不会把它丢掉，虽然遍山都有，但不会是我这一枝,对吗?"可欣微笑地说,黑黑的眸子深沉而慧黠。

纪远看了她一眼,没说什么,继续大踏步向上走。嘉文轻轻地拉了拉可欣的衣服,低声地问:"开心吗,可欣?这旅行是不是蛮够味的?"

"确实不错,"可欣说,"我觉得一切都新奇,好像我已经脱胎换骨,变成了另一个人!"

"你可别变成另外一个人,"嘉文笑着说,"你变成了另外一个人,我怎么办?"

"什么你怎么办?"可欣不解地问。

"我娶谁做太太?"嘉文说。

"呸!胡扯些什么!"

嘉文笑了。

"小心!栈道!"纪远在前面喊。

"什么叫栈道?"杜嘉文问。

"这就是!"纪远指着路说,先走了过去。大家看着,路已经断了,架在深谷上面的,是一条条的木头,用铁丝绑了起来,像一个横倒的工作梯,而每两根木条中间,都是空的,底下杂草蔓生,不知谷深几许。杜嘉文说:"要从这上面走过去吗?"

"不走过去怎么办?"纪远说,"走稳一点,当心滑倒,而且,注意朽木,可能折断!"

大家鱼贯着,战战兢兢地走过了栈道,湘怡叹口气说:"如果摔下去怎么办?"

"很简单,"纪远说,"爬起来再走!"

大家继续走了下去。后面的山胞发出一声"哟嗬!"的大叫,接着,就拉开喉咙又唱起那支艰涩难懂的山歌来,前面的山胞立即回应,纪远也加入了合唱。嘉龄听他们唱得那么开心,不禁喉咙发痒,跃跃欲试。拍了拍手,她叫着说:"但愿我也会唱!"接着,她就不管三七二十一,拉开喉咙,也跟着他们乱喊乱嚷了起来:"乌希巴那哟——乌希巴那哟!多卡达播哦嗨扬!"

第五章

山路是越走越艰难了，坡度随着山高而变得陡峻，杂草蔓生下的小径几乎不可辨识，垂下的藤葛经常蛇般地缠住人的脚，而深埋在草丛里的栈道更如同陷阱，使人必须步步留心，以免失脚落入栈道下的深谷之中。山胞们已抽出了腰刀，不住地砍伐着杂草和藤葛，太阳光在闪亮的刀背上反射着。歌声忽断忽续，每当歌声停止，走在后面的人就知道前面必定有了新的险阻。时间已过了中午，太阳依旧闪耀而明亮，所有的人都已挥汗如雨，只有山胞们轻松如故，阳光在他们裸露着的、红褐色的胸膛上发着光，带着分原始的、野性的气息，仿佛他们和山、岩石、丛林、深谷……都结成了一体。纪远站住了，回过头来说："前面有一条很长的栈道，我看我们先休息一下，吃了午餐再继续走吧！"

这并非一个很好的休息的地方，他们停在山腰中，一边的山壁上布满了原始林木，高不可测，一边的绿色深谷更触目惊心。纪远四面张望了一下，发现不远处有一块凸出的大岩石，岩石下形成了个凹洞,看来整洁清爽,就笑着指了指说:"到那儿去吧!那是最豪华的大餐厅!"

大家越过了几块岩石,来到那块平坦的山凹里面,顶上凸出的石块遮去了阳光,一株横倒的枯木成了天然的座椅,洞内阴凉、干燥而舒适,地上还铺满了枯黄的、松脆的落叶。杜嘉文深吸了口气,解下背包,席地而坐,赞叹地说:"简直是圆山大饭店嘛!"

"如果没有带帐篷,"纪远解释地说,"山中的这种地方就是最好的旅舍!"

唐可欣站在洞口,痴痴地眺望着一望无垠的山谷,和山谷对面的山头。绿,把一切都遮盖了,密密层层的绿,重重叠叠的绿,深深浅浅的绿,明明暗暗的绿……绿得人喘不过气来。而在那成千成万种的绿色之中,还点缀着几株嫣红,几点黄褐,以及岩石的苍灰,和对面山崖上挂下的一条瀑布,闪耀着光莹的洁白。顺着对面的山崖向上看,山岭上缀着轻云,天空是一张蔚蓝的网,网着云,网着山,网着树丛和衰草,她长长地吐出一口气,喃喃自语地念着秦观的句子:"山抹微云,天连衰草……"

有人走过来,站到她身边,她直觉地认为是嘉文。没有收回目光,她仍然眺望着前面,轻声地说:"我从不知道绿有这么多种,更不知道山中并不单纯是绿色,还有各种其他的颜色,数不清有多少种。"她俯视着山谷中的树木,摇摇头,对自己静静地微笑,"绿得那么美,这整个的山,像一条绿色的小船。"

她觉得身边的人悚动了一下,接着一个沉着的声音稳重而安宁地响了起来:"你常常把许多东西,都比作船的吗?"

她微微地吃了一惊，调回眼光来，才发现身边站着的是纪远而非嘉文。他站在一块较高的土坡上，额角碰着了一株大树垂下的枝叶，挺拔的身子和宽宽的肩膀，看起来仿佛是顶天立地的。树叶和枝丫在他脸上投下了许多暗影，那对发亮的眼睛在她脸上游移，带着股对什么都不在意，而又像是对什么都在意的神色。

"哦，"她淡淡地说，"我想并没有。不过，船在我的印象里，是一件很美的东西。"

"是吗？"纪远问，望着那起伏凹凸的山谷，他无法把这绿色的山谷和船联想在一起，"但是，船是动的，这山是静的。"

"不错。"可欣微笑了，"我常凭直觉去比喻，而不经过深思。我认为它像一条船，只因为它载着我们。我总觉得自己是在船上，一种朦胧的、模糊的、难以解释的感觉。"

"这证明你对未来缺乏信心。"纪远说，他手里拿着两个罗宋面包，分了一个给可欣，他把另一个塞进嘴中，大口大口地吃着，看他那副吃相，似乎足可以吞下一只大象。

"信心？怎么讲？"可欣不解地蹙蹙眉。

"你在潜意识里，一定觉得不安定，没有安全感，对未来感到茫然、困惑……换言之，你认为自己在一个航行中，而不知目的地在何方。"

"是吗？"可欣锁起了眉，深思地望着前方，一面慢吞吞地把面包撕碎了放进嘴里，"你认为是这样的？我不知道，我从没有分析过自己为什么这样想，不过，我想你不见得对！"

她笑了，把一对充满了信心的眼光从山谷中收回来，生动而愉快地望着他。"你错了，纪远，我对未来是很有信心的！不只信心,还有憧憬、希望和理想!"

纪远深深地看了她一眼,点点头,像鼓励一个孩子似的笑笑,说:"好的,但愿如此!"转过头,他向洞中走去,又回头加了一句,"别把我说的话放在心上,我常是想到什么就说什么!你可别介意!"

"介意?我怎么会!"可欣说,用牙齿轻咬着罗宋面包的尖端,却瞪视着山崖上的一株红叶发愣。有好一会儿,她的思想是停驻的,脑子里似乎是空空茫茫的一片,自己也不知道在出什么神。她一定愣了好半天,直到嘉文推了她一把,送过一个沙丁鱼的罐头,她才惊觉过来。

嘉文笑着说:"想什么?"

"什么都没想!"她说,不知所以地有些讪讪然。回转身子,她发现山洞里正热闹万分,胡如苇扯开了他的破锣嗓子,尖着喉咙在唱《苏三起解》,纪远斜靠在山壁上,正悠然地、轻松地开着罐头。嘉龄斜睨着胡如苇的做功和台步,笑弯了腰。三个山地人则狼吞虎咽,大吃大嚼,湘怡坐在枯木上,秀秀气气地吃着面包,一面若有所思地微笑着。可欣拂了一下随风飘飞的长发,走进了山凹,坐在湘怡的身边。湘怡不经心似的看了她一眼,问:"你在外面看什么?"

"欣赏风景!"可欣说,"一切都美极了!"

"是吗?"湘怡问,站了起来,"我也看看去!"

她走到洞口,四面眺望了一下,绿色的山峦起伏着,树木和杂草在风中摇曳,一层层滚动得如同绿色的波浪。杜嘉文靠在一株树木上,修长的身子迎风而立,和树木同样地有种超拔挺秀的气质。他正凝视着对面山崖上的瀑布，白皙而清秀的脸庞映在太阳光里。湘怡走过去，他脚边的草丛里有一束蓝色的小花，她弯腰去摘下来，刚刚站直身子，就听到嘉文轻声地说："你猜我现在想做什么？我想吻你。"

"什么？"湘怡吃了一惊。

"噢！"嘉文收回视线，也吃了一惊，顿时涨红了脸，尴尬得无以自处，讷讷地说："对，对不起，我以为是——可欣。"

湘怡看着他，因为他的脸红而也脸红了。她想找几句话来解除嘉文的窘迫，仓促中又找不出话来，就愣在那儿。嘉文看她红着脸站在那儿不说话，就更感到不好意思，也更说不出话来。一时间，两人都涨红了脸，默然对立，直到嘉龄冲出来，诧异地喊："咦！你们两人在干什么？"

湘怡猛悟了过来，脸更像火烧一般地通红了，转过身子，她逃避什么似的跑进了山凹里，心脏不规律地猛跳着。可欣奇怪地说："怎么了？"

"还说呢，"湘怡低声地说，"都是你那位未婚夫嘛！"

可欣皱皱眉头，掉过头去看了看站在外面的嘉文。嘉文那一副满不对劲的样子更引起了她心中的狐疑，再看看满脸通红的湘怡，在人群中也不便细问。湘怡也不再说什么，只低着头去给面包抹上果酱，那一脸的红潮，好久都没有退掉。

"好了，大家注意！"纪远站在人群里拍了拍手，"背好东西，我们要准备上路了，今天黄昏的时候可以到卡保山，扎了营吃晚饭，夜里去打猎！"

"为什么要夜里？"嘉龄问。

"夜里野兽比较容易出来！"纪远说，背上了东西，"不过，你们女孩子别去了，留在帐篷里睡觉吧！等我们猎着了野兽来叫你们！"

"为什么？"嘉龄的下巴朝天挺了挺，"我就要去！别以为女孩子就不能打猎！"

"好吧，"纪远嘲弄似的笑了笑，"随你！"

大家整理好东西，又都纷纷地准备上路。离开了那个舒适而豪华的山凹，回到了杂草丛生的小径上。纪远和一个山胞依然走在前面，紧跟着就是嘉龄和可欣。大家仍旧走成一条直线，鱼贯着向前进行。

在栈道的前面，纪远停了下来，眼前的栈道长而险，一条条的横木看来单薄而细弱，几乎令人无法相信它能禁得起一个人的体重。木条下面，山崖下斜伸出的杂草像一条绿色的绒毡。从草的空隙处向下看，一片黑黝黝的，深不可测。纪远回过头去，大声地说："一个一个地走，千万别两人踏在一根木条上，当心折断。尽量踩稳步子，不要抓崖壁上的草，那些草不足以信任！只有自己是最可靠的！"

说完，他领先跨了过去，那些木条在他脚下挣扎呻吟，整个栈道都颤动起来，发出咯吱咯吱的响声，仿佛随时都可能折断。一个山胞跟了过去，嘉龄和可欣硬着头皮，也跨上栈道。湘怡喃喃地说："走这种路是要短命的！"

"要不要我扶你？"杜嘉文回头来问，衷心地想找个机会，弥补一下刚刚对湘怡无心的冒犯。

"不用了，你走稳一点吧，摔一个还不要紧，两个都摔下去就更冤枉了！"湘怡说，"反正，我的命是没有关系的！"

"为什么你的命是没关系的？"杜嘉文问，"别轻视生命！每一条生命，冥冥中都有神灵安排好了的！"

"是吗？"湘怡幽幽地说，"只怕神灵太忙了，没时间去安排每一条！假如冥冥中真有神灵的话，被疏忽的生命，还不知道有多少呢！"

杜嘉文蹙蹙眉，看了看湘怡，是吗？这话似乎也有它的道理。湘怡的面孔苍白细致，那裹在衬衫长裤中的身子，看来是瘦弱可怜的。他脑中浮起了她家庭的情况，一个弱小的女孩，依靠着兄嫂为生，何况，那个嫂嫂必定是很难缠的！"被疏忽的生命！"看样子，神灵就没有好好地安排眼前这条生命。他不由自主地叹息了，心中涌上一股恻然的怜惜的情绪。他的叹息使湘怡震动了一下，她抬起眼睛来，目光悄悄地从他脸上掠过。叹息，为了谁？她吗？她摇摇头，自嘲似的微笑了。

走过了这条长长的栈道，眼前的路突然变得平坦了，在泥土中，还修筑了一条条的木头。在这荒山里，出现这样"文明"的修建，真让人惊叹！纪远说："这可以和中山北路媲美吧？这种嵌着木条的路，山地人称为木马道，是预防崩陷的。"

嘉龄的精神又来了，开始引吭高歌起来，唱的是一百零一首世界名曲中的《风铃草》。满山的草木摇摇，风声瑟瑟，嘉龄的歌喉愉快嘹亮，把草木都唱活了。野花在山崖上点着头，小草在微风里摆动腰肢，仿佛都在纷纷响应着嘉龄的歌声。嘉龄跳跃着向前走，唱得更加高兴了。路边，一株红叶伸出了枝丫，红艳艳的叶片映着阳光，在风中动人地摇摆。可欣又惊呼了起来："红叶!像醉酒一般的红!"

"我曾经告诉过你,山里的红叶很多,"纪远说,"还要一枝吗?"

"不,"可欣摇摇头,"我已经有了一枝,够了!那枝比这枝更有价值些!"她继续向前走,感慨地说,"我不知道台湾山里也有枫树,我以为台湾是没有枫树的!"

"这不是枫树,"纪远说,"这是槭树。槭树和枫树的区别,是一个叶子是对生的,一个是互生的。台湾的槭树很多,枫树很少。枫树要经霜才会红,所以诗里说'晓来谁染霜林醉'。台湾很少落霜,枫树也不容易转红,台湾的枫树,大抵都是绿色的。"

可欣凝视纪远,眼睛里有着困惑。

"我以为你是学工的。"她纳闷地说。

"我是学工的。"纪远点点头。

"那么,你怎么懂这些?"可欣问,愣愣地望着他,"你好像懂的东西很多,植物、动物、文学、艺术——甚至于人的心理!"

"哈!"纪远笑了起来,那褐色的脸庞上竟然浮起一层微红。他把眼光投向山谷里,含糊地说,"事实上,我什么都不懂,我只是喜欢对什么都注意留心,然后在适当的机会中,把自己懂的那点皮毛说出来,让别人认为我懂得很多!换言之,我是在卖弄。"

"不,"可欣继续凝视着他,"你不是那样,你这几句话,倒好像是在掩护。"

"掩护?"纪远锁起了眉头,"掩护什么?"

"掩护你自己,你好像——"她顿了顿,"经常用很多烟雾弹,把自己隐藏起来。"

"是吗?"纪远耸耸肩,语气忽然生硬冷漠,还微微地带着些不耐,"我不大明白你的意思。"

"你是明白的,"可欣固执地说,"你藏起你自己,因为你害怕别人走进你的领域里!"

"我的领域!"纪远烦躁地说,"我的什么领域?"

"我也不知道,"可欣摇头,困惑在她脸上加深,"你是个难以解释的人!"

"那么,别冒险去解释!"纪远说,注视着脚下的道路。

"每个人都会有隐藏的一部分,你也是如此。既然别人要隐藏,最聪明的办法是不去揭穿,对不对?"他抬起眼睛来望着她,"你是不是常常这样鲁莽地去剥别人的外衣?"

可欣的脸红了。"对不起。"她讷讷地说。

"没关系!"他表现得很洒脱,好像她真犯了什么不可饶恕的过失。拉了拉肩上背袋的带子,他迈开大步,把可欣抛在身后,大踏步地走到前面去了。可欣注视着他的背影,那矫捷的步子和他那高大的身形有些不相称,但他却像是山和林野的一部分。

木马道走完了,路又变得陡峻而艰险起来。嘉龄仍然唱着歌,和纪远走在一块儿,纪远不时回过头来拉她一把,并且和她大声地谈笑着。嘉龄显得很兴奋,缠着纪远,她开始学着那支山地歌,她圆润的歌喉和他雄浑的嗓音混在一起,出奇地动听。每当有一个陡坡时,她就止住歌声,让纪远拉她过去。纪远笑着唱着,拍打着嘉龄的肩膀,好像她是个男孩子一样,嘉龄的笑声像泉水般流泻了出来,清脆地荡漾在山林之中。

"他们像一对儿,"湘怡在可欣耳边说,"胡如苇要失恋了!"

"唔,"可欣有些神思恍惚,"纪远?他不会喜欢嘉龄。"

"你怎么知道?"湘怡说,"嘉龄是越来越好看了,很少有男人能抵制美丽的女性的。"

"他们并不相配。"可欣说,注视着前面一对欢笑着的人影。

"不相配?"湘怡抬了一下眉毛,"我倒觉得他们非常相配!都属于外向型的,活泼、爱玩、爱动的典型。"

"是吗?"可欣淡淡地问,心不在焉地跨上了一条新的栈道。由于栈道已经走得太多,胆量也训练出来了,对于栈道不再像刚走时那样害怕和顾忌。从一根横木上越到另一根横木上,她低垂着头,一步步地走着。突然间,她听到前面有人惊心动魄地大叫了一声:"可欣!注意!有一根木条是断的!"

但是,已经来不及了,她的脚踏了一个空,在意识到危险以前,整个身子都翻倒了下去。接着,是木条折断的声音,和发自自己嘴中的一声尖叫。本能地,她伸手想抓住点什么,却什么都没有抓到。整个人就以惊人的速度,像个皮球一般从山崖上向下滚。她咬紧牙齿,脑子里已无意识,连恐怖的感觉都没有,只能被动地、昏乱地、听天由命地一路滚着。可是,猛然地,有个人影迅速地从上面滑了下来,连滚带跌地扑向了她,接着,她觉得自己被人抓住又抱住了,有人把她的头压在怀里,用手紧紧地护住了她。下滚的速度依旧未减,不过,已不是她一个人向下滚,而是两个人。终于,她觉得像刹车忽然刹住一样,她不再向下滚了,但她依然蜷伏在地上,不敢抬起头来。

"好了,没事了!"她耳边有个镇静的声音,轻松地说,"站起来吧！检查检查有没有摔伤了哪儿？"

她慢慢地抬起头来，接触到的是纪远嘲谑和满不在意的眸子，闪烁着一丝轻蔑和不耐，冷冷地望着她。

"怎么？还舍不得站起来呀？"他蹙着眉说，"我想，这地上没有什么值得留恋的！"

她站了起来，双膝在剧烈地颤抖着，手臂上擦破了一块皮，正流着血。她喉咙里哽着个硬块，有种想哭一场的冲动，并不为了摔这一跤，只为了摔了跤后还要看别人的脸色。纪远对她上上下下地打量了一番，点点头说："从那边绕上去吧。记住，以后摔跤的时候先保护头部，像你那样豁出去，一切不管的滚法，碰上一块石头就没命了！好了！你还不爬上去，在等什么？"

她咬住了嘴唇，一语不发地从另一边向上面爬，一个山地人已滑下来接应她，把她拉到了上面。大家立即包围了过来，嘉文苍白着脸，战栗地抓住她的手腕，抖动着嘴唇，喃喃地唤着："可欣！可欣！"他的眼睛里凝着泪，看他的样子，好像可欣已经没命了似的。

纪远走过来，拍了他的肩膀一下，忍耐地说："什么事都没有，别紧张，谁爬山能够保证不摔跤？你倒是找出纱布绷带来给她包扎一下，最好上点消炎药膏！"

说完，他径自走到前面去了，和那几个山地人叽里咕噜地讲山地话，大概讨论栈道的安全问题。可欣站在那儿，竭力憋住胸头翻滚着的一股没来由的委屈感，卷起了衣袖，让湘怡帮她裹伤。嘉文站在一边，仍然不能抑制他的战栗，一面紧紧地握住可欣的手臂。嘉龄拍拍胸脯，深吸了口气说："还好没出事！可欣哦，你这一跤可把我哥哥的魂都摔掉了！"

"应该你摔这一跤的。"胡如苇对嘉龄做了个鬼脸，"你最皮，最不老实，摔的却是可欣！真是老天没眼睛！"

"呸！糊涂鬼！下次摔跤的准是你！看着吧！"嘉龄扬了扬头说。话刚说完，感到手臂上一阵痒酥酥，黏答答的，低头一看，不禁哇地大叫了起来，一面叫一面在地上跳着脚，所有的人都吓了一跳，胡如苇没弄清楚，直觉地以为她要摔，就不经考虑地冲过去，出于反射作用地把她一把抱住，嚷着说："怎么了？怎么了？"

"一条蚂蟥！"嘉龄大喊大叫着，"一条蚂蟥！"

胡如苇这才看到，在嘉龄挽着袖子裸露的手臂上，一条吸血蚂蟥正黏附在她的皮肤上面，黑色扭曲的身子已一半都钻入了她的手臂，剩下的一半还肉麻地蠕动着。胡如苇毫不考虑地伸手就去抓，希望能扯下来，谁知他越扯，那蚂蟥越往里钻，嘉龄就越发尖叫不停。纪远跑了过来，一把推开胡如苇，握住嘉龄的手臂，在蚂蟥吸住的部分敲了敲，然后用手指一弹，蚂蟥立即被弹掉了。纪远说："贴一块消毒胶布，要不然会一直流血！"抬头看看胡如苇，他又说，"蚂蟥不能拉扯的，只要敲一敲就可以敲掉了，要不然就用火烧，拉扯会使它更钻得深！"拂了拂额前的头发，他环视了一下所有的人，命令似的说："好了吧！该继续向前走了吧！"

大家整理了一下，又都纷纷上路。可欣和嘉文走在后面。可欣始终咬着嘴唇，默然不语，脸色反常地苍白，眼珠却黑蒙蒙地瞪着前方。走了好半天，嘉文怜惜地摸了摸她的手，轻轻地问：

"为什么不说话?摔得很痛吗?"

"我恨你那个朋友,那个纪远!"可欣咬着牙,低低地说,"我不知道他神气些什么?我讨厌他!"

"但是,他救了你!"嘉文嗫嚅地说。

"是的,他救了我,"可欣咬了咬嘴唇,"我并没有要他救我,我也不领情,我讨厌他!"望着脚下的小径,她愤愤然地跨着步子。嘉文看着她,不解地蹙起了眉头。

太阳,已经逐渐偏西了,黄昏正慢慢地移步而来。

第六章

暮色从谷底向上升,缓缓地蒸腾弥漫,一忽儿的时间,日色已淡薄得像一层灰色的雾网,苍茫地笼住了山巅、树木和岩石。太阳掩映在彩霞堆里,透过大堆大堆的云朵,射出一道道橘红及金黄的光线。天是糅合了苍灰的绿色,云是带着玫瑰紫的青莲色,还有山和树木,黝黑的墨绿色染上了橘红。摇曳在微风中的枝叶,像国画山水画中的介字点和个字点,一枝枝,一叶叶,全带着悠然宁静的飘逸气质。云在山腰中浮动,忽来忽去,忽聚忽散,忽隐忽现,如同出自魔术家的戏法。

大家都走得十分疲倦了,歌声久已不闻,代替的是吃力的喘息声和叹气声。随着暮色的加浓,天气也转凉了,湘怡接连打了两个喷嚏。嘉龄用棍子支着地,一步步向前拖着,仿佛自己的身体有着千钧之重。胡如苇擦去了额上的汗,喘息地问纪远:"到底还有多远?"

"马上就到了!"

纪远头也不回地答了一句,答得挺轻松的。可是,所有的人中,已没有一个再是轻松的了。疲倦征服了每个人,连那黄昏的深山景致,都无人有那份闲情逸致去领会和欣赏了。

嘉文走在可欣的身后,自从可欣摔了一跤之后,他就寸步不离开她,生怕她再滚落到山谷里面去。行程的艰苦使他有些丧气,他已没有来时的兴致和精神了。每当战战兢兢地跨上一条栈道,他就不由自主地在心中暗暗诅咒这次旅行。有次竟脱口说出一句:"在家里放着好日子不过,跑到这山里来,简直是花钱买罪受!"

可欣望了他一眼,轻声地说:"你的老毛病又来了!"

嘉文耸耸肩,不再说话了。

耳边突然响起淙淙水声,像一串美妙的琴音流泻在这黄昏的山林里。绕过了一块巨大的岩石,眼前忽然一亮,一片绿莹莹的草,平坦得像经过了人工的修剪,山坡上面,零零落落地缀着几匹芦苇,迎着晚风摇荡。走了这么远的山路,这还是初次看到如此开旷的平地。纪远掷下了身上的背包,回过头来,用一种振奋人心的声音,嘹亮而有力地喊:"到了!扎营!"

"到了?"嘉龄睁大了那对黑而亮的眼睛,惊喜地四面张望了一下,接着就吐出一口长气,像个泄了气的皮球,瘫痪地在草地上平躺了下来,伸展开四肢,仰视着被夕阳燃亮了的天空,大声地嚷了一句:"真美!真好!我现在懂了。"

"懂了?"胡如苇盯着她问,"懂什么了?"

"懂得什么叫作'疲倦'了!"嘉龄说,又吐出一口气,真的合上了那两排黑而密的长睫毛,似乎就准备这样睡到大天亮了!

纪远和那三个山地人已经匆匆忙忙打开了背包，找出帐篷和扎营的工具，开始分别竖起两个帐篷来。杜嘉文和胡如苇四面打量着，带着份新奇和终于到达目的地的喜悦，望着那炫目的太阳被对面的山岭所吞噬。纪远喊了一声："胡如苇！别净站着，去收集一些干燥的落叶来！越多越好！"

"干什么？起火吗？"胡如苇问。

"不是。垫在帆布下面，睡起来会比席梦思床还舒服。"

落叶收集来了，帐篷也以惊人的速度架好了。三个山地人的刀子发挥了最大的功效，砍来了无数的树枝和木桩，并且立即生起一堆熊熊的烈火。在草地的四周，不乏燃烧的痕迹，许多石块上也残留着烟熏过的黑痕，证明这儿是山地人狩猎扎营的老地盘。可欣侧耳倾听，身不由己地跟着水声向前走，那清脆的、细致的、琤琤琮琮的声音使她的心灵深处有种奇异的震撼，仿佛那泉水声带着什么崭新的、令人感动的东西，流过了她的身体。她停在一堆岩石旁边了，在这岩石之中，一条小小的山泉正从山坡上流下来，轻轻地滑过了那些凹凸不平的石块，流泻到不知有多深多远的山谷中去。她凝目注视着这道泉水，禁不住地看呆了。

一个山地人走了过来，她惊奇地看着他找到一根竹子，把它从头到底地劈开来，然后插进泉水的石缝中，水流过竹子，立即成了一个人工的水龙头。山地人接了一壶泉水，对她笑笑，走开了。她醒悟地拂了拂头发，走过去，用手捧了一捧水，洗了脸和手，水清凉而舒适，一些水流进了嘴里，带着沁人心脾的淡淡的甜味。用嘴凑着竹子，她干脆大喝特喝起来，那水是那样地清澈，她觉得把自己的灵魂都涤清了，而且，把自从摔跤以后，就莫名其妙地产生的那份不快也带走了。站直了身子,她愉快地走回到营地来,发现他们已经在火上面架了一个三脚架,用铁丝吊着锅,开始煮起晚餐来了。

她拍拍湘怡的肩膀:"去不去洗洗脸?那边的泉水清凉极了!"

"是吗?"答话的是嘉龄,她像个弹簧般地从草地上弹了起来,闻着刚开锅的饭香,她突然间精神百倍了,"走!湘怡,我们洗脸去,回来吃饭!我已经饿得眼睛发花了。"

湘怡从背包里找出了毛巾和肥皂,和嘉龄到水边去涮洗了。可欣学着嘉文和胡如苇的样子,在火边坐了下来。但是,纪远并没有坐,他正用石块架着砧板,在那儿忙碌地切着肉和菜,嘉文推了推可欣,说:"总该你去忙忙做菜的事吧,这原来是女孩子的工作!"

纪远从砧板上抬起头来,眼睛里有着谐谑的笑意,说:"算了,不必!现在的女孩子未必会做菜,而且,我对自己的手艺非常骄傲,还是让我来吧,何况她刚刚洗干净手,又——刚刚坐下去!"

可欣原也预备站起来去帮纪远,听到他这样说,就又坐了回去,笑笑说:"既然如此,我乐得吃现成!"

"好意思吗?"嘉文说。

"你觉得不好意思,你去帮忙吧!"可欣笑着说。

"那可不成,那一定越帮越忙。"嘉文转向了胡如苇,"胡如苇,你对做饭怎么样?去帮帮纪远吧!"

"我?"胡如苇吓了一跳,急忙说,"我怎么行?我只能和他分工合作,他做,我吃!"

"好了,你们都等着吃吧!"纪远咧了咧嘴,夸张地切着菜,弄出一片叮叮当当的响声。

湘怡洗过脸回来,一眼看到砧板上的肉,和神气活现的纪远,她伸头看了看,问:"你准备烧什么?红烧肉?"

"不,炒肉片!"

"你切的是肉片呀?"湘怡问。

"怎么不是?"纪远说,"节省时间,马虎点,切厚一些免得麻烦!"

湘怡不自觉地抿着嘴角笑了起来,从纪远手里接过了菜刀,她温柔而小心地说:"我帮你修改一下如何?我会弄得很快,决不耽误你吃饭的时间。"

纪远皱皱眉,把菜刀交给了湘怡,嘴里仍然不服气地哼了一声:"我打过那么多次猎,每次自己做饭,从没有说切了肉片还要修改的!和女孩子一起出来,就有这些莫名其妙的名堂!"

这回轮到可欣来微笑了,她唇边浮起的那个有趣似的笑容,竟下意识地模仿了纪远的微笑——带着三分优越感和两分谐谑。

天色似乎突然间就由明亮转为黑暗了,那些绚丽而发亮的云,都在刹那间变成深灰色,接着就无法再辨识出来了,暮色潮湿而滞重地挂在树梢,浓得再也散不开来。黑夜无声无息地来临,把山和树、云和其他一切,都一股脑儿地掩盖住了。

火烧得很旺,映红了每一个人的脸,他们围着火坐着,经过了一顿饱餐之后,(他们都吃得那么多那么香,菜是湘怡炒的,连纪远也不得不承认,他的"肉片"经过湘怡"修改"之后,确实颇不"平凡"!)他们的疲倦都已恢复了不少,而火是天然使人振奋的东西，纪远摸出了预先带来的口琴，吹着舒伯特的《小夜曲》。琤琤然的泉水声成了他天然的伴奏。湘怡已在三脚架上悬着的水壶中，煮了一大壶的咖啡，嘉文宣称，他从没有喝过这么香、这么美的咖啡。湘怡被大家的称赞弄得红了脸，带着个静悄悄的、羞怯怯的微笑，坐在嘉龄的旁边。嘉龄正热衷地啃着牛肉干，一边用脚给纪远的口琴打着拍子。

天空由黯淡再转为明亮，第一颗星星穿出了云层，接着就是第二颗、第三颗……月亮在云背后游移，是半轮明月，再过几天，月亮该圆了，再过几天，又该缺了。可欣斜倚着一棵不知名的小树坐着，仰视着天上的星光和月光。嘉文坐在她身边，有股懒洋洋的文静。她把视线从天上落回到地面，接触到他默默凝视的目光，不禁嫣然一笑，轻轻地问："看什么？"

"你。"

"想什么？"

"你。"

她心头掠过一阵暖烘烘的热流，多美的夜！多奇妙的夜！属于谁呢？她环视着火边这年轻的一群，也包括那三个山地人。这时，那几个山地人都坐在离火很近的地方，靠在一堆儿打盹。火光照亮了他们的脸，这三个山胞都很年轻，脸上没有野性的代表——刺青。显然他们也被文明所陶冶了。在这火光之下，以黑夜的山林为背景，她觉得他们都很漂亮。或者他们混杂了一些荷兰人的血统，眼眶微凹而额角和颧骨都比内地人高些，但他们确实是很漂亮的！调过眼光，她看到了纪远。锁锁眉，再睁大眼睛，她望着那个满不在乎的男孩子——不，他不该是个"男孩子"，而是个标准的"男人"！——她有些惶惑，这张脸，和那伸向火的长长的腿，都比那些山地人更像个山地人！说不定他也是个山地人呢！她摇摇头，又微笑了。

"笑什么？"这次是嘉文问她。

"没什么，"她掩饰地看看天，"只是觉得很开心，很满足。"

"真的？"他问，握住了她的手，"不再为摔那一跤的事别扭了？"

"噢！"她失笑了，"怎么会呢？又不是小孩子！"

"你别不高兴纪远，"嘉文本能地为纪远讲话，"他就是那么样一个人，从不顾及别人的想法和心理的，总是我行我素。但他是个心地最好，也最热情的人。"

"别说了！"可欣突然地脸红了，"我一点儿不高兴他的意思都没有！"

"那就好了！"嘉文说，"我喜欢纪远！"

"说不定他会成为你妹夫呢！"可欣微笑地说，望着纪远那边。这时，嘉龄正端着杯咖啡，走到纪远旁边坐下，不知凑在纪远耳边讲了句什么，纪远就停止吹口琴，哈哈大笑了起来。

"他们好像相处得很好。"可欣又加了一句。

"我希望嘉龄别认真，"嘉文咬了咬嘴唇，"纪远很少有专一的感情，他的女朋友可以成打地计算。"

"大概是个自命风流的人物！"

"他不是'自命'风流，而是真正风流。"嘉文顿了顿，又摇了摇头，"用'风流'两个字对纪远是不公平的，他并不是风流，他就是——就是——"找不出适当的形容词，他烦躁地下了结论,"他就是那样一个人物!"

可欣笑得很有趣,欣赏地望着嘉文,她真喜欢他那股善良劲儿。故意地,她重复着他的话:"就是那样一个人物!"

"真的嘛!"嘉文辩护什么似的嚷着。

"当然,当然!"可欣拍拍他的手,带着种安抚的味道,"我不是不相信,是欣赏你这句话。"

纪远的口琴换了调子,一阕《罗蒙湖畔》吹得每个人心头都充塞了说不出来的滋味。他的口琴技术显然经过一番训练,拍子打得清晰而准确。嘉龄跟着琴声在低唱:"出城郊,风光好,望远坡,真美丽,香尘日照里,罗蒙湖上,忆当初,双情侣,终朝携手共游嬉,在那美丽美丽的罗蒙湖上。……"在那美丽美丽的罗蒙湖上!可欣不由自主地也哼了起来,胡如苇加入了,嘉文也跟着哼。歌声,琴声,火焰在跳动,木柴被烧裂的噼啪声。还有近处的风声,远处的松涛,和那溪流的潺湲低诉……夜是觉醒的,张着静静的眼睛,凝视着这欢笑的一群。美丽美丽的罗蒙湖上!今夕何夕?月明星稀?美丽美丽的罗蒙湖上?还是美丽美丽的卡保山中?湘怡把她的下巴放在弓起的膝上,注视着那熊熊然向上奔窜的火苗,一点火星跳了起来,落在沾着露珠的草地上,熄灭了。哦,愿那点火星永不熄灭,愿心头的火星永不熄灭……她转头对嘉龄那边看去,嘉龄的手肆无忌惮地搭在纪远的肩头,身子摇晃着唱得正有劲。调过目光,可欣和嘉文并倚在一块儿,手握着手……她眯起眼睛,睫毛盖住了双瞳,侧耳倾听,夜是觉醒着的,到处都有着属于山林的声响。夜不寂寞,人不寂寞,而她呢?张开眼睑,火燃烧得多么热烈生动!今夕何夕?或者这

"夜"并不属于她,但她却仍然衷心渴望"它"永不消逝!永不离去!

胡如苇不知从哪儿摸出了一架电晶体收音机,越过好几个电台之后,施特劳斯突然柔美地跳跃在夜色里,纪远抛下了他的口琴,拉着嘉龄站了起来。用手绕着她的腰,他们围着火舞动。维也纳的森林!卡保山的夜色!三个山地人睁大了惺忪的睡眼,新奇地望着那旋转的一对人影。嘉文忍耐不住了,音乐是容易使人血流加速的东西,而欢乐是具有感染性的。拉着可欣的手,他们也加入了华尔兹的行列。胡如苇把收音机放在石头上,不甘寂寞地对湘怡鞠了一躬。火舌跳动,音乐喧嚣,几里路之内的野兽该都被吓跑了,三个山地人面面相觑,但夜是活的,夜是动的……他们何尝想猎什么野兽?他们已经猎着了"卡保山之夜"!

《维也纳的森林》之后是《蓝色的多瑙河》,他们自然而然地交换了一下舞伴。纪远微笑地注视着可欣,火光与月光糅合,她的脸红润清幽。他不喜欢那对静静地望着他的眼睛,仿佛又在安详地剥去他的外衣。你是谁?他旋转着。我不信任你!他旋转着。长发的罗蕾莱!他旋转着,旋转着,旋转着……

夜越转越深,星光越转越沉,火苗在低暗下去。一个山地人走开了,伐木之声立即响起,大根大根的木头和树枝被拖了过来,火被潮湿的木头抑得更暗了,但又迅速地扬起头来,欣欣然地燃烧着。

倦意在无声无息中悄悄地来临,没有人再跳得动舞,收音机里的音乐变成了小提琴独奏的小曲子,幽默曲、离别曲、冥想曲……嘉文打了个哈欠,望望那竖在暗夜里的帐篷,倦意深重地说:"我想去睡了。"

"夜里不是还要打猎吗?"胡如苇也打了个哈欠,仿佛连哈欠都具有传染性。

"等打猎的时候再叫醒我吧!"嘉文说,已经提不起丝毫的劲来了。

纪远坐在火边,沉思地凝望着火,一面用一根长树枝在火里无意识地拨弄着。山地人搬了更多的木头过来,好像他们准备烧掉整座的卡保山了。纪远觉得有人走近他的身边坐下,他抬起头,是唐可欣。她望着那些山地人,纳闷地问:"他们干什么砍这么多树来?"

"他们要维持火的燃烧,终夜不熄。"纪远说,对那些山地人叽里咕噜地说了一串山地话,又转向可欣,"他们习惯于坐在火边打盹,一直到天亮,我叫他们到帐篷里去睡,他们不肯。"

"为什么?"可欣张大了眼睛。

"帐篷太小了,"纪远微笑地说,望了望辽阔的天空,"和天地怎么比?"

可欣坐在那儿,嘴唇嚅动了两下,却没有说出什么话来。

纪远看着她,问:"你要说什么?"

"我也不知道。"可欣站了起来,仍然看着他,"他们都去睡了,你怎么不去?"

"我一睡就会睡到大天亮,"纪远说,"还不如就这么坐着,再过两小时,也要叫醒他们去打猎了。"他注视着黑黝黝的山林,"未见得会猎着什么,但总得去试试运气。"再望着她,他说,"你也去睡吧!"声调出奇地温柔。

她愣了愣，没有动，过了一会儿，才奇异地瞪视着他，说："纪远，你是个奇怪的人。"

他耸耸肩。"是吗？"他泛泛地问，"很多人这么说过，而我自己却不明白怪在何处。"

"你恋爱过吗，纪远？"

他锁锁眉，望着她。她映着火光的眸子是清亮的，里面丝毫没有"好奇"的意味，只是关怀，像个姐妹关怀她的兄弟，或母亲关怀子女一样。他有些迷惑，她想知道些什么？又为了什么？他还记得当他救了她之后，她眼光里那份被刺伤似的愤怒。这一刻呢？她却像个渴望抚慰别人伤痕的小母亲。

"或者有过吧！"他淡淡地说。

"为什么她离开了你？"

"是我离开了她。"

"是吗？"

"不错。"他点点头，把手里已经燃烧起来的树枝送进了火堆里。

"为什么？"她继续问。

"因为我不想负她的责任，那是最混乱的时候，我自身难保，我不想拖一个包袱。我是属于那种人——先从自身利益着想的人，不是个情人眼中的英雄。"

"你是说——自私。"

"对了，是自私。我就是个自私的人，一个追求现实生活，而不去梦想的人。"

她深思地摇摇头。"未见得吧！"她不同意地说，"没有梦的人是悲剧角色，而你不是。"

"有梦的才有悲剧角色，"他接了下去，"因为必定面临幻灭。"

"你不像个灰色和悲观的人！"

"我并不是灰色和悲观，我只是不愿意要空虚的梦，我要具体的真实生活！"

"而你却经常逃避到山野里来？这就是你的真实生活？"

他陡地跳了起来，脸色发红而愤怒。

"你要什么？你在干什么？"他愤愤地问。但是，接触到她柔和而深沉的目光时，他的愤怒消失了。用手抹了抹脸，他看看火，又抬头看了看满天的繁星和那半规残月，自嘲地笑了笑，心平气和地说："夜真是件危险而可怕的东西，它容易让人抖搂许多秘密。"望着她，他劝解什么似的说，"他们都去睡了，你还在等什么？去睡吧，再见！"

她笑笑，没说什么，转过身子，钻进了属于她、湘怡和嘉龄的帐篷，甚至没有向他说再见。

帐篷外面，火光与星光相映。纪远坐在那儿，伸长了腿，深思地望着黑夜的丛林。

第七章

深夜两点钟,纪远叫醒了三个山地人,把四管猎枪分别上好了子弹。然后,他钻进帐篷,摇醒了熟睡中的杜嘉文和胡如苇。

"做什么?"嘉文翻了一个身,在睡袋里蜷缩着身子,睡意蒙眬地问。

"起来!起来!"纪远叫着,"该出发了!"

"出发到哪里去?"胡如苇呻吟地问。

"打猎呀!"

"我只要睡觉,什么地方都不去!"嘉文再翻了个身,好像起床是什么痛苦无比的事情。

"你们这么远地跑到山上来是做什么?别泄气了好不好?起来!起来!看你们这副公子哥儿相,还打猎呢!"纪远说着,抓住嘉文的两个肩膀,给他一阵乱摇。又抓住胡如苇,如法炮制了一番。

嘉文从睡袋里钻了出来,懵懵懂懂地揉着眼睛,打着哈欠,嘴里唧唧嚷嚷地诅咒。胡如苇比嘉文也好不了多少,闭着眼睛,摇摇晃晃地站在那儿穿衣服。纪远抛给他们一人一管手电筒。又用电筒在他们脸上分别照来照去,希望强烈的光线能把他们的睡魔赶走。他们两人摇晃了半天,诅咒了半天,总算是从帐篷里走出来了。迎着帐篷外清凉的空气和凛冽的夜风,两人都禁不住打了个寒噤,睡意也被这冷气驱除了不少。

纪远跟着跨出帐篷,刚一抬头,不禁微微地吃了一惊。唐可欣服装整齐地坐在火边,正用一对清醒的大眼睛望着他们。

纪远走了过去,问:"你起来做什么?"

"和你们一起打猎去!"

"嘉龄呢?"胡如苇伸过头来问。

"睡得太熟了,推都推不醒。"可欣说。

"你不要去!"纪远的语气里带着几分命令的味道,"这样黑而密的树林,到处藏着看不见的危险,随时都可能出问题,如果我们想打猎,势必不能再照顾你,免得出危险起见,你还是留在这儿的好。"

可欣静静地望着纪远:"我不要你们照顾我,我会照顾自己,我也不会给你们添麻烦。"

"你会。"纪远说,皱起了眉,"最起码,你会让我分心,使我不能全神贯注地打猎。"

可欣深思地看了看他们,顺从地垂下了头,拨弄着火说:"好吧!那我就坐在这里等你们回来。"她又抬起眼帘,很快地扫了纪远一眼,"你认为这山里真有野兽吗?"

"当然,"纪远说,"我已经闻到了野兽的气息。"他夸张地深呼吸了两下。

可欣不安地抖动着身子,注视着仍然带着浓厚睡意的嘉文,牙齿轻轻地咬着嘴唇。

"你在担心什么?"纪远问。

"没,没什么。"可欣低下头,又很快地抬起来,"你们——还是小心些好。"

"怎么!怕我们给野兽猎去?"纪远笑着问,递了一管猎枪给嘉文,一面转向嘉文,带点玩笑味道说:"你这管猎枪是单发的,如果一枪不中,野兽向你扑过来,用枪托子打它,别乱扣扳机。"

"那么,你还是给我一管连发的吧,保险一些。"嘉文说。

"不行,只有一管连发的,还是我拿着比较好。老实说,枪在你们手里不过是做做样子,拿什么枪都一样。"

嘉文和胡如苇分别拿了一管枪,剩下的一管交给了三个山地人。一行六个男性,都整装待发,大家检查了一番手电筒和枪弹,就向丛林中开步走去。嘉文回头向可欣喊了一句:"可欣!等着我们打只大野猪来,你把火烧旺一点儿,好烤野猪肉吃!"

可欣抿着嘴角微笑,目送他们走开,望了望那深黝黝、黑暗暗的山林,忽然感到一阵模糊的恐惧。张开嘴,她忍不住地喊了一声:"嘉文!要小心一点儿哦!"

"你放心!"说话的是纪远,"我们这么多人,你怕什么?管保还你一个完整的未婚夫!"

他们笑着向前面进行,几点电筒的灯光在黑暗的山坳里闪烁摇晃,只一忽儿,就变得遥远、渺小……而终于被那庞然、巨大、黑暗的深山莽林所吞噬了。

可欣独自在火边又坐了一会儿，火已经烧得很旺，用不着再加木柴。四周的寂寞向她压倒性地卷了过来，她凝视着深山中那一幢又一幢的黑影，倾听着山风的呼啸，远处有不知名的兽类的低嗥……她的背脊上冒起一阵凉意，有种毛骨悚然的感觉。站起身来，她钻进了嘉龄她们熟睡着的帐篷，并且在帐篷门口挂起一盏风灯，用以驱除孤独和黑暗的恐怖。

纪远等一行人投进密林之后，就自然而然地安静和肃穆了起来。为了免得惊动野兽，纪远把人分成了两组，分头向山林深处走去。纪远和杜嘉文、胡如苇一组，三个山地人分了两管枪，遥遥随后。

山林黑而密，草深没膝。大家小心翼翼地向前走着。胡如苇的枪给了山胞，他就负责用电筒照路。事实上，他们并没有按照"路"去走，而深入了丛林。

无路的莽林比想象中更难走，凹凸的巨石常形成无法翻越的阻碍。深密的杂草在许多时候都是天然的陷阱，底下可能藏着一个深坑或陡坡。随处蔓生的藤蔓，以及原始莽林里那些巨树的树根，都成为防不胜防的、绊脚而危险的东西。他们进行得很慢，不时停下来倾听，深夜的山林里林立着恐怖，野兽的气息似乎在不知不觉中加重了。

一阵轻微的响动，嗖嗖地从树梢中掠过。他们惊觉地站住了步子，纪远托着枪，仰视着树梢，他的眼睛在暗夜里亮晶晶地发着光，灼灼地搜索着那浓密而黑暗的枝叶。

"是什么？"嘉文问，紧张的空气使他不安，他还有些怀念火边的帐篷和睡袋。

"嘘！"纪远轻嘘了一声，仍然用目光在树与树中间睃巡，四周十分寂静，那轻微的响声已经听不到了。"可能是飞鼠，"纪远低声说，"让它跑掉了。最好在打猎的时候避免说话。"

他们继续前进，夜在凝重的空气中流逝，四周似乎充满了动物的气息，又似乎一无所有。纪远在一株大树下停了下来，静静地靠在树上休息。

"怎么不走了？"嘉文问。

"嘘！低声些。"纪远说，仰头看看那些树丛，和远方黑暗的、看不透的林木，"狩猎，狩猎，要猎也要狩。"

"这是训练人耐心的玩意儿。"胡如苇灭掉了电筒，打量着黑影幢幢的四周，"我们大概已经走了一个多小时，还一枪都没放过呢！"

"打三天猎，一枪不放的情形还多着呢！野兽也是很警觉的东西，不会轻易来送死。山地人打猎，很少像我们这样拿着枪来寻野兽，他们都在兽类必经的路上，设下陷阱或撞杆，那就比我们省力得多了。"纪远说。

"我们为什么不学他们那样打猎呢？要这样提着枪乱找乱撞？"嘉文又开了口。

"那是需要长时间的，是真正猎户的打猎方法，我们只是客串性质罢了，真要那样打猎，要做十天半个月的计划才行。"

"我听到有鸟叫。"胡如苇说。

"是猫头鹰，属于黑夜的飞禽，北方人叫它夜猫子。"纪远倾听了一会儿，"不过，猎这种鸟类真没味道。"

"总比什么都猎不回去好些。"胡如苇说。

"嘘！别讲话！有东西了！"纪远突然发出警告，顿时站正了身子，一把抓起了枪，全神贯注地凝视着黑夜。嘉文和胡如苇也跟着紧张了起来，嘉文握着枪，摆出姿势，瞪视着密密层层的林木与深草。空气滞重，时间停驻，而黑夜的山林依然故我地铺展着。嘉文和胡如苇听不出任何动静。只有那只猫头鹰仍旧在单调地、反复地啼唤，不知想啼醒什么，也不知道想唤回什么？但，纪远所谓的东西绝不会是指的这只猫头鹰，听它的啼声，它起码在一里路之外。

嘉文一瞬也不瞬地注视着前面的草丛。夜很深，而他的手心在沁着汗。"那东西"不知匿藏在何处，他咬着嘴唇，神经紧张地等着"它"突然出现。他的脑子里，仍然谨记着纪远告诉他的话，他的枪只有一颗子弹，如果一枪没打中要害，野兽扑了过来，他就得用枪托及时应战。他的嘴唇干裂，喉头枯涩。那东西不知道是什么？花豹？犀牛？老虎？狮子？大象？野猪？……他费力地咽了一口口水，眼睛瞪得发酸。头顶上，有什么东西扑动了一下，同时，"砰"然的一声枪响使他惊跳了足足有三尺高。一时间，他脑中懵懵懂懂，弄不清楚这一枪所自何来。但，一样黑乎乎的东西从头上的大树上直落了下来，接着是纪远胜利和嬉笑的声音："一只飞鼠！"他拾起了那还有余温的、毛茸茸的东西。"它简直是跑来送死嘛！这是台湾山区里特产的玩意儿，有老鼠的身子，却有着翅膀，能在黑夜里飞行。"

"大概就是蝙蝠吧！"胡如苇说。

"你看过这么大的蝙蝠？"纪远把那东西往胡如苇手里一送，"交给你，你负责拿着吧。飞鼠的肉也蛮好吃的，皮还可以卖钱。"

胡如苇接过那软绵绵的、带毛的东西，提在手上并不重，那有着爪子和薄膜的躯体却颇引起他本能的恶心感。"打死我我也不吃这东西！"他喃喃地说，把它拿得远远的，生怕它的血会沾污了自己的衣服。

嘉文的神志恢复了，伸伸脖子，他又咽了一口口水，望着那只飞鼠，不禁大大地失望起来。

"不过是只飞鼠！"他说，"我还以为是一只什么了不起的猛兽呢！"

"能打到一只飞鼠已经不错了！"纪远说，"你希望是什么？大象？"

嘉文的脸微微发热，暗中也为自己的过分紧张而失笑。他虽没有"希望"是大象，也几乎"以为"是大象了。

"别期望太高，"纪远拍拍他的肩膀，有股老大哥的味道，"不要弄错了，这儿是卡保山，并不是非洲的蛮荒地区！"

这只飞鼠使他们的兴致提高了很多，总之，这一次的狩猎绝不会一无所获了。拿到营地去也可以向可欣她们炫耀一番。重新检查了一下枪弹，他们又继续搜索着向前面走去。纪远手中是一管可以连发七颗子弹的新型猎枪，零点二二的口径，和普通步枪相同。也是纪远惯用的一支猎枪，据说纪远为了这支猎枪，曾经负债达半年之久。

那三个山地人已经不知跑到何处去了。纪远这声枪声并没有把山地人唤来，可见他们一定距离纪远他们很远了。在这黑夜的山林里，彼此想保持联系和距离是很困难的。好在纪远对黑夜和山林都不陌生，也不太需要山胞的协助。摸索着，他们向前面继续走了一个多小时,从树林里仰视天空,繁星已疏,晓月将沉,看样子,这一夜不会再有什么收获了。

突然间,远处的草丛里,有什么东西在移动,深草簌簌地响了起来。同时,一串类似鹧鸪鸟的啼声在草里清脆地鸣唤。嘉文迅速地举起了枪,正想管他三七二十一,也放一枪试试运气,还没来得及扣扳机,纪远立即扑过来,压下了枪管,用一对发亮的眼睛瞪着他。

"怎么这样鲁莽!"纪远责备地说,"难道是人的声音都听不出来?这是他们!那几个山胞,他们一定发现了什么,在向我们打招呼。"

嘉文倒抽了一口冷气。"这种打招呼的方法我还是第一次听到,"他讷讷地说,"是人干吗不发人声,要做出这种怪腔怪调?"

"发出人声就把野兽吓跑了。"纪远说,也学着对方那样叫了几声,然后向他们所在的地方跑去。嘉文和胡如苇跟在后面,杂草越走越深,他们显然到了人迹罕至的地区了。纪远走得很快,全然不管荆棘和树枝的羁绊,可想而知,那些山地人一定发现了什么,这使得纪远兴奋。

果然,前面的草丛里,那三个山地人正蹲伏着,在察看地上的某些东西。纪远走过去之后,他们立刻把他拉下来,指着地上的痕迹给他看。这是一片长满杂草的凹地,草下的土地湿润泥泞,石块上也露着水渍,可能在雨后是个积雨的小水潭,而成为一些野兽跑来喝水的地方。现在,在泥泞的地上,可以看出一个新鲜的兽类的足迹,附近的草也有偃倒的现象。山胞们用猎刀拨开了草,可以很清楚地看出那野兽走过的痕迹,凡它经过的地方，草都或多或少地折断及偃倒一些，成为一个明显的标记。纪远和山地人低低地交换了几句话，就站直了身子，胡如苇紧张地问："是什么东西？野猪？"

"不，"纪远摇摇头，"可能是一只鹿，或者是羌。我们追踪吧！看情形，它经过这里不过半小时的事，不会在太远的地方，大家散开一些，尽量保持安静，谁看到了它就放枪射击，不过要瞄准一点儿，一枪不中就麻烦了。"

跟着那痕迹，他们小心翼翼地向前进行。纪远托着枪，目光灼灼地投向了丛林，那神采奕奕的样子，看来浑身的活力和精神都在发挥着最大的效用。前进了一段时间，一个山地人猛地停了下来，用山地话叫了一句什么，同时，纪远的枪迅速地瞄向了一棵大树的后面。嘉文也举起了枪，神经质地凑了过来，嚷着说："在哪儿？在哪儿？让我放这一枪！"

"你别挡着我！"纪远喊，把他推开。顷刻间，一只野兽从树后面突然地跳了出来，显然人声已经惊动了它，使它领悟到危险就在面前，而急于想脱身逃走。纪远立刻放了一枪，但是，由于嘉文那一混，耽误了几秒钟，这一枪没有中。那野兽更加惊惶，拔腿跳跃进了草丛，一个山地人再放了一枪，那东西嗥叫了一声，奔跑到丛林里去了。

"它已经负了伤，别放它逃走！"纪远叫，又用山地话叫了一遍，就领先冲进了丛林。嘉文紧紧地跟在他的身后，握牢了枪，这种刺激而紧张的气氛唤起了他的英雄气概，他渴望能由自己放一枪，打中那玩意儿，回去好向可欣夸口。跟着纪远，他奔跑得气喘吁吁。可是，他们已经失去了那野兽的踪迹。"是一只羌。"

纪远站住说，"一只不小的羌，大家分开找，它不会跑得太远，它的后腿已经被打中了。"

"我跟着你，"嘉文说，"你等会儿让我也放一枪！"

"等会儿我把它打死了，你再去补一枪吧！"纪远说，他心中对嘉文颇不满意，打猎就怕有人夹在里面瞎起哄，刚才假如不是被嘉文闹了一下，他一定可以打中那只羌，绝不会让它这样跑掉。

"这边有血迹！"胡如苇喊。

大家都跑了过去，果然有一摊血迹，大概那东西曾在这儿休息过。纪远端着枪，循着血迹往前去，由于随时可能放枪，他没有关上枪的保险。嘉文仍然紧跟在他的身后。

天已经有些蒙蒙亮了。树木都由一幢幢的黑影转为朦胧的轮廓，又由朦胧的轮廓转为清晰。树隙中的天色变白了，电筒的光已不再必需，黑夜去了，曙色来了。

他们停在一处浓密的草丛、藤蔓和树林里，纪远看来困扰而不快。"找不到血迹了。"他皱着眉说，"可能它已经逃进了洞里。"

"带着伤，它应该跑不了太远，或者我们折回去再找一找。"胡如苇建议地说。

"羌是一种狡猾的动物，它一定匿藏起来了，"纪远说，"那一枪只打中后腿，就动物来说，根本不算一回事，我看，找到它的希望并不很大。"

"不妨试试看！"嘉文兴致勃勃地说，"我们再折回去找吧，我还没有放过一枪呢！我希望——我也能小试一下身手。"

他们又折了回去，在羊齿植物和荆棘丛中搜索，那狡猾的动物毫无踪迹，他们几乎已经决定放弃了。忽然，胡如苇大声地惊呼了一句:"在那儿!"

"哪儿?哪儿?"嘉文追着问。

胡如苇指着一棵阔叶植物,在那植物像芭蕉叶片般阔大的叶缝中,一个褐色的毛茸茸的东西正半掩半露。嘉文又迫不及待地举起了枪,纪远喊了声:"别放!"

"怎么?"嘉文不解地仰起头。

"不必浪费子弹!"纪远说着,走过去,用枪杆挑起了那毛茸茸的东西,竟是一团金丝般的植物,附生在一块朽木上面,"开枪打这东西,才是闹笑话呢!山地人常把它们做成动物形状出售,据说这茸毛可以止血。"纪远抛下了那块东西,"走吧!不必找了,希望回到营地就有东西可以吃,我已经饿得头发昏了。"

"我们可以烤飞鼠吃!"胡如苇举起那只飞鼠看了看,那长着薄膜的丑陋的玩意儿,用一对细小、光秃、没有睫毛的眼珠瞪着他,他不由自主地打了个寒噤。吃这东西?除非人都变成了兽类。

虽然不再抱着大希望去找寻那只羌,但他们仍然小心翼翼地在丛林中走,同时四面搜寻。再走了一段,有一个山地人欢呼了一声,他们都看到一片染血的羊齿植物,跟踪着这个新发现的痕迹,他们又转入了丛林深处。接着,纪远站住了,用手对后面的人摆了摆,禁止他们前进。大家都停止步子,伸长了脖子看,那只羌正停在一棵落叶松的前面,精疲力竭,瞪着一对乏力的眼睛,狐疑地望着面前的敌人。

纪远举起了枪,还没有扣下扳机,身边猛地响起一声砰然枪响,那只羌顿时应声倒地。同时,嘉文狂欢地大叫大嚷起来:"我打中了它,是我打中了它!"他向那只倒地的羌奔去,手舞足蹈得像个天真的孩子。

纪远还托着枪,但已用不着放了,他把枪向后面一撒,枪的把手碰着了旁边的大树,意外就在这一刹那间发生了,他听到一声枪响,看到火光从他的枪口冒出去,他立即知道发生了什么,没有关上保险的枪,因把手和大树间的撞击力而走了火。他提着嗓子大叫:"嘉文!躲开!"

一切都迟了。嘉文突然止了步,枪弹从他的背脊中射入,他愕然地回头,摇晃,大约半秒钟,就木头一般地仆倒了下去。纪远抛下了枪,奔跑过去,跪在地上凝视他。

他的眼睛张着,那张年轻的脸秀气而苍白,带着几分孩子气。他的嘴唇翕动着,轻轻地说:"告诉可欣,是我打到的!"

"嘉文!嘉文!"纪远叫。

他的头侧向一边,不再说话。黎明的曙光从树隙中照进来,安详地射在他年轻而漂亮的脸上,也射在那只丑陋的、仰卧着的猎获物上面。

第八章

在天亮以前，可欣好几次钻出帐篷，去把逐渐低弱下去的火烧旺。当她最后一次去加木柴时，天边已经露出了蒙蒙一片的灰白色，她坐在火边，没有再回到帐篷里去。用手抱住膝，她凝视着那庞大的、灰黑色的山林。火焰在跳动着，整个的山林树木，仿佛都被火光染上了一层虚幻的色彩，显出某种令人心悸的、震撼着人的灵魂的魔力。

她微侧着头，下意识地倾听着什么。山林中并不寂静，风声里夹杂着兽类的低鸣，不知何处的瀑布声，喧嚣了一夜。随着黎明的光临，鸟类最初在曙色中惊醒，嘈杂地啼醒了夜。她伸长了腿，天亮了，那些打猎的人呢？深山里没有丝毫"人"的声息。

她听到帐幕掀动的声音，回过头去，湘怡正从帐篷里钻出来，披着一件旧外套，在晨风中不胜其瑟缩。

"噢，好冷！"湘怡说着，走到火边来，把冻僵了的手伸向熊熊的火，一面望了望可欣。"你一直没睡？"她问。

"在他们去打猎以前,睡过一会儿。"可欣说,不安地拾起一根树枝,丢进火里去。

"还没回来?"湘怡看看那在曙光中呈现着灰色的轮廓的山林,"也真有瘾!这么冷,又这么黑,我不相信他们会猎到什么野兽!"

可欣深深地看了湘怡一眼。"你也一夜没有睡吗?"她不在意似的问,"我听到你一直在翻来覆去。"

"我睡不着,"湘怡把外套拉紧,扣上胸前的扣子,"我有认床的毛病,一换了环境就睡不着,何况,山里各种声音都有,吵得很。"

"我没听到过枪声,你听到了吗?"可欣问。

"也没有。"湘怡在火边的石头上坐下,"他们一定跑得很远了,或者是根本没放枪。"

"我有些心神不宁。"可欣站起来,走去找出锅和米,准备煮稀饭。湘怡没有动,望着可欣把锅架在火上。"不知道为什么,"可欣看着火说,"我觉得这次打猎有点……有点……有点讲不出来的那种滋味,仿佛是——别扭。"

"怎么呢?"湘怡问,"你不是一直都很开心吗?嘉文对你又那么体贴!"

"嘉文?"可欣顿了顿,凝视着湘怡,突然说,"湘怡,你对纪远的印象如何?"

"怎么突然想起他?"湘怡心不在焉地说,注视着越来越清晰的山和树木,"只是一个比较出色的男孩子而已,我不觉得他有什么特别之处。"

"是吗？"可欣又拾起一根树枝，在火里胡乱地拨弄着，脸上有股焦躁和不耐的神情，"那么，嘉文呢？"

湘怡迅速地掉过头来看着可欣，她不知道可欣在不安些什么，但她却莫名其妙地心跳起来，大概是受了可欣的传染，不安也悄悄地爬上了她的心头，她感到自己的脸在微微地发热了。

"嘉文比纪远安详宁静，"她思索着说，"嘉文像一条小溪，纪远是一条瀑布。我想，前者比较给人安定的感觉。"

"是吗？"可欣脸上的焦灼和不耐更加深了，"但是，我总是不放心嘉文。"

"不放心他什么呢？"

"不放心他任何地方！总觉得他还处处都需要照顾和保护。"

"那是因为你爱他！"湘怡把锅盖打开，米汤已经泼了出来，"这是很自然的现象，你越爱他，就对他越牵肠挂肚，爱人之间，大概都是这样的。"

"你认为这是正常的吗？"可欣蹙起了眉，深思地望着向上奔窜的火苗。

"当然啦！"湘怡丢下了手里燃着了的树枝，站起身来说，"我不明白你在烦恼些什么？你看来很不安似的。别担心，嘉文对你是死心塌地的爱，任何人都看得出来，你还有什么不放心呢？"她走到堆食物的地方，拿起菜刀和香肠，又抬头看了看天色，用故作轻快的语调说："天已经大亮了，太阳都出来了，我猜他们一定马上会回来，一个个饿得像三天没吃饭似的，最好我们把早餐都弄好了，让他们坐下来就可以吃！"

"湘怡，"可欣歪着头打量了她一会儿，"你是个标准的贤妻良母型,将来谁娶了你是有福了。"

"是吗?"湘怡淡淡地笑了起来,"可惜你不是男人!"拿起水桶,她跑开了,到泉水旁边去提水。

太阳穿出了云层,绚烂而嫣红,谷底的晨雾散开了,清晨的露珠在树叶上闪烁,整个的山从黑夜中苏醒,美得像一幅画。连那帐篷、营火、炊烟都失去了真实感,变成了画的一部分。早餐已经都做好了,罗列在帐篷前面的空地上。火上烧着一壶滚开的水,等着冲牛奶,壶盖在水蒸气的冲击中跳动,从隙缝里冒出一股股白色的热气。

"这些人呢?怎么还不回来?"可欣伸长了脖子,不耐地望着那条深入山中的小径。

"要叫醒嘉龄吗?"湘怡问,"到底她年纪最轻,睡得那么熟,还闹着也要打猎呢,睡成这样子,假若夜里有只老虎来把她衔走了,她恐怕在老虎嘴里还照睡不误呢!"湘怡笑着说,竭力想让可欣安定下来。

"他们来了!"可欣欢呼了一声,就放下了手里的东西,向那条小径飞奔着迎了过去。她自己也不明白,为什么这一刹那似的离别,竟使她这样地紧张和神经质。

从山坡上滑下了一个人,这人是像猿猴一般攀住树枝和葛藤翻越下来的,速度非常之快,顷刻间已经停在可欣的面前了。可欣定睛一看,是那三个山地人中间的一个,他的衣袖被荆棘划破了,裤脚也破了,神色紧张而惶恐,站在可欣面前,他喘着气嚷:"纠苏腊达跪!纠棍巴杜斯!"

"什么?"可欣愣了愣,望着那紧张得气都喘不过来的山地人,"你说什么?"

"纠苏腊达跪!纠棍巴杜斯!"

山地人重复地嚷着,指手画脚地向身后的山林指着,看到可欣茫然不解的样子,他急得跺了跺脚,就用手比成放枪的姿态,嘴里"砰砰"地喊,又做倒地状,比来比去,可欣仍然迷糊得厉害。可是,山地人惊惶的神情立即传染给了她,她尖着喉咙喊:"湘怡!你看他在说些什么?"

湘怡在看到山地人的时候,就已经走过来了,望着那指手画脚的山地人,她喃喃地、猜测地说:"一定他们打到什么大野兽了!"

"他们在哪儿?"可欣问山地人。

"纠棍巴杜斯!"山地人喊,又做倒地状。

"百分之八十,真打到野猪了!大概太大了,背不回来!"湘怡说。

"是要我们去帮忙吗?"可欣狐疑地问。

"或者是。"

"我看不对,"可欣嗫嚅着,"他的样子并不像很得意很开心呀,别出了事!"

"绝对不会,"湘怡说,但她的语气中却丝毫没有把握,"你太紧张了。"

"那么,他们怎么还不回来?"可欣焦灼地喊。

"我们看看去!"湘怡说。

但是,不用她们再去看了,纪远高大的身形出现在山头上。他并不是一个人,他肩膀上还扛着一件什么东西,越过了石块,滑下了山坡，翻过了泉水的小山沟，他连滑带跌地走了下来。那厚重的爬山鞋上全是重重的泥土，浑身污泥，脏得像矿坑中爬出来的工人。在他身后，其他两个山地人和胡如苇沉默地跟了下来，胡如苇一只手提着只飞鼠，另一只手握着一个丑陋的、淌着血的野羌。

"嘉文！"可欣喊，脸色倏地变成惨白，用手握住了自己的嘴，眼睛瞪得大大的。

纪远停在可欣面前，默默地站了大约三秒钟，他的额上全是汗珠，手臂上布满了荆棘刺破的伤口，衣服撕破了，头发凌乱而面色苍白。站在那儿，他一语不发，只用一对内疚的、求恕的眼光，呆呆地望着可欣。

"猎枪走火。"他喃喃地说，"他打中了那只羌。"他有些语无伦次，自己也不清楚在说什么。

可欣的眼睛瞪得更大了，嘴唇颤抖着，身不由己地，她抓住了身边的一棵小树，用来支持自己的体重。接着，她就由头至脚，浑身都发起抖来。

"他……他死了吗？"

可欣听到一个声音在问，她以为是自己的声音，但，那是湘怡。

"不，他受了伤。"

"把他放到火边去，可欣，你去把高粱酒找出来，我去拿急救包！"湘怡迅速地喊，立刻转身朝帐篷方向跑了过去。

纪远把嘉文放在火边的草地上，可欣跪在他的身边，她的战栗始终没有停止，抓起了嘉文的手，她茫然地瞪视着他那张苍白而漂亮的脸，无法思想也无法行动，似乎陷入一种催眠似的昏迷里。她听到一声惊呼，接着，嘉龄闪电似的扑了过来，一把抱住嘉文的肩膀，尖声地喊着："哥哥！你怎么了？哥哥！你怎么了？"抬起头来，她把泪痕遍布的脸逼向了纪远，哭着大嚷，"纪远！你把我哥哥怎么了？你为什么不保护他？你明知他不会打猎！他从没有打过这种鬼猎！纪远！你这个混蛋！你还我哥哥！还我哥哥！"

嘉龄的大哭大嚷把可欣从沉思的状态里唤醒了，她迅速地恢复了思想和神志。躺在地上的嘉文是没有知觉的，枪弹从他的背脊里射进去，血流了很多，毛衣和夹克的背部被血染透了一大片。她把嘉文的身子侧过去，胡如苇已经捧了睡袋和棉被来，垫在嘉文的身子底下。嘉龄还在哭，可欣喊："嘉龄！你把火烧旺一点，我要脱掉他的衣服！"

嘉龄止了哭，伸过头来，怯怯地说："他会死吗，可欣？"

"不会！"可欣说，咬了咬嘴唇，"他太年轻了！生命不是这样容易结束的。"

湘怡拿了纱布药棉和药品跑来，跪在嘉文身边，她帮可欣脱去了嘉文的上衣，用睡袋盖在他身上，以免受凉。伤口附近是灼焦的，血还在继续流出来。湘怡呻吟了一声，闭闭眼睛，深呼吸了一口气，才提起精神说："谁去弄一点儿干净的水来？"

纪远提了水过来，湘怡用水拭去了伤口附近的血，又用双氧水略事消毒，就撒上止血药粉和消炎粉。纪远扶着嘉文的身子，让湘怡和可欣把嘉文的伤口包扎起来。一切弄好了，再给他穿好衣服，湘怡站起身来，用手扶着头，长长地吐出一口气，说：

"我们要马上把他送到医院去!"

说完,她突然失去了力量,双腿一软,就对草地上栽倒了过去。可欣惊呼了一声,抱住她的头,嘉龄也喊:"湘怡!湘怡姐!你怎么了?"

湘怡立即恢复了,睁开眼睛,她虚弱地笑笑,脸色似乎比嘉文还苍白。"没什么,"她乏力地说,"我只是——向来不能看到大量的血。血会使我头晕。"站起身来,她摇了摇头,"现在已经没什么了,我们赶快吃一点东西下山吧。"

"我什么都吃不下。"可欣说。

"你应该吃,否则没有力气走路。"

三个山地人已经把帐篷拔了。纪远始终一语不发,只忙碌地帮着山地人整理东西,匆促地装好背袋。又用帐篷垫底的帆布和营棍,做成了一个临时的担架。他埋着头工作,对于周遭的情形,都不理不睬。一切在惊人的速度下弄妥当了,他走到嘉文身边,和一个山地人说了几句话,就把嘉文抬到担架上面。背上背袋,他又和那个山地人抬起了担架,回过头,他不知对谁交代了一声:"我们先走,我要争取时间,尽快把他送进医院。"

可欣赶过去,手里端着一杯牛奶。

"你什么都没吃。"她低低地说。

纪远看了她一眼,接过那杯牛奶,一仰而尽,可欣又递上几片面包,他摇摇头,轻轻地说:"我很抱歉,可欣。"可欣含着泪摇了一下头,说:"我要跟你们一起走!"

"大家都一起走吧!"胡如苇说,用水熄灭了那堆火,这是这次打猎最后所余下的东西了,一堆烧焦的木柴和灰烬。纪远和山地人抬着担架领先走了。可欣、嘉龄、山地人、胡如苇等随后。没有人唱歌,没有人欢笑,大家都沉默而迅速地向前进行。走了几步,可欣下意识地回头张望了一下,那堆火还剩着一缕轻烟,袅袅地升腾着。只一忽儿,那袅袅的轻烟也消散了。她的眼眶发热,泪涌了上来,把手轻轻地按在嘉文的胸前,注视着那张年轻的、带着几分孩子气的脸庞,她觉得喉头哽塞着。他会好转,她知道。一颗猎枪的子弹不足以要他的命,他一定会复原,她知道。但,在这次打猎里,她似乎失去了很多东西,很多她自己也不知道是什么的东西。她只能确定一点,那就是:现在的她已经不是打猎以前的她了。

下山的路仿佛比上山时更艰巨,尤其抬着一个担架,每当面临陡坡的时候,担架上的人就有滚下来的危险。而路面狭窄,更不容担架平平稳稳地行进,栈道又脆弱不堪,随时都可能折断。这样艰辛地走了一段路,纪远的额上已全是汗,衬衫全被汗所湿透。迫不得已,他们放下担架来休息。嘉文发出一声呻吟,可欣立即灌了他一些高粱酒,酒蹿进他的胃里,带入了一股热气,他的眼睛睁开了。

"嘉文,"可欣捧住他的脸,凝视他,"你好吗?很痛吗?"

嘉文眨动着眼帘,看清楚了眼前的人。

"可欣。"他软弱地说。

"你要不要吃点什么?"可欣说,撕了一片面包,喂进他的嘴里,"不要愁,嘉文,我们马上送你去医院,只是一点儿轻伤,几天就会好的。你痛吗?"

"是的。"嘉文点点头,握住可欣的手,他的手是发热而汗湿的。"我打中了那只羌,"他天真地说,像个急需赞美的孩子,"是我打中它的!"

"我知道,"可欣说,泪又涌了上来,"我什么都知道,那只羌——确实是个狡猾的东西,一定——非常难得打中的。"她嗫嚅地说,喉咙逼紧地收缩着。怎样的一个孩子!受了伤,而他关心的是他打中了那只羌!

嘉文并没有清醒多久,就又昏睡了过去。担架的行进越来越变得艰苦。最后,纪远只得放弃担架,把背袋交给山地人背,而把嘉文扛在肩膀上。

太阳高高地张着,逐渐增加它灼热的力量。纪远努力维持着身子的平衡,肩上的重量使他喘不过气来,汗挂在他的睫毛上,迷糊了他的视线。脚下的栈道不时发出不胜负荷的破裂声,他尽快地迈着步子,越过栈道,越过岩石,越过荆棘和陡坡。他的衣服全划破了,手上已布满了尖利的山石所割裂的伤口。他的头发昏,喉头发痛,而嘴唇干枯。但他不肯放松自己,他必须把握时间,用最快的速度走到山下去。只有早到达山下,才能早把嘉文送进医院,嘉文的生命在他的手里。

脚下有根葛藤绊了一下,他差一点儿摔倒,用手扶住山壁,他停下来喘息。汗在他的衣服上蒸发,头发被汗湿透了,粘在他的额角上,他闭上眼睛,几乎要昏倒了。

"纪远,这儿!"有一个温柔的声音在他面前响起来,他睁开眼睛,接触到可欣恳切的眸子。她盈盈然地站在那儿,手里举着水壶。

"喝一点水,好吗?"她轻声地问,带着种使人不能抗拒的温柔。

他接过水壶,仰头咕噜咕噜地喝了好几大口,这是未经煮过的山泉,是可欣沿路在泉水所经之处接的。水清凉无比,沁人心脾。他的精神为之一振。喝完了水,可欣又递上了面包,仍然用那种使人不能抗拒的、温柔的语气说:"你非吃一点不可!否则,你会支持不下去的!"

他吃了。同时,凝视了可欣好一会儿。

一条栈道又一条栈道,一块岩石又一块岩石,这山路仿佛无止境地长,仿佛永远走不到山下。纪远不肯把嘉文让给山地人去背,也不肯坐下来稍事休息。他有种顽固的、自我虐待似的坚持,虽然步履都已不稳定,却决不放下嘉文。

午后三点钟左右,他们终于来到昨天经过的独木桥边。瀑布依旧奔流飞湍,岩石依然耸立在激流之中,那条颤巍巍的独木,也依旧岌岌可危地架在岩石上。

"怎么过去呢?"胡如苇望着纪远说,"一个人单独走都不简单了,何况背着一个人!"

"我可以过去,"纪远简单地说,"你们先走,让我稍微休息一下。"

可欣望着纪远,嘴角动了动,却没有说出话来。三个山地人已经先过去了,放下背包再来接应后面的人。大家都一个一个地走了过去,大概因为多了一次经验,今天走起来远没有昨天那样惊险。纪远等他们都过去了之后,才走上了岩石。

岩石在多年水花飞溅之下,长满了一层绿色的茸苔,滑不留足。纪远背负着重量,只能手脚并用,尽管十分小心,仍然跌进水里一次，整个裤管都湿了。但，嘉文并没有跌倒。跨上了独木小桥，他摇摇欲坠地走了过来，等到达对岸，他已满头大汗，连手背上面都冒着汗珠。把嘉文放到担架上（这以后的路可以用担架了），他跌坐在石头上面喘息，本来红褐色的脸庞显出一种少见的苍白。

可欣走到他身边，拿出一条绣花的小手帕给他，低声地说："你擦擦汗吧！你实在不必这样自苦，可以让山地人背一段。他的呼吸很好，也没有热度，他不要紧的。"

纪远握住那条手帕。"我并不像你这样乐观，"他说，"他不该一直这样昏迷着。"

"或者是失血过多。"

"总之，我说不出有多抱歉。"纪远咬了咬嘴唇，皱紧了眉说。

"别这样，"可欣把双手放在他的肩膀上，突然一阵冲动之下，竟像个长辈般在他的额上印下了一吻，喃喃地说，"没有人怪你。"

她走开了。纪远有些晕眩，用手支着额，他必须多休息一会儿。有片暗影罩在他头上，他抬起头，看见嘉龄那对清亮的大眼睛。

"纪远，"她急促地说，似乎鼓足了勇气，"我今天早上不是有意怪你，你知道。我看到哥哥受伤就昏了，我并不是真的怪你，只是一急之下，就乱骂一通，你别介意哦。"说着，她学可欣的样子，也仓促地给了纪远一吻。但，她并非吻他的额，而是吻了他的唇。她以为没有人注意，悄悄地，她红着脸退了开去。可是，她才走到担架边，就接触到可欣洞烛一切的眸子。

"哦,我——"她有些不安,脸更红了。为了武装她自己,她干脆甩了一下头,做出一股满不在乎的样子来,先发制人地说:"我喜欢他!这个纪远!"

可欣注视着嘉龄,嘴边浮起一个难以解释的、奇异的微笑——带着抹淡淡的哀愁。点了点头,她轻轻地说:"当然,你没有做错什么。"

第九章

窗外在下雨。

白色的病房里静悄悄的,没有一点儿声息。杜嘉文躺在床上,合着眼睛,在聆听着窗外淅淅沥沥的雨声。他已经醒来好一会儿了,但他不愿睁开眼睛来。就这样躺着,用他的整颗心去体会着周遭的一切。他喜欢这种时刻,不用看,不用触摸,他也知道可欣在什么地方,她会坐在床前的椅子里,轻轻地呼吸,慢慢地移动,生怕一点儿小声音会惊醒了他。他满足于这一刻,也陶醉于这一刻。

悄悄地抬起眼帘,他在睫毛底下转动着眼珠,向床边的椅子里偷窥过去。不错,她在那儿,静静地坐着,像一座玲珑细致的雕像。她膝上摊开地放着一本书,但她并没有去看它,而把视线停在窗子上面,定定地凝视着什么。双手交叠地放在书上,手指纤细修长。嘉文转侧过身子,张开了眼睛,惊奇地看着她。她竟没有发觉他的醒来,那么专心地陷在凝思之中。他下意识地跟踪着她的视线,窗玻璃上,除了不住向下滑落的雨滴之外,什么东西都没有。雨把所有的景致都封住了。

他忍不住地轻咳了一声,可欣惊跳起来,书从膝上滑到地下,她的脸红了。"噢!"她微笑着,轻声地说,"你醒了!你这一觉睡得真好!"

"你在想什么?"嘉文问,伸手抓住了她的手,她那纤长的手指是冰冷的。

"什么都没想!"她抽出了自己的手,掩饰什么似的俯下身去,拾起那本书。他看了看书的封面,《安娜·卡列尼娜》。他不相信她真的在看书,因为,这本书她起码看过三遍了。

"可欣!"他温存地喊,语气里有点需索的味儿。

"嗯?"

"你不耐烦陪我吗?"

"谁说的?"可欣睁大眼睛望着他,用手整理着他的枕头。

"病床使你变成个多心的孩子了,别胡思乱想吧,好好地把身体养好,以后再也不要去打猎了,这次可怕的经验真是毕生都难忘记的!"

"我倒觉得打猎挺过瘾的!"

"我看你对于受伤都很感兴趣呢!"可欣冲口而出地说了一句。

"本来嘛,"嘉文笑了,握紧了可欣的手,不许她挣脱,"难得的享受,有你从早到晚陪着我,又不找借口离开。"

可欣淡淡地微笑起来,那微笑是深沉的,难解的,莫测高深的。嘉文怀疑地望着她,然后把她的身子拉向了自己,用手圈住她的肩膀,带着些不满的神色说:"你变了,可欣。"

"变了？怎么变了？"可欣想站起来。

"别走！"嘉文紧紧地圈住她，"你变得让我有些不了解了，变得像一本拉丁文写的书。"

"什么时候你曾经彻底地了解过我？"可欣低低地，从喉咙里模糊地说了一句。

"你在说什么？"嘉文没听清楚。

"没什么。"可欣又想站起来。

"别动！"嘉文把她圈得更紧，"你干吗，总想逃开我？"拉下了她的身子，他用嘴唇寻找她的，"别走！可欣，我每一分钟都在为你发狂。"

"不要闹，嘉文，你会弄痛了伤口。"

"虽痛犹甜！"嘉文低声地说，箍住她身子的手臂加重了力量。她的发丝像瀑布般泻下来，埋住了她和他的脸。她没有太热烈的反应，也没有挣扎，只温顺地用唇贴住他的。但，她的身子僵硬，眼睛怀疑什么似的大睁着，注视着他的脸。

一声门响，纪远浑身湿淋淋的，提着一篮橘子走了进来，才跨进门，他就立即退了出去，砰然一声带上了房门，在门外嚷着说："对不起！你们亲热完了告诉我一声，我在这儿等着。"

"别开玩笑！纪远！"嘉文笑着喊，"你还不进来！"

纪远重新走了进来，把橘子放在嘉文床前的小茶几上，眼睛里含着抹笑谑的神气，在嘉文和可欣的脸上扫了一圈。嘉文的气色显得很好，白皙的脸庞漾出红晕，更带着几分女孩子气，眼睛里闪烁着热情和愉快的光芒。可欣却正相反，乌黑的眼珠深不可测，脸色也有些不正常的苍白，在她那近乎困惑和迷失的神色里，找不出丝毫兴奋和快乐的光彩。

"怎样？好吗？嘉文？"纪远问。

"好极了，我想再有四五天，就可以出院了！"嘉文说。

"等你出院了，我们给你开一个小庆祝会，我有一样礼物要送你。"

"是什么？"

"哈！不能说的！"纪远在床前的椅子里坐下，自顾自地剥起橘子来，"说出来就没意思了，我要给你一个意外。"

"你别花钱，你的经济情形我很清楚……"嘉文说了一半。

"算了！别提那个！"纪远打断他，"钱是一件讨厌的玩意儿！"拍了拍嘉文的肩膀，他用充满歉意的声调说，"嘉文，这次猎枪走火的事件，我实在抱歉透了！"

"你又来了！"嘉文说，"你到底要说多少个抱歉才够？"

"老实说，对你还没什么，每次看到你父亲那一脸的焦灼，我心里可真不是滋味。"纪远把橘子塞进嘴里，看了可欣一眼。

"可欣！"他喊，"你为什么默默无语？"

可欣淡淡地笑了一下："你们谈得很好，我说什么呢？"

"随便谈谈呀！"纪远拿起了桌上那本书，"《安娜·卡列尼娜》。"他念着，看看嘉文，"你在看吗？"

"可欣在看。"

纪远的视线转向可欣，仔细地、锐利地，对可欣打量了一番。然后转向嘉文说："你该让可欣在外面走走，别把她关在医院里，你住院半个月，她起码瘦了三公斤。嘉文，你太自私了！"

"是吗？"嘉文也打量着可欣，迟疑地说，"我以为……"

"没有的事！"可欣急急地打断嘉文，堆上一脸不自然的笑，"纪远和你开玩笑呢，你就认真了！谁说我瘦了，恐怕还胖了些呢！而且，我高兴待在医院里面么！"

嘉文释然了。"不过，"他故作大方地说，"你真不该天天在医院里，为我请假太多也不好，我现在也没什么了，明天起，你还是去上课吧，马上就要期终考试了！我这学期，是非重修不可了！"

"你可以不参加期终考，以后再补考。"可欣说，"只是，出院之后就要啃书本了。好在你一向的成绩都好，一定没问题的。"她看着纪远，用不轻不重的声调说：" 纪远，你的衣服湿了。"

"当然啦，外面在下雨嘛！"纪远满不在乎地说。

"为什么不穿雨衣？"嘉文问。

"如果我有的话，一定会穿的。"

"怎么不买一件呢？"

"假如我有钱的话——"纪远顿了顿，笑了起来，"假如我有钱的话，老实说，也不会用来买雨衣！"

"你会用在许多不必要的花费上！"可欣插进来说。

"必要与不必要是每个人自己认为的，你认为不必要，说不定我认为必要呢！"

"例如这篮橘子——"可欣说。

"实在是不必要！"嘉文接了下去。

"你们两个别唱双簧，故意做亲热状给我看，明明欺侮我是孤家寡人，让我嫉妒得要死，何苦呢！"纪远带笑地皱了皱眉，"至于这篮橘子，我认为完全必要，因为，我最爱吃橘子，送到你这儿来,你未见得吃,我天天来看你,正好自己吃,又做了人情,又享了口福,一举两得,怎么不必要!"说完,他又抓起一个橘子,夸张地掰开,大口大口地吃着,仿佛要吃给谁看似的。

"给我一片!"可欣伸开手。

纪远给了她,她才吃进嘴里,就急忙吐了出来,叫着说:"哎哟!好酸!"

"当然酸啦!"纪远跳了起来说,"我的橘子,怎么能不酸!"他向门口走去,头也不回地加了一句,"我要走了,嘉文,明天再来看你!"

"等一等,纪远!"可欣喊,"我也要回去了,和你一块儿走。"她转向嘉文,带着几分歉意说:"我今天想早点回去,已经快到五点了,晚饭后我要准备期终考,明天上午去上课,下午再来,好吗?"

嘉文很不情愿地点了点头,虽然心中颇为恋恋,也不好说什么,那张光亮的脸孔一下子就暗淡了。可欣又给了他一个温柔和安慰的微笑,劝解似的说:"晚上湘怡可能来看你,好好招待哟!"

"你的朋友,还有什么话说!"嘉文勉强地应了一句。

"得了,别卖我的账,你受伤那天,别人亲自帮你包扎伤口,她见不得血,为了你还晕倒了呢!这份心意,你也得感激呀!"

"这件事你起码提了一百次了!"嘉文说。

"怕你忘了呀!"可欣说着,向门口走去。跨出房门,才又笑着回头抛下了一句,"明天见!"

医院外面,细雨绵绵密密地洒着,空气冷而凝重,街道在雨的洗涤下闪着亮光。暮色已经很浓,和蒙蒙的雨雾糅在一起。纪远和可欣沿着人行道,并肩向前面慢慢地走着。可欣有一把小小的黑色雨伞,纪远帮她拿着,雨伞偏向了可欣,他那宽阔的肩头,有一边仍然浴在雨雾里。

路很长,也很静。他们默默地迈着步子,谁都没有叫车的意思。雨滴在伞面上聚集,从伞沿上滚落,纷纷乱乱地迸跳,跌碎。纪远一只手握着伞,一只手插在夹克的口袋里,嘴唇闭得很紧,眼睛定定地望着前方被雨雾封锁的街道,像在沉思着什么特别深奥而难解的问题。

"我和他从小就认识。"可欣突然开了口,声音是轻轻的、柔柔的、不慌不忙的,仿佛想寻回一点什么,"据说,我母亲未嫁之前,家里非常富有,而嘉文的父亲却落魄不堪。我的外祖父收留了杜伯伯,给他受了教育,以后,他离开我外祖父的家,到上海去了。他在上海卷进了金融界,事业非常顺利,我外祖父却在几次金矿的投资中破了产,母亲嫁给父亲之后,生活更苦不堪言。等外祖父逝世,杜伯伯就写信给我父亲,要我们从北平到上海去,他可以帮我父亲找到工作,我们去了,那就是我第一次看到嘉文——我四岁,他六岁。"

雨无边无际地洒着,轻飘飘的,冷幽幽的。

"到上海之后,我们毗屋而居,我和嘉文成天在一块儿玩,扮家家、跳绳、踢毽子……杜伯伯常常含笑望着我们,对爸爸说:'我们结成亲家吧!看他们不是标准的一对吗?'那时,爸爸在上海×大当讲师,我们的生活仍然很苦,杜伯伯时常接济我们。"

她垂下眼睛,望着地上水光中的倒影,继续说下去。

"抗日战争爆发,我们和杜伯伯一起迁往重庆,所有的旅费,也全是杜家资助。爸爸是个糊糊涂涂的书呆子,不大注意这些事情,妈妈总是于心不安。嘉文从小就死了母亲,妈妈常把他当自己儿子一般,揽在怀里说:'嘉文,给我做女婿吧!也等于是我的孩子了!'也常常对我说:'可欣,好好和嘉文一起玩,一起做功课,我把你给杜家做媳妇吧!'于是我和嘉文背着人,总是亲亲热热的,像一对小情侣。在我心里,很小就知道这件事实,我终将属于嘉文。"

纪远的眼睛更深沉地注视着前方,默然地不发一语。

"由重庆而台湾,我们一直生活在同一个城市里,爸爸的事业有了发展,和杜伯伯却反而疏远了,但是,我和嘉文没有疏远。随着年龄的增长,我们的感情也一块儿增长。他有了任何烦恼的事情,必定先跑来告诉我,我也一样。在我十六岁那年的夏天,他就偷偷地吻过我,那是个美丽的黄昏……"她微笑了起来,笑容里竟莫名其妙地带着抹近乎凄凉的无奈,"是的,那是个美丽的黄昏,在他家的长廊下,他偷偷地吻我。我们紧张得牙齿碰了牙齿,谁都不知道接吻是怎么回事。但,却让我脸红心跳了好几天,我们悄悄地钩了小指头,发誓非卿不娶,非君莫嫁,他把棕榈树的叶子撕开,编成一枚小戒指送给我,告诉我,他用这枚小戒指,圈定了我的终身。"

一段小小的停顿,接着是她的一声叹息——不知为何而发,满足?愉快?无可奈何?她的声音又轻柔地响了起来。

"爸爸死了,杜伯伯代为料理丧事。可是,爸爸死后,妈妈就不大和杜伯伯来往了。据我猜想,杜伯伯和妈妈之间,一定有过一段不成型的往事——"她又笑了,"所谓不成型,就是根本说不出所以然来的那种感情。不过,妈妈却很急于要让我和嘉文的感情'成型'。"她深吸了口气,"我们不让妈妈多操心,我心里从没有过第二个男人,嘉文心里也从没有过第二个女人。我们自然而然地接近,自然而然地爱慕,自然而然地相恋。"

雨大了些,扫在伞面上,发出细碎的轻响。街边的一盏路灯突然亮了,接着,所有的路灯都大放光明。黄澄澄的光在柏油路面的积水中荡漾。

"嘉文的感情深挚细密,带着几分依赖性,这和他自幼丧母有关。我常常为自己庆幸,因为嘉文在感情上不是多变的,他专一而固执,有时,我甚至觉得他需要我的保护。他一直是个被宠爱着的孩子,所以他不能忍受丝毫的伤害。我记得,在我们小的时候,如果我对他有点恶作剧的行为,他都会伤心好几天。有一次,我们一起在花园里玩——"

她忽然住了嘴,抬起头来注视着纪远,像从一个梦中醒来一样,脸上布满了迷惘和错愕,讷讷地说:"我一直谈这些,你会不会觉得讨厌?觉得不耐和没兴趣?"

"并不。"纪远走出医院之后,这还是第一次开口,他的视线从遥远的雨雾里收回来了,静静地盯着她,"但是,你为什么要告诉我这些事?为什么?"

"为什么?"可欣机械地重复了一句,灯光下的脸色暗淡而苍白,"我也不知道,或者——或者——因为嘉文是你的好朋友。"她顿了顿,又问:"你不耐烦了?"

"我听得很有兴趣，"纪远说，站住了脚步，深深地凝视着她，"已经到了你家的巷口了，时间好像是不知不觉中滑过去的。你不请我去你家坐坐？"

"你有兴趣去？"可欣的眼睛亮了亮。

"不，还是改天吧！"纪远微笑了，"改一天，等你和嘉文结婚以后，我会天天到你们家里去，做你们的食客。"

可欣的脸色变得有些奇异而费解。默默地站在巷口，他们有一段时间的沉默，彼此注视着，谁也没有开口。好久之后，纪远才忽然地耸了耸肩，轻轻地笑了一声说："好吧！可欣，再见！"

"等一等，"可欣急促地说，"纪远！明天你去不去医院？"

"当然去。"

"什么时间？"

"和今天差不多。"

"那么，"可欣润了润嘴唇，"你还是送我回家，这样散散步比什么都好。"

"再听你谈你和嘉文的故事？"纪远问，眼睛亮而有神。

"除非你不爱听！"

"我很爱听，真的。"

"那么，你会听不完的，无数的细节，无数的片段，无数的点点滴滴。"

"好吧！"纪远点点头，"现在，再见吧！"

"再见。"可欣轻轻地说了句，接过了纪远手中的伞。纪远立即迈开大步，自顾自地走进雨雾中了。他没有回头，宽阔的肩膀挺而直，那脚步是坚决有力的。

握牢了伞柄,她慢慢地转过身子,走到家门口。取出钥匙,开了大门,她走上榻榻米。菜饭香正弥漫全室,沈雅真在饭桌上等着迟归的女儿。

"回来了?"沈雅真打量着可欣,仔细地注视着她那对黑幽幽的眼睛,"怎么回事?嘉文的病况不太好吗?"

"没有呀!"可欣仓皇地看了母亲一眼,"一切顺利,顶多再有一星期,他就可以出院了。明天,我要恢复上课了。"

"可是——"雅真迟疑地望着可欣,有些什么事不对了?

"可是什么?"可欣问。

"没什么,"雅真说,"你的毛衣湿了,去换一件来吃饭吧!你——是走回来的吗?"

"是的。"

"为什么?那么远的路,怎么不坐车?"

"哦,我——我没想到。"

可欣钻进了自己的卧室,长长地吐出了一口气,她没有及时换掉湿衣,也没有马上出去吃饭。拧亮了桌上的台灯,她对书桌上的一个镜框注视着——那是一张嘉文的照片,年轻的脸庞上笑意盈盈,眼睛里盛载着梦和欢乐。她在桌前坐下,用手托住下巴,对那张照片深深地沉思起来。

第十章

一连下了一星期的雨。

湘怡对着镜子,细心地把白衬衫的领子翻到绿毛衣外面来,又用牙齿咬了咬嘴唇,希望能增加它的红润。面颊太苍白了,她借用嫂嫂李氏的唇膏,淡淡地抹上一层,又觉得太过分了,再用手绢一起擦掉。把辫子末梢的黑绸结换成了绿色的缎结,再在大襟上别上一朵自制的黄色小绒花。自己对镜而视,朴实清新之余,也有着属于青春的动人韵致。把镜子倒扣在桌子上,她不由自主地长叹了一声。

"哼,我们家大小姐大概在害相思病了,一天到晚地唉声叹气!"

门边,李氏的声音冷冷地传了过来,湘怡迅速地抬起头来,对外间屋里张望了一眼,李氏正在缝纫机上忙碌着。轧轧机声里伴着冷嘲热讽。哥哥湘平在休假,躺在藤椅里,拿一张报纸蒙住了脸。

湘怡讪讪地站起身来，走到外间屋里，李氏抬起眼睛看了看她。"打扮得像个花蝴蝶似的，又是去医院看那个小白脸，对吧？"李氏撇了撇嘴，"人家是总经理的儿子，有钱嘛！"

"嫂嫂，"湘怡恳求地看着李氏，申辩地说，"人家已经要订婚了，根本不是……"

"是呀！"李氏立即抢白地接了口，"人家已经要订婚了。你还凑什么热闹呢？你也不自己衡量衡量，是不是块配得上经理少爷的料！我们给你介绍的张科长有什么不好？嫌人家年纪大，嫌人家没头发……哼，头发能做什么用呀？这不是滑稽吗？……"

"嫂嫂！"湘怡再喊。

郑湘平的报纸滑了下来，眼睛从报沿上望着湘怡。他是个白皙而清瘦的青年，虽然不过三十出头，孩子、家庭和生活的重担已经把他折磨得没有丝毫的生气，看来倒像个小老头了。平日，他是从没有什么主见的，太太说什么，他就做什么。对于太太的脾气，他深知而畏惧，听到湘怡语气里的抗议成分，他不禁放下了报纸。

"湘怡，"他插嘴说，"你那个男朋友家里到底是做什么的？"

"哥哥，"湘怡忍耐地说，"他不是我的男朋友，他是我同学的未婚夫！"

"好，那么你天天去看他干什么？"

"大家常在一起玩的嘛，他受了伤，总应该去看看嘛！"

"哼！"李氏在一边又应了声，"去看看！搽胭脂抹粉的！湘平，你妹妹是动了春心了！可是，人家看不上你介绍的！"

"湘怡，"那位哥哥皱皱眉，摆出一副"家长"的姿态来，沉着声音说,"张科长对你很不错,你的意思到底怎么样?"

"哥哥!"湘怡喊。

"这样吧,你们先做做朋友,大家多了解了解,这个星期天,张科长请你去碧潭玩,别辜负了人家的好意!"

"哥哥,"湘怡急急地说,"这星期天我有事!"

"有事?什么事?"

"嘉文出院,他们要给他开一个庆祝会。"湘怡不假思索地说出了口。

"看!可不是!又是那个杜嘉文!"李氏带着一脸胜利的笑说。

"我已经答应了张科长,"做哥哥的损及了尊严,不高兴地瞪起了眼睛,"你去赴张科长的约,姓杜的还是少和他来往,那种花花公子见一个追一个,准没安好心!"

"他……根本……没有……追,追我嘛!"湘怡憋着气说,眼睛里已蒙上一层泪翳。

"好了,好了,别说了。"那位嫂嫂做好做歹地说,"再说下去,小姐又该泪汪汪了,给邻居看到,还说我们做哥哥嫂嫂的欺侮了她呢!"

湘怡咬住牙,强忍住那股在眼眶里冲击的热浪。半天之后,才怯怯地说:"我可以出去了吗?"

"听听这口气!"李氏说,"好像有谁不许她出去似的!要去就去吧,做出这个委屈样子来给谁看呢!"

湘怡垂下头,慢慢地走向门口,披上一件破旧的玻璃雨衣,穿上了鞋子。再回头对屋里张望了一眼,轻轻地说:"哥哥嫂嫂,要我带什么东西回来吗?"

"算了算了,用不着,不敢麻烦你!"

湘怡不再说话,沿着那七弯八拐的走廊,向屋外走去。一路经过的房间,邻居太太们都对她好奇地张望着,她知道在李氏传播之下,她早已成为众所周知的小花蝴蝶。低着头,好不容易才走出那幢杂居了好几十户的日式房子。街上凉凉的风和冷冷的雨包住了她,她挺挺背脊,到现在才觉得自己能透出一口气来。

"怎样的一份生活?"她茫茫然地想着,向医院的方向迈着步子,"我的未来会怎样?和哥哥嫂嫂住一辈子?嫁给张科长?还是——?"她摇摇头,风很大,掀起了她的雨衣,暮色笼罩的街头寒意深深,她打了个冷战。"我还要过多久这种日子?什么时候才能获得解脱?"她仰头看看天,苍灰色的云层厚厚地堆积着,"如果一个人能知道自己的未来就好了,谁能明白五年之后的我是什么样的情况?十年之后呢?二十年之后呢?这些日子还遥远得很,但总有一天会来的,那时的我将如何?"

她把雨帽拉低了些,沉思地往前走着,眼睛注视着脚前的地下。到了医院门口,她抬起头,却一眼看到可欣和纪远肩并肩地走出医院。出于下意识,她在廊柱后面隐住了身子,没有和他们打招呼。他们也没有看到湘怡,纪远帮可欣拿着伞,两人慢慢地向街头走去。可欣在热烈地谈着什么,小小的、黑发的脑袋靠近了纪远宽阔的肩膀。

湘怡目送他们的影子消失在雨雾苍茫的街头,才转过身走进医院。她对自己摇了摇头,满心的困惑和不解。近来,纪远每日黄昏送可欣回家,几乎已经变成一条不变的课程。这也没有什么不对,但,又有些不太寻常。她曾问过可欣:"你和纪远都谈些什么?"

"嘉文。只是谈嘉文。"

只是谈嘉文？当然啦，这是一个两人都很熟悉的题目，一个的好朋友，另一个的未婚夫。他们有的是谈不完的资料。一切都很正常，用不着她替古人操心。

上了楼，嘉文住在特等病房，拥有相当大的一间，还有待客的沙发和藤椅。她敲了敲门，里面，嘉文在说"请进"，她推开门走了进去。

"哦，是你，"嘉文说，他已经下了床，靠在沙发里，百无聊赖地翻弄可欣的那本《安娜·卡列尼娜》，"纪远和可欣刚刚走，你没有碰到他们？"他问。

"噢，没有。"湘怡很快地说，自己也不明白为什么要说谎，才说过她就脸红了。

"没碰到吗？"嘉文怏怏然地说，顿时又无精打采起来，重复地说了句，"他们刚刚走。"

湘怡在沙发上坐下，仔细地打量着嘉文，后者的神情有些落寞。"是不是明天出院？"她问。

"是的，其实今天就可以出院了，"嘉文有些懊恼地说，"住医院住得我难过透了！"

"何不去躺躺？"

"躺着也是无聊。"

"看书？"

"看不进去。"

"你躺着，我念给你听，怎样？"

"怎么敢——"

"有什么关系,反正我也没事干!"她很快地打断他,立即接过他手里的书,用温和而鼓励的眼睛望着他,"好吗?"

"不好意思。"

"别不好意思了,"她笑了,觉得很温暖,很开心,"你去躺着,我会让你很舒服,我喜欢服侍别人。假如我不是念了师大,我就要去念护专,我一定会成为一个好护士。"

"但是你怕见血。"

"怕见血?谁说的?"

"可欣。"

"哦哦,"她的脸又红了,"是的,我有些怕见血。好了,现在,去躺着吧。"

他躺上了床,她打开了书,室内的光线昏昏暗暗,她的辫子垂在床沿上,低垂的睫毛在眼睑上投下了一圈弧形的阴影。她低柔地念了起来,圆润的声调如山泉轻泻。

"所有的幸福家庭都是相似的,每个不幸的家庭有它自己的不幸。……"

房门被陡地冲开了,嘉龄带着一头的雨珠闯了进来,一件花格呢的长大衣裹着她,垂着长穗子的围巾绕在脖子上。她看上去年轻、美丽,而且充满了用不完的活力。

"噢!好哥哥,你今天怎样?"她扑到床边,带笑地揉了揉嘉文的头发,又亲昵地挤挤眼睛,"星期天,我们给你筹划了一个大的庆祝会!"把嘴唇附在嘉文的耳边,她悄悄地说,"我预先泄露一个秘密给你听,你别告诉爸爸你知道了。星期天,爸爸准备当众宣布你和可欣订婚，现在正忙着帮你们订戒指呢！"

嘉文愣了愣，这消息带给他一阵欣喜的激荡，眼睛里立刻燃起了光彩。嘉龄不等他有任何表示，就站直身子，转向了湘怡，用迫不及待的语气说："湘怡，看到纪远了吗？"

"纪——远——？"湘怡有些心不在焉。

"是嘛，纪远！看到没有？我到处都找不到他！他的房东老太太说他成天到晚没人影子，这个纪远不知在搞什么鬼！"

"你找纪远做什么？"嘉文问。

"有事嘛！"

"嘉龄，少去找他，他的女朋友是用打来计算的，他对任何女孩子都没有诚意。"嘉文说。

"吓！说这些干吗？我又不追求他！"嘉龄瞪大眼睛，不耐地跺跺脚，"你到底看到他没有？"

"刚刚从这里出去，和可欣一起。"

"我追他们去！"嘉龄嚷着，把围巾抛向脑后，一转身就向室外冲去，连"再见"都来不及对屋子里的人说。嘉文目送她跑得没影子了，才调转眼光，对湘怡笑笑，说："嘉龄真是！"

湘怡没表示任何意见，只也微笑了笑，带着几分惘然和萧索。然后，她低下头，又用她清晰低柔的声调，念着刚刚被嘉龄打断的句子："所有的幸福家庭都是相似的，每个不幸的家庭有它自己的不幸。……"

纪远和可欣沿着人迹稀少的街道，向前面慢慢地踱着步子。雨在伞面上低吟，风在街道上穿梭。暮色堆积着，雨雾迷蒙，到处都是灰茫茫的一片。这几条街道,他们早就走熟了,在这些街道上,他们已谈遍了嘉文的一切:身世、个性、嗜好、外表、人品和种种种种的小故事。

这是雨雾中最后一次的散步,明天,嘉文要出院,这黄昏的漫谈也将结束。不过,也差不多了,关于嘉文的一切题材,都已谈尽了。如果继续散步下去,能谈些什么呢?

转了一个弯,距离可欣的家没有多远了,那条巷子已遥遥在望,巷口孤零零地竖着一个路牌。雨忽然加大,一阵狂风几乎吹翻了伞。纪远下意识地揽住了可欣的腰,似乎怕她被风吹倒。他的手停在那儿,不再放回原处了。

"在重庆的时候,"可欣搜索枯肠,竭力找寻着她和嘉文的片片段段,"我们的家住在沙坪坝,嘉文住在城里。大轰炸的时期,城里非常危险,杜伯伯的工作离不开城里,就把嘉文和嘉龄送到我家来寄住。"她仰头看看天,迎了一脸的霏霏细雨,"那真是一段快乐的日子!我和嘉文也不上学校,整天在田野和山坡上乱跑。有一次,我们在一个小树林里迷了路,我们从下午走到天黑,一直穿不出那个小树林,嘉文拉住我的手,叫我不要怕,但他自己的声音却是颤抖的。我们走了又走,疲倦得无法举步,天那么黑,碰来碰去都是树,最后,我们走到一个破破烂烂的、小土地庙的前面,那土地庙只有半个人高,里面供着一尊黑黝黝的土地爷。我坐在庙前的石头凳子上,背倚着一棵大树。我哭了,嘉文也哭了,我们紧紧地靠在一起,一直哭着哭着,然后,我的头倚着他的肩膀,他的手环抱着我,两个人都睡着了。"

她停住了,那静静的叙述,像在说一个久远的梦。纪远一声不响,步伐缓慢而稳定。

"后来,爸爸和妈妈拿着手电筒找到了我们,把我们抱回了家里,我们都太累了,只醒来一忽儿,就又睡着了。那一夜,妈妈怕我们受了惊,把我们放在一张床上,陪我们睡了一夜。半夜里,嘉文哭醒了,怕老虎咬了我,我也醒了,抱着嘉文不放……"她叹息了一声,幽幽地说,"孩子时期的感情!"

纪远仍然没有开口,可欣也沉默了下来。走了一段,可欣不耐那份寂静,开始轻轻地哼起一支歌来:"记得当时年纪小,我爱谈天你爱笑,有一回并肩坐在桃树下,风在林梢鸟在叫。我们不知不觉地睡着了,梦里花儿落多少。"

"很美!"纪远忽然说。

"什么?"

"你的歌,你的人,你的故事。"纪远说,声调平静而深沉。

"你喜欢?"可欣问。

"你指什么?歌?人?还是故事?"

可欣的脸上一阵燥热,冷冷的雨驱不散她胸头突然涌上的热浪。暗中看了纪远一眼,他注视着前方被雨淋湿的街道,一副对什么都不在意的样子。

"我本来想学音乐。"她答非所问地掉转了话题。

"为什么没有学?"

"爸爸认为我学文史比音乐好,他学了音乐,却一生都不得志。"

纪远没有答话,他们继续向前面走,沉默又不知不觉地来临了。转入了可欣所住的巷子,纪远并没有及时告辞,他跟着她一直到了大门口。

"好了,到了,"可欣勉强地一笑说,"要不要进去坐坐?你从没有到过我家。你会和我母亲谈得来的,她是个最开明而随和的母亲。"她说得很急很快,似乎生怕遭受拒绝。

纪远笑笑,没说去也没说不去,可欣用钥匙开了门。纪远机械地走进了那小小的院落。冬末春初的季节,一枝早放的杜鹃在墙角绚烂地绽放着。可欣走到玄关,伸头看了看,屋子里静悄悄的,没有一点儿声息。她扬着声音喊了一句:"妈妈!"

没有人应,她诧异地说:"奇怪!"转向纪远,她邀请地说,"进来吧!"

走上了榻榻米,客厅的小茶几上,雅真留了一张小纸条:

可欣:
　　我出去购物,即返。

　　　　　　　　　母留条

"妈妈出去了。"可欣放下纸条,脱掉大衣,抖了抖头发上的水珠,"我们请了一个阿巴桑煮饭和洒扫,是上班制的,大概还没有来煮晚饭。你今天就在我们家吃晚饭吧,好吗?"

"不,小辫子在等我。"

"小辫子是谁?"

"我房东老太太的孙女儿。"

"哦,"可欣很快地看了纪远一眼,"很漂亮吗?"

"谁?"

"小辫子。"

"当然,她非常漂亮,也非常可爱。"纪远说,打量着这幢小巧而雅致的日式房子。

"这是我的房间,你要不要进来坐坐?"可欣拉开了自己房间的纸门。

纪远走了进去,这间房间雅洁清爽,床上铺着浅绿色的被单,窗上是同色的窗帘,书桌上,一张嘉文的放大照片正静静地、含笑地注视着全室。

"你坐坐,我去给你倒杯茶。"

可欣说着,退出了屋子。纪远在书桌前的椅子里坐了下来,出神地凝视着嘉文那张照片。在照片旁边,一本厚厚的册子正放在那儿,册子里不知夹着什么,露出一角来。他无意识地翻开了那本东西,却一眼看到是枝早已枯萎的似曾相识的红叶!他猛地一震,心脏迅速地狂跳了,定了定神,他才认出那是本日记本,拿起了那枝红叶,他看到叶子下面所压住的两句话:"相见争如不见?有情还似无情!"

他站起身来,倚着桌子,在心灵狂猛的激荡之下,呆呆地愣住了。

可欣捧了茶杯进来,把茶放在桌上,笑容可掬地说:"阿巴桑已经来了,在厨房里,你就留下来吃饭……"她的话忽然停了,笑容在她唇边冻结,她的眼光从日记本、红叶……一直移到他的脸上,血色离开了她的面颊,张开嘴,她口吃地、讷讷地说:"你——你——你在做什么?"

"不做什么。"纪远喉咙喑哑地说,把红叶放在桌上。然后,他慢慢地抬起头来,慢慢地掉转身子,接着,就突然拉住了可欣的手。在可欣还没有弄清楚是怎么回事以前,她的身子已经被拥入了他的怀抱。那是两只强而有力的胳膊,紧紧地箍住了她的身子。她来不及挣扎,他的嘴唇火一般地贴住了她的。一阵眩晕的热力贯穿了她,她昏迷了,麻木了,神志陷入了完全的迷惘,而整个身子都像虚脱般地失去了力量……时间滞重地滑了过去,她什么都不知道,当她终于抬起了眼睑,她发现他那对燃烧着的、亮晶晶的眼睛正一瞬也不瞬地盯着自己,那眼神狂热而专注。她逐渐地醒悟过来,逐渐地恢复了神志。咬紧了牙,她用尽全身的力量,对那张漂亮的、微褐色的脸庞挥去了一掌。

这一掌在寂静的房间里显得特别的清脆和响亮。纪远放开了她,默默地退后了一步。她被自己的行为所震吓住了,有生以来,这还是她第一次打人。有两秒钟之久,她只能睁着大大的眼睛,瞪视着这面前的男人。接着,她就神经质地、爆发地大叫了起来:"纪远!你这个不要脸的伪君子!你怎么能做这种事?嘉文把你当最知己的朋友,敬爱你,信任你,你怎能做这样的事?你对不起嘉文!他是君子,你是流氓!你还站在这儿干什么?你给我滚出去!滚出去!滚出去!我一辈子也不要再见你!你滚出去!马上滚!……"

纪远一声也不响,那张脸是坚毅的,一无表情的。他没有为自己辩白,也没有多说任何一个字,只静静地转过身子,顺从地向门口走去。他刚刚跨出纸门,可欣就发出一声尖叫:"纪远!"

纪远停住步子,可欣迅速地扑了过来,一把抱住了纪远,哭着喊:"我没有要你走!纪远,我没有要你走!"

用手勾住了纪远的脖子,她把满是泪痕的、颤抖的嘴唇贴向了纪远的面颊,整个身子紧倚在他的怀里,泪竭声嘶地哭着喊:"我怎么办呢?纪远?我怎么办?"

她的嘴唇碰着了他的,她紧贴着他,主动地送上了她震动全身心的、最炙热最强烈的吻。

第十一章

寒假开始了,天气仍然了无晴意。连天的阴雨,使气压变得低郁而沉闷。那永远暗沉沉的天仿佛紧压在人的头顶上,让人有喘不过气来的感觉。

这是星期天,但绝不是一个美好的旅行天气。

湘怡斜倚在船栏杆上,悄悄地对旁边那个中年男人看了一眼,那位绅士正襟危坐着,目不斜视地瞪着前方雨雾迷蒙的潭水,那颗光秃得像个山东馒头似的头颅庄严地竖在脖子上,一股凛然不可侵犯的样子。一件长大而陈旧的黑大衣,裹在他瘦骨嶙峋的身子上,使他充满了说不出来的一种不伦不类的样子。尖翘的下巴缩在大衣领子里,双手紧紧地插在大衣口袋中,乍然一看,这人倒有些像一个从什么古老的坟墓中爬出的木乃伊,浑身上下找不出丝毫的"人气"。

风很大,细雨在水面划下一圈又一圆的涟漪。游船单薄的竹篷不足以拦住斜飞的雨丝,寒风更使船的行进变成了艰苦的搏斗。船头那个戴着雨笠的船夫,不时对舱内投以好奇而诧异的瞥视,奇怪着从何处跑来这样两个神经病的游客,在这种天气会跑来划船!

湘怡冷得一直在发抖,牙齿都快和牙齿打战了。那个张科长依旧默默无言。她暗中看了看表,下午两点四十分,嘉文家里的庆祝会应该已经开始了,现在准是音乐洋溢、笑语喧腾的时候,而她却伴着这样一个木乃伊在寒风瑟瑟的湖面上发抖!

"咳!"木乃伊突然咳了一声,使湘怡差点儿惊跳了起来,转过头去,她发现那位科长的眼光不知何时已经落在她身上了,正直直地瞪视着她的脸。眼珠从眼眶中微凸出来,却又木然的毫无表情,像一只猫头鹰,更像一条金鱼。

"咳!"木乃伊再咳了一声,清清嗓子,"郑小姐,你算过命没有?"

"算命?"湘怡张大了眼睛,被这个突兀的问题弄得呆了呆,"没有。"

"命是不能不算的,一定要去算一算。"张科长一本正经地说,"我以前那个太太就是命不好,算命先生说她会短命,我没在意,娶过来没满五年就死了。算命很有点道理,过一两天我带你去算算。"他死盯着湘怡的嘴唇和鼻子,点了点头,"不过,你的人中很长,鼻准丰满,一定长寿。而且,我看你有宜男之相,会多子多孙……"他满意地把下巴在空中划了个弧度。又下了句结论:"不过,命还是要算一算,有时候看相是不太准的!"

一阵寒风,湘怡冷得鼻子里冒热气。这个男人在干什么?他以为她一定会嫁给他?怕再娶个短命鬼?她暗暗地再看看表,快三点了。可欣他们在做什么？

"郑小姐！让我看看你的手！"张科长的脖子伸了过来。

"哦，哦。"湘怡又吃了一惊，莫名其妙地伸出手去。

"不，不，"张科长大摇其头，"是右手！不是左手！"

湘怡换了一只手，那个科长把面孔贴近她的掌心，上上下下地张望不停，接着严肃地抬起头来，煞有其事地说："郑小姐，你小时候生过重病没有？"

"重病？"湘怡奇怪地看着面前的男人，他到底在做什么？

"我不知道，大概没有。"

"这还算不错，"张科长满意地点点头，"小时候生过重病的人，身体就不好，身体不好就会短命，我以前那个太太小时就生过重病，所以活不到三十岁就死了。娶太太就应该娶身体好的，能吃苦耐劳的……唔，郑小姐，你会做家事吧？"

湘怡收回了自己的手，本能地挺了挺背脊，这算什么话？这人八成神经有问题。"不，"她急促地说，"一窍不通。"

"那可不成，应该让你嫂嫂多训练训练你。女人生来就是该做家务的。唔——你对养孩子有没有经验？"

"什么？"湘怡直跳了起来，"养孩子？！"

"我的意思是说——带孩子。"

"噢，"湘怡咽了口口水，"也一点儿都不懂。"

"那可不成，那可不成！"张科长一迭连声地说。

"是的，"湘怡急忙表示同意，"我也这么想。"

"不过——"那位科长眨了眨眼睛，"我可以教会你。我曾经教过好几个下女，可是，下女都笨得很，我那个孩子比较活泼,只要常常装成动物,在地上爬爬,他就很高兴了,他喜欢骑马——唔,郑小姐,你会装成马吗?"

"噢,噢,"湘怡冷得更厉害了,嗫嚅地说,"我想——我会比那些下女更笨。"

"是吗?"张科长把脑袋挪后了一些,衡量着她,"没关系,可以训练,可以训练。"

"我不信——你训练得出来。"湘怡鼓起勇气,睁大了眼睛说,"而且,我小时候算过命。"

"是吗?怎样?"那位科长的身子向前俯了俯,大大地关心起来。

"算命先生说,我命中没有子嗣……"她转动着眼珠,望着水波荡漾的湖面,"却有八个女儿!"

"什么?女儿是赔钱货!"

"我的命硬,注定要结三次婚……"

"什么!"

"而且……"湘怡不敢看面前那张脸色越变越可怕的脸,"我有克夫之命,娶了我的人会遭横祸……"

"什么!"

"我又漏财,注定一生穷苦……"

"什么!"那位科长跳了起来,急急地喊,"船夫!船夫!把船靠岸!我下午还有事哩!"

好不容易,湘怡总算摆脱了那位张科长。没有耽误一分钟,她直接就奔向了嘉文家里。想象中,那庆祝会一定愉快而热闹,现在应该正是最欢乐的时候,他们会在跳舞?唱歌?说笑话?胡如苇准要表演一手他四不像的《苏三起解》。嘉龄和纪远的歌喉,可欣的微笑……嘉文! 他真是世界上最幸福的人!

走进了杜家的花园,音乐声已清晰可闻! 不是舞曲,不是帕蒂·佩姬也不是强尼·霍顿,却是柴可夫斯基的《D大调小提琴协奏曲》。客厅里人影纷纷,但,没有欢笑也没有叫闹,有什么事不对了? 推开了玻璃门,湘怡跨进客厅,厅内确实是一副庆祝会的样子,圣诞节用剩的彩纸和花球又都悬挂了起来,几盆冬青树从院子里移进室内,亭亭然地竖立在屋角。被邀请的客人们(大部分都是嘉文和可欣的同学,以及一些年轻的亲戚)正散在房间的各个角落,不耐地握着茶杯,三三五五地聚在一起,低声地谈论着,不知在等待什么。看情形,这庆祝会似乎还没有正式开始。

湘怡在人群中找寻可欣和嘉文,一个都不在。她再搜寻纪远、嘉龄和胡如苇,也都不见人影。只有阿珠笑容可掬地在人群中递送着饮料。她走过去,迎住了阿珠,问:"少爷呢?"

"在里面,和唐小姐在一起。"阿珠指指客厅后面的走廊。

"小姐呢?"湘怡再问。

"不知道。"

湘怡困惑地凝了凝神,就推开客厅通走廊的门,走到嘉文的房门口,在门外听不出里面有什么动静。她敲了敲门,没有等回音就把门推开,才推开她就懊悔了。可是已来不及关上。门里,嘉文坐在一张安乐椅里,可欣却坐在他脚前的地板上,把披垂着浓郁的黑发的头仆伏在他的膝上。嘉文的手覆着她的头,不知在向她低诉些什么。湘怡没料到门里是这样一个缠绵的镜头,想退开已经迟了,听到门声,可欣迅速地从地上跳了起来,嘉文也抬起了头。看到可欣,湘怡更加吃了一惊。她没有化妆,也没有修饰,散满发丝的脸庞上泪痕狼藉。湘怡愕然地说:"怎么?你们吵架了?"

"不是,"嘉文抢着说,因湘怡的来临而有些如释重负,"你来得正好,湘怡。可欣大概太累了,你劝劝她吧!她说了许多莫名其妙的话,我听都听不懂。"

"到底是怎么回事?"湘怡更弄不清楚了,"外面一屋子客人没有人招呼,你们两个躲在这儿淌眼泪。杜伯伯怎么也不在家?"

"他去订酒席,忙晚上的宴会。"嘉文说。

"晚上还有个宴会吗?"湘怡问。

"是的。"嘉文神秘而愉快地微笑了,走到湘怡的身边,低低地说,"湘怡,你劝劝可欣,最近接二连三的事使她受不了,她有点儿紧张过度,说什么配不上我啦,怕我娶了她会后悔啦——尽是些莫名其妙的话。你安慰安慰她,我先出去招呼一下客人。"说完,他不管三七二十一地,就把可欣拉到湘怡身边,自己溜到室外去了。

湘怡望着可欣,后者已经拭去了面颊上的泪痕,看来平静得多了。"怎么了,可欣?"湘怡问。

"没什么。"可欣说,走到书桌前面,拿起一面小镜子,整理着散乱的头发。她的脸色苍白凝肃,眼睛迷茫而凄苦,但她显然在竭力控制自己的情绪。"客人是不是都来了?"她从镜子里望着湘怡问。

"我看差不多到齐了。"

"纪远呢？也来了？"她不动声色地问。

"我没看到纪远，也没看到嘉龄和胡如苇。"

"胡如苇找嘉龄去了，嘉龄找纪远去了。"可欣静静地说，拿出粉盒来掩饰刚刚的泪痕。

"是吗？"湘怡泛泛地问，狐疑地看看可欣。

"我猜是这样。"可欣阖上粉盒，拂了拂头发，又整整衣裳，她看来又容光焕发了。带着种勉强提起的精神，和几分做作的声调，她提高声音说："走吧！我们去让那些男孩子活泼起来！"

走进客厅，可欣首先换掉了那张不合时宜的唱片，一支伦巴舞曲活跃地跳了出来，可欣拉着嘉文的手，翩然起舞，一部分的客人加入了，室内的气氛立即改观。伦巴过去之后，是支吉特巴，可欣笑着对嘉文说："你的身体刚好，这支舞曲对你太激烈了一些，还是看别人跳吧！"

她走开去，端起了茶几上的糖果盘子，去请那些没有跳舞的客人吃。嘉文倚着窗子，眼光不自觉地跟随着可欣轻盈的身子旋转，那细弱的腰肢摆动了裙幅，那张柔和的面孔透露着刚毅的神情。这是可欣，温柔里有着刚强，顺从中有着叛逆，这是可欣，一本最难读也最费解的书——但，却多吸引人哩！你永不会对这本书厌倦。——这是可欣！他的可欣！只要望着她，你就能感到喜悦与满足的情绪在体内流动。这是可欣，他的可欣！

室内的气氛是越来越热闹了，一些人包围住了嘉文，询问这次打猎的详细经过。嘉文的兴致被大家所鼓动，开始热心地叙述了起来，夸张描写的地方当然不在少数，尤其关于他如何打中那只羌。可欣在大厅中绕来绕去，招呼那些客人，而一当大家都喧闹起来之后，她反而沉静了。找了个不受人注意的角落，她静静地坐下来，出神地凝视着房门口。

客厅门口人影一闪，嘉龄穿着一身火似的红衣服跑了进来，她后面紧跟着的是气喘喘的胡如苇。嘉龄显然在发脾气，胡如苇却在一个劲儿地赔小心。走进室内，嘉龄把大衣摔在沙发椅里，自己往椅子里重重地一坐，噘着嘴说："你跟着我干吗？你这个糊涂鬼！"

"别把气出在我身上好不好？小姐？纪远那个人你知道，没一天肯安分的，谁晓得他——"胡如苇苦着脸说。

"别跟我提纪远！"嘉龄没好气地嚷，"你懂得什么？纪远，纪远，纪远！我听得都烦死了！"

"好，好，好，不提，不提。"胡如苇一迭连声地说，"跳舞，怎么样？"

"没兴趣。"

"那就陪你聊天。"

"也没兴趣。"

"那——"胡如苇的一字眉蹙起来了，失去了主意，终于憋出一句话来，"我就陪你这样坐着。"

嘉龄望着胡如苇，抿了抿嘴唇，忍不住扑哧一声笑了出来，用手按在他的肩膀上，她笑着摇了摇头，叹口气说："糊涂鬼！你这人虽然傻兮兮的，脾气却实在好！来，我们跳舞吧！让纪远下地狱去！"

胡如苇喜出望外，顿时咧着嘴笑了。他们站起身，卷进了人堆里，一步滑行跟着一个旋转，嘉龄的圆裙飞成了水准状态。可可欣浑身紧张地望着他们进来,又整个松懈地瘫软在椅子里。他没有来!他们也没有找到他!他在何处?他会来吗?当然,这是嘉文伤愈的庆祝会,是他打伤了嘉文的,他应该来!他一定会来!他必须要来!但是,他在哪儿?他在何处?他真的会来吗?自从那天晚上,他就逃避得无踪无影,他在躲避她?他在害怕?他——也会迷惘失措?他——也会犹豫畏惧?他——那个纪远?

"可欣,想什么?"一个声音打断她的思潮,嘉文已摆脱了那群包围者,不知何时起就站在她的面前了。他在她身边坐下来,握住她的双手,温柔地说:"你今天到底是怎么了?可欣?为什么这样不高兴?有谁——惹你生气了吗?"

"没有,你别多心。"可欣勉强地说。

"那么,就快乐起来!看到你难过,我也心中酸酸的。"嘉文受了委屈似的说,"不要这样忧愁——你在担心什么吗?"

"真的什么事都没有。"可欣说,凝视着嘉文,面对着那张温文秀气的脸庞,和那对一往情深的眼睛,禁不住长叹一声,幽幽地说:"嘉文,你真爱我?"

"天知道!"嘉文嚷了起来,"你在怀疑我吗?可欣?"

"不,不,我没有怀疑,就是太没有怀疑了。"可欣无可奈何地说。

"你放心,"嘉文沉着脸,一本正经地、诅咒发誓地说,"我对你这份心,也只有上帝知道了,我这辈子——不只这辈子,还有下辈子呢,下辈子还有再下辈子呢,我都不会变的,永远不会变的!今天如此,明天如此,几千几万年还是如此!信不信由你!"他越说越急,脸色都变了,"我们从小一块儿玩大的,你还不信任我！"

"我没有不信任你，真的，一点儿都没有不信任你。"可欣劝慰地解释着，又幽然地叹口气。

"但是——嘉文，世界上比我好的女孩子——还——还多得很呢！"

"你这是什么话嘛！"嘉文更急了，抓着可欣的手一阵乱摇，"你怎么了吗？可欣？你是存心怄我，是不是？你何必说这些呢？什么意思嘛，我真越来越不了解你了！"他坐近了她，焦灼的眸子热切地盯着她的眼睛，急促地说，"我告诉你一件秘密好不好？你以为今天就是单纯地为我开庆祝会吗？"

"怎么——"可欣怀疑地转动着眼珠。

"我跟你说吧，爸爸和你母亲联络好了，今天晚上在圆山饭店有个盛大的宴会，就算我们的订婚宴。爸爸瞒着我们，为了要给我们一个意外的惊喜！戒指都打好了，你的是个一克拉的白金钻戒——这些都是嘉龄泄露给我的消息，你可别露马脚，就装作不知道吧。本来我也不想告诉你的，但是看你一直不开心，疑神疑鬼的，还是先告诉你，现在你知道了吧？我们的生命是在一起的，永远不会分开……你即将属于我，我也属于你……"

可欣瞪大了眼睛，呆呆地坐在那儿，一动也不动。随着嘉文兴奋地述说，她的脸色越变越苍白。好半天，她就那样坐着，嘉文的声音像飘浮在雾里，她抓不住任何的音浪，许久之后，她才喃喃地说了一句："怪不得——妈妈逼着我去订衣服。"

"所以，"嘉文在说他自己的，"你还担心什么？我们订了婚，也可以不等大学毕业就结婚，我们可以住在这幢房子里，假若你不喜欢——"

"我问你,"可欣神经质地抓住嘉文的手,她的手指冰冷而战栗,"纪远知不知道这消息?"

"你是说我们今天订婚的消息?"嘉文说,丝毫没有发现可欣的异态,"他知道,嘉龄告诉了他。"

可欣猛地从沙发里站了起来,用手扶着墙壁,她的身子摇摇欲坠。嘉文跳起身,一把扶住她,恐慌地喊:"你怎么了,可欣?"

"我要一杯水,"可欣呻吟地说,"一切都太突然,我受不了。给我一杯水!"

"我去拿!"嘉文叫着说,跑开去端了一杯水来,可欣握着杯子,连喝了几大口,神色稍微稳定了一些,靠在墙上,她闭着眼睛喘息。客厅里音乐喧嚣,嘉龄又在卖弄她的歌喉:"我住长江头,君住长江尾,日日思君不见君,共饮长江水……"可欣不敢张开眼睛,她知道嘉文正惶恐地注视着她,咬住嘴唇,她喑哑地说:"听我讲,嘉文,我不要今天晚上订婚。"

"你是什么意思?"嘉文更加惶恐了。

"我不要今天晚上订婚,"可欣重复地说,声音已无法控制地带着颤音,"我就是不要今天晚上订婚,一定不行!我不要!你非阻止不可!"她猛烈地摇头,泪珠已经夺眶欲出。

"你——是不是觉得不够隆重——?"嘉文嗫嚅着问。

"不是!不是!不是!"她一个劲儿地摇头,泪珠滑下了面颊,"我不要!我就是不要!就是不要!"

"好!一切依你!我设法去通知爸爸,好不好?你别哭,你哭得我的五脏都碎掉了！"嘉文拥着可欣，拍抚着她的肩头，急促地说。

可欣坐回到沙发里，双手紧握着那个茶杯，身子仍然不受控制地战栗着，她竭力想让自己平静下来，却身不由己地抖索得像寒风中的枯叶。迷蒙中，她忽然听到有人大喊了一声："纪远来了！"她再一次惊跳起来，抓住沙发扶手，她对门口望过去，那儿，没有纪远的影子，却有个工人模样的人，捧着一样稀奇古怪的东西，拦门而立，嘉龄喊了起来：

"纪远送的礼物！哥哥快来看！是你打到的那只羌！纪远把它制成标本了，和活的一样！"面对着那工人，嘉龄又一迭连声地问："纪远到哪儿去了？他自己为什么不来？你是从什么地方来的？"

那工人摇摇头，送上礼物和一封信，说："纪先生叫我按住址送来，我是专制标本的。"

"哥哥来看！纪远还有一封信给你！"嘉龄又叫。

嘉文赶了过去，打发了那个工人，接过信和礼物。所有的客人都涌过去研究那只栩栩如生的动物，从牙齿、皮毛到脚爪，议论不停。嘉文拿着信退到可欣身边，拆开封套，取出信笺，说："信是写给我们两个人的。"

摊开信纸，他们一同看了下去：

嘉文、可欣：

　　首先恭喜你们，一次值得纪念的打猎之后，又有一个值得纪念的日子，我无言以表达自己的情绪，我想，你们会了解的。

　　我把嘉文的猎获物制成标本送来，希望嘉文能喜欢它。人生难得有几次成功的狩猎，我嫉妒嘉文是个胜利的猎者。许多幸运者在猎场中永远胜利，有些人却注定失败。我经常打猎，却不知猎到了些什么？（太酸了，不像我纪远的口气了，一笑。）这次打猎给我的印象太深刻，穷我这一生，我不会再打猎了。——老实说，我但愿有个大力量能让我淡忘这一次的打猎！！

　　请原谅我不能来参加你们的订婚宴，每个假期我都必须用工作来换得下学期的生活费和学费。所以，当你们接到这封信的时候，我已经在深山的矿场中做测量工作了。这工作会苦一些，但我会喜欢这份工作——它能填满我的时间——"忙碌"也是一种幸运！

　　祝福你们！比你们所料想的更多、更深、更切！

纪远

　　嘉文收起了信纸，沉默了几秒钟，才喃喃地说："一个好朋友！他为打伤我的事自责太深了。"

　　可欣默默不语。

　　嘉文又说："他不该做那份工作，我不懂他为什么。"

　　"什么工作？"可欣问。

　　"矿场的工作。他原接了一个建筑公司的工作，只要绘绘图就行了，待遇也高得多。矿场那个职位，等于是去做苦力，我不明白他是怎么回事。"

可欣站起身来，把手里的杯子送到窗边的茶几上去，她的步履蹒跚，眼睛里泪雾迷蒙，站在窗子旁边，她神经质地把杯子在桌面上转动，杯里的液体跟着旋转了起来，一圈又一圈，一圈又一圈，动荡着，摇晃着……有一些液体溢出了杯子，更多的液体跟着泼洒出来，迅速地浸湿了桌布，向四边扩散开来。

"纪远！纪远！纪远！"她心中狂喊着，把额角抵着窗棂，闭上了眼睛。"纪远！纪远！纪远！"这两个字像一根针一般刺痛她每根神经。"纪远！纪远！纪远！"她看到在矿坑里发狂般工作着的纪远，她看到那用生命掘向矿石的纪远，那是纪远，她知道，他会卖命工作的！而且——他可能不再回来！

她的手一阵痉挛，杯子摔在地下砸碎了，在玻璃碎片中，那些液体四散奔流，她转身奔进了浴室，关上房门，仆在门上，把头埋进臂弯里，无声而沉痛地哭泣起来。

第十二章

新的学期来临了。嘉文顺利地通过了补考，成了大三下的学生。他和可欣、湘怡，都在念大三。他们这一群里，只有纪远是念工的，也只有他是大四的学生。其他全属于文学院。嘉文念了西洋文学，胡如苇学的是经济。而嘉龄，她最特殊，高中毕业后就放弃了书本，用她自己高兴的方式来打发时间。杜沂对儿女的兴趣、志愿，全采取了顶开明的放任主义，何况，他从没有对嘉龄有过太高的期望，所以也就由她高兴去过日子，只希望在嘉文的婚事有一个交代之后，再给嘉龄物色一个好丈夫。

时间总是那样规则地，一分一秒地滑过去。每天日升日落，月转星移，缺乏变化的流动。但是，这一群年轻的孩子之间，却什么都不对头了！可欣自从那天晚上拒绝订婚之后，和嘉文间就变得尴尬而不自然。嘉文始终没弄清楚，可欣到底为什么抵死不肯订婚，这一点，杜沂和沈雅真也同样地困惑不解。但是，可欣消瘦了，苍白了，一日比一日沉默，也一日比一日憔悴。嘉文无法向她追问原因，也无法涉及婚姻这个题目和她谈话，只要他提起任何一个字，可欣失神的大眼睛里立刻会浮上一层泪影，用她那震颤的、凄苦无告的声调恳求地说："别问我！请你别谈这个！请你！"

嘉文只好把要谈的话又咽回去，他不能忍受可欣的眼泪。不过，当无人的时候，他会暴躁地拿茶杯和书本出气，把它们向墙上地上乱砸，烦恼地撕扯自己的头发，发狂地对空旷的房间喊："这是怎么回事？到底为什么？为什么？"

于是，他也跟着可欣憔悴，跟着可欣消瘦，跟着可欣苍白。许多时候，他们两人默默相对，彼此都哀苦失据，惶惶然像一对丧家之犬。

嘉龄，她越来越不安于家居生活了，终日不见人影，偶尔在家的日子，也比嘉文和可欣好不了多少。嘉文和可欣都属于内向的人，有了烦恼和脾气向自己发泄。嘉龄却不同，有了烦恼专向别人发泄。阿珠和嘉文都成了她吵架的对象，连杜沂也免不了遭受女儿的埋怨和不满。整个杜宅，不知从何时开始，就笼罩在一种不景气的气氛中。连那时时来做友谊拜访的胡如苇，也连带遭了殃，不是听到嘉文的唉声叹气，就是碰到嘉龄的横眉怒目。这位好脾气的青年也不常笑了，垮着他的一字眉，分担着杜家每一份子的烦恼——还要加上一份他自己的。

纪远回来了。这是一群人中变化最大的一个，黑了，瘦了，变得不爱理人了。毕业班的功课原本就重一些，他又在埋头做毕业论文，但这些，都不足以作为他不理人的缘由。事实上，他空闲下来的时间还多得很，他把这些时间干脆利落地投进了舞厅和声色场所。他的女朋友本来就多,这一下更增加了一倍有余,经常,他带着些不三不四的女孩子回到家里来,惹得房东老太太怒目以视。而他却带着满身酒气,扶着老太太的肩膀,嬉笑地说:"阿婆,我原是个道道地地的坏蛋,你别希望我成为循规蹈矩的书生。"

这些话阿婆不见得听得懂,但她会摇着她那思想简单的脑袋,伤心着这无家的孩子的堕落。可是,她也原谅这些,只因为在她的生命中所遇到的男人,她的丈夫,她的儿子,也都有过酗酒和玩女人的阶段。她认为这是男人成长过程中的必经过程,而用经验丰富的眼光,望着这男孩在善恶之间的挣扎。

纪远回来之后,几乎没有和嘉文正式见过面,他回避着嘉文,如果在学校里碰到了,他也总给他一副爱理不理的、阴阳怪气的面孔。说不到三句半话就找个借口溜走了。嘉文几次想和他深谈,谈谈可欣,谈谈他的烦恼,让纪远帮他拿拿主意,却苦无机会。一次,刚刚开口说了句:"你知道可欣……"纪远立刻打断他,匆促地说:"我有个约会,必须走了!"

他仓促地避开,走得那样急,好像有火烧了他。剩下嘉文呆呆地站在那儿发愣。好半天,才回过神来,怅然若失地垂下头,无精打采地踢着地上的小石子,自言自语地说:"未婚妻对你不好,朋友也都离开你了,杜嘉文,你是什么地方出了毛病?"

在这些人里面,只有郑湘怡显得最平静,最安详。她依然在兄嫂的冷言冷语下生活,依然过着穷苦而难挨的日子。对于周遭所有的人的变化,她都睁着对大大的、清澈的眸子,冷静地注视着。然后在自己的小日记本里,写下她的看法和感想:"生命的本身就是挣扎和矛盾,上帝造人,比别的动物多造了一份灵性、智慧和感情。而这三件东西,就是使人类永远在挣扎和矛盾中翻滚和浮沉,无法解脱,无法快乐的主要因素。"

天气渐渐地热了,亚热带的春天特别短促,杜鹃花只绚烂了短短的两个月,就已意态阑珊。四月,春的痕迹淡了,低气压使气温骤然提升,郁积的云层带来了初夏第一次的豪雨。

夜并不太深,窗外的雨和风在喧嚣着。可欣倚着窗子,在淡绿色台灯的光线下,凝视着窗外黑色的雨。窗棂震动,窗外一片昏蒙,雨声如万马奔腾,敲打着,追赶着,急骤的声调使人心慌意乱。可欣的额角靠着玻璃,用牙齿轻轻地咬着嘴唇。雨洗不掉许多记忆,也带不走杂乱的思潮。

大门在响,给她们煮饭的阿巴桑下班了。她听到她冒雨出去,一会儿,门又响了,阿巴桑又折了回来,她忘记什么了?侧着头,她无意识地听到阿巴桑和母亲间对白的片段:"那个人又在巷口。"阿巴桑略带紧张的声调。

"什么样子的人?"沈雅真不安地询问。

"看不清楚呀,帽子遮住脸,什么都看不见。"

"很高?"

"很高很大,太太要小心点呀!"

阿巴桑走了。沈雅真推开女儿的房门,带着一脸担忧的神色走进来。"可欣!"

"嗯?"可欣迷茫地抬起眼睛。

"夜里把窗子关紧了睡觉,大门也要锁好闩牢,阿巴桑说最近每天夜里她走的时候,都看到一个服装不整的男人在我们门口荡来荡去，我们家没有男人，一切还是小心一点好。我看，趁早去养一只狼狗，要不然真有点提心吊胆的。张太太家里，连白天买菜时都丢了东西。"

"哦。"可欣应了一声。

"你在想什么，可欣？"沈雅真蹙起眉头，疑惑地望着女儿。

"我？我——没有想什么。"可欣回过神来，勉强地望着母亲，"你说什么？一个男人？"

"是的，一个男人，每晚在我们门口逛，你说多可怕？"

"一个——男人——"可欣缓缓地转动着眼珠，神思恍惚。突然间，她惊跳了起来，一把拉住雅真的手臂，急促地问，"你说什么？一个男人？怎么样的男人？"

"谁知道！"雅真惊疑地望着可欣，"你紧张些什么？"

可欣抛开了雅真，猛地转过身子，向大门口跑去。雅真追在后面，急急地喊："你到哪里去，可欣？你发神经病了？"

"我去看看！"可欣喊着，已经跑到玄关，穿上鞋子，冲到院子里去了。

"下那么大的雨！可欣！你还不回来！"雅真直着喉咙喊，"要去也打把伞呀！"

可欣根本没有听她的话，她的身子迅速地穿过雨线密集的院子，消失在大门外面了。雅真站在玄关的地板上，扶着纸门，呆呆地瞪视着外面大滴大滴的雨点，和檐前一泻如注的雨水。过了许久，可欣才慢慢地走了回来，她的衣服被雨淋得透湿，头发紧贴在额上，向下淌着水。但她一点儿也没有在意那继续向她包围的雨点，却像个梦游病患者那样轻缓地迈着步子，机械化地关上大门。走上榻榻米,她斜靠在墙上茫然地望着沈雅真,凄楚地摇了摇头,做梦般地低声说:"他走了!我没有找到他!"

雅真凝视着可欣,半晌之后,她轻轻地拉住可欣的手,把她带回房间里,用一条干毛巾包住她滴着水的头发,又找出一身干衣服给她,冷静地说:"把你的湿衣服换下来,然后把你的故事告诉我。"

"哦,妈妈。"可欣无助地摇着头,"不,妈妈。"

"你先换掉衣服。"雅真温和地带点命令的语气说。

可欣顺从地换掉了衣服。

"现在,告诉我吧,可欣。"雅真握住可欣的手,"把一切的事情都告诉我,你到底发生了些什么?你和嘉文之间是怎么回事?说吧!可欣,把我当你最好的朋友,假如你有秘密,除了告诉我,你还能告诉谁呢?"

可欣凄苦地摇头,软弱地说:"不,妈妈,你会对我失望。"

"那么——"雅真的心冷了一半,不信任似的说,"我所怀疑的是真的了?你——不再爱嘉文了?"

"哦,妈妈,你别说!"可欣跳了起来,"什么都别问我,妈妈!嘉文——嘉文——"

"他爱上了别人?"

"没有!不是他!他很好!"可欣语无伦次地说,"我没有不爱他,我一直爱他,从小爱他,从几岁的时候就爱他,爱了他十几年……"

"那不就很好了吗?"雅真放下了心,"那么你还烦恼些什么呢?只要你爱他,不就没事了吗?……"

"可是……可是……可是……"可欣喃喃地说。

"可是什么?"

"可是,就糟在还有一个'可是'呀!"可欣喊了一声,冲到书桌旁边去。

"到底是怎么回事?"雅真大声地问,有些沉不住气了,可欣扑朔迷离的谈话和不清不楚的态度使她生气,而隐藏在可欣态度之后的"真实"又使她担惊害怕。

"妈妈,我必定要嫁给嘉文吗?"可欣倚着桌子,垂下眼睛,低低地问。

"你是什么意思?"雅真的心头掠过一阵恐慌,"你变了心!是吗?那个男人是谁?"

可欣默然不语。

"说吧!他是谁?"雅真提高声音问。

可欣回过身子,面对着雅真,慢慢地抬起头来。雅真本能地愣了一下,可欣的脸色那么苍白,而眼睛那样清亮——那种神情,是她从没有在可欣脸上看到的。那样严肃、纯洁而焕发着光辉。她轻轻地从桌上拿起一样东西,送到雅真的面前。雅真看过去,那是一枝干枯的、变色的却风姿楚楚的红叶!

雨停了,天边有一弯月亮。

纪远踩过了大大小小的水潭,迈着不稳的步子,向家里走去。他的衣服还是湿的,一顶咖啡色的遮风帽压在眉毛上,双手插在口袋里,一副落拓而潦倒的样子。街面的水光中,反映出他瘦长的影子,孤独地掠过每一条大街,和每一条小巷。终于,他走到了"家"门口,在口袋中摸索了半天,才找出开大门的钥匙。他醉眼蒙眬地把钥匙向锁孔里插去,锁孔在眼睛前面摇晃,插了半天也插不进去,他发出一阵模糊的低声的诅咒。

"呀"的一声,大门从里面打开了,阿婆瞪着一对不以为然的眼睛,狠狠地盯着纪远。

"就知道是你!又喝醉了酒,天下的男人都是一个样!"她愤愤地说,掉头向里面走。又回头加上一大串,"有位小姐来找你,坐在你房间里不肯走,你去看吧!再这样,你休想租我的房子,我下个月就把房子租给别人去!"

"好了,好了,阿婆。"纪远不耐烦地摆了摆手,打了个酒嗝,"一位小姐?去告诉她我不在家!"

"她不肯走,一定要等!"

"去赶她走!"纪远简单地说。

"你去赶,我没办法!"

纪远跌跌冲冲地走进了房间,房内,桌上的台灯亮着,灯前的藤椅里,正坐着一个少女,手臂放在藤椅的边缘上,头靠在手臂上,已经由于过分疲倦而睡着了。纪远甩了甩头,酒意醒了一大半,睁大眼睛,他凝视着那张年轻而姣好的脸庞,在灯光下柔和如梦。轻轻地关上房门,他走过去,一件绿色的雨衣躺在榻榻米上,她的头发依然湿润,显然,她是冒雨而来的。纪远把手放在她的肩膀上,轻轻地摇了摇她,低声地喊:"嘉龄!醒一醒,嘉龄!"

嘉龄呻吟了一声,打了个哈欠,突然醒过来了。张大眼睛,她受惊地坐正了身子,望着面前的纪远,一时似乎有些恍惚,接着就精神一振,说:"哦,是你!你总算回来了!"

"你知道几点了？嘉龄？"纪远温和地说，"你该回家了！"

"你回来就赶我走！"嘉龄点点头，注视着纪远，"我不知道时间，你知道时间吗？"

"我不需要知道，但是你需要知道！"

"你喝了酒！"嘉龄冷冷地说，把书桌上一个堆满烟蒂的烟灰缸推到纪远面前，"你也学会了抽烟！这就更'纪远化'一些了！纪远，不平凡的纪远，现在更不平凡了！人人都知道你，人人都谈论你，酒家里的纪远，舞厅里的纪远，女人心目里的纪远！"

"你来做什么，嘉龄？"纪远打断了她，"你等在我这里就为了教训我，是不是？"

"我只要看看所谓的大众情人是什么样子！"嘉龄说，挺了挺肩膀，清醒的眸子里燃着火，"我只要看看你！看看你到底是哪一号的人物！"

纪远把帽子脱下来，丢在书桌上，斜睨着嘉龄，两人对视了一段很长的时间，然后，纪远冷冰冰地说："好了，你看够了吧！现在，你该可以回去了？"

"是的，我可以回去了！"嘉龄说，慢慢地从椅子里站了起来，"你不必再赶我，我现在就回去！"她弯下腰，拾起地上的雨衣，缓缓地向门口走。才走了两步，她又站住了，雨衣从她的手上滑到地下，她回过头来，突然爆发地喊了一声："纪远！你——"她说不出下面的话来，嘴唇颤抖，喉咙堵塞，泪水迅速地涌进了眼眶，她扑奔他，用手勾住他的脖子，紧紧地贴住了他。纪远本能地环抱住她的腰，但却避开了她的嘴唇。

嘉龄的头挪后了一些，燃烧着的大眼睛很快地暗淡了，泪水滑下了她的两颊。"你到底要什么?纪远?"她喑哑地问,"我还比不上那些舞女和酒女吗?你到底要什么?纪远?假如你要的是那些,我也——"她咬了咬牙,"——可以给你!"

纪远一阵战栗。他凝视着那对被泪水浸透的黑眼珠,慢慢地用手捧住了那张年轻的脸,再轻轻地把自己的嘴唇印在对方的唇上。只是那样温存地、亲切地一触,就立即抬起了头来,恳切而凄凉地望着她。

"嘉龄,"他低声地说,"我不配被你爱,你知道吗?"

"别说这个!"嘉龄摇了摇头,"如果你不要我,你就说不要我,别讲那些!"

"嘉龄!"纪远叹口气,推开了她。走到桌边去燃上一支烟,"嘉龄,"他背对着嘉龄说,"不要来爱我,不要对我迷信,你年轻而美丽,有更值得你爱的人。"

"你知道我不要听这些,"嘉龄固执地说,逐渐冷静了下来,"告诉我真话吧,纪远。你不爱我,是不是?"

纪远回过头来,他的眼睛奇怪地闪着光。

"你要听真话?"他用不稳的声调问,嘴边挂着一丝难解的苦笑,"我又怎能把真话告诉你?我不爱你?嘉龄,我爱你,但不是男女之间那种爱情,你懂吗?我可以玩弄一些女人,因为那种女人出卖的就是青春。但是你——嘉龄,你是一个纯洁而善良的好女孩,我像喜欢一个妹妹一样地喜欢你,所以,我不能欺骗你,也不能玩弄你。你懂了吗?现在,你好好地回去吧,行不行?"

"我还是不懂,"嘉龄困惑而迷茫,"那些女人有你喜爱的地方?"

"你一定要揭穿我?嘉龄?我喜爱——天知道我喜爱什么!但是我不能不逃避,不能不找个方式来麻醉自己,否则我要发疯要发狂,你懂吗?"

"我不懂。"嘉龄可怜兮兮地说,"你为什么要逃避?为什么要麻醉?"

纪远走近了嘉龄,用两只手握住她的胳膊,恳切地注视着她。他眼睛里那种奇异的光已经没有了,代替的,是种沉痛而无可奈何的神情。"嘉龄,何必一定逼我说出来?你是很聪明的,不是吗?我在感情上遭遇过挫折,我久已发誓不愿再卷入感情的旋涡,可是——"他叹了口气,"别再让我说了!好吗?你回去吧!"他用手支住头,不支地倒进椅子里,酒精、烟和淋了雨所受的寒气同时向他逼近,他觉得眼光模糊而头痛欲裂。

"我懂了,"嘉龄喃喃地说,"你在爱一个人,你已经有了所爱的人。是吗?"

纪远沉默不语,继续用手支着疼痛欲裂的头。

"我懂了——"嘉龄重复地说,脸色苍白得像块大理石,眼睛却幽幽地闪着光,"我早就应该懂了。"她走向纪远,把她冰凉的手压在他的手背上,"纪远,告诉我,那是谁?是她吗?是——"

"别问我!"纪远粗暴地喊。

"我知道了,是她!是唐——可——"

"别提那个名字!"纪远像触电般跳了起来,鲁莽地大喊,眼睛里布满了红丝,"你怎么还不走?你怎么还不回去?你到底要缠绕我到什么时候?"

"我就走了!"嘉龄点着头,身子向门边退去,"我不再缠绕你了,我回去了。"

"慢着!嘉龄!"纪远喊。

嘉龄停住步子,疑惑地抬起头来。

"嘉龄,"纪远恳求似的看着她,"不要怪我。"

"噢!纪远!"嘉龄叫了一声,奔过来,扑进了纪远的怀里,把头埋在他的膝上,失声地哭了出来。纪远紧揽着她,默然不语。在这一刻,她分不清楚自己的感情和眼泪,为自己?还是为哥哥和唐可欣?而纪远,在他混淆的神志里,已经什么都弄不清楚了。

第十三章

从没有一个时期,沈雅真像最近这样困扰。可欣的表白,带给她的是完全的意外,和彻骨彻心的失望。时代已经变了,不再是她年轻的那个时代,她深深地明白这一点。儿女的婚姻,早已操在儿女自己手里,父母除了贡献意见之外,没有力量干涉,更无法硬作主张。可是,这段爱情带给可欣的又是什么呢?她看到的只是可欣的消瘦、苍白,和越来越无助的眼神。

"可欣,放弃那个纪远吧!听我一句话,纪远绝不会比嘉文更好!"她努力想挽回那段即将破裂的婚姻。

"妈妈,你对我说这些,又有什么用呢?"可欣带着哀愁的微笑说,"你不必担心纪远,他不会娶我的,也不会来追求我。难道你还不知道?他像逃避一条毒蛇似的躲开我。所以,妈妈,我也不会嫁给纪远的!"

"那么,你为什么又拒绝嘉文呢?"

"我可以嫁给嘉文,"可欣闷闷地说,"只是,妈妈,你不觉得这样的婚姻是一桩欺骗吗?"

"只要你永不说穿心里的秘密,谁又知道这是欺骗呢?许许多多的夫妇,都这样过了一生。"

"你也要我去做这许许多多夫妇中的一对?永远过着同床异梦的生活,像你和爸爸一样?"

"可欣!"雅真惊异而责备地喊。

"对不起,妈妈,我不是有意的。"可欣说,歉然地红了脸,逃到自己的房间里去了。

雅真默然了,是的,她不能让可欣用一生的幸福做投资,她知道没有爱情的婚姻是什么。上一代已经在同床异梦的婚姻里埋葬了全部的感情生活,她怎能再让下一代也做相同的埋葬?可是,这场变故怎么会发生的?可欣原是那么死心塌地地爱着嘉文,怎么会在短短的几个月时间内,转变得这样突然和干脆?抓着可欣的手,她仍然抱着一线希望说:"你怎么知道你对纪远的感情不是一时的迷惑?你和嘉文有十几年的感情基础,你认识纪远不过只有几个月!或者再过一个时期,你会从这种沉迷中醒过来,发现自己只是自以为在恋爱……"

"很不幸,妈妈,"可欣嘴边又浮起那个哀愁的微笑,带着深深的一抹无奈,"我是从沉迷中醒过来了,纪远使我从那个沉迷中醒来,十几年,我一直在沉迷里。现在,我才知道我对嘉文只有属于母性的那种怜恤之情,而没有爱情。妈妈,并不是我现在自以为在恋爱,而是以前自以为在恋爱。"

"纪远到底什么地方比嘉文强?"雅真不服地问,她是那样喜爱嘉文,在她的心目里,没有第二个男孩子能比嘉文更完美了。

"纪远是个男人。"可欣轻轻地说。

"这话怎么讲？嘉文是个女人？"

"不是，"可欣叹了口气，"嘉文是个孩子，他需要的不是妻子或爱人，他需要的是母亲。但是一个女人不能永远做别人的母亲，她要被人保护，要安全感，要接受宠爱。这些，都是女性的本能，对吗？"

雅真新奇地看着可欣，忽然间，她觉得说一切的话都是多余了。可欣已经长成，她不只有了成熟的身体，也有了成熟的思想。雅真不能不承认可欣的分析是对的，嘉文属于那种尚未成熟的典型，他与可欣间的距离，就在于他还没有成熟，而可欣已经成熟了。

"有一天他也会成熟。"雅真喃喃地说。

"你说嘉文？不，妈妈，他是那种永不会成熟的人，他永远会要别人保护他，帮助他，而不能独立自主。"

"你太武断！"

"十几年，妈妈，不是很短的时间，够让我认清一个人。虽然我依然喜欢他，但，那不是爱情！"

"那么，"雅真放弃了努力，"你决定不嫁给嘉文了？"

"是的，妈妈。"

"你叫我如何向杜家开口？"

"给他们真实，总比终身欺骗好，是不是？"

"或者，他们宁愿要终身欺骗。"雅真长叹了一声，绝望地站起身来，凄凉地说，"我无法强迫你做什么，可欣，你已经到了能自主的年龄。我做女儿的时候，是父母做主的时代，我做母亲的时候,又是女儿做主的时代。年轻的时候,我只能听凭父母,现在,我又只能听凭你。好吧,你有权选择你的物件,我不干涉你。只是,你自己去解决你的问题,你自己去向嘉文和杜伯伯说清楚——不过,我告诉你一句话:伤害别人比被人伤害更痛苦,无论如何,嘉文是个善良忠厚的孩子,何况,他对你一往情深,又禁不起打击。"

"这就是我的苦恼呀!"可欣叫,"我怎能告诉他呢?我又怎样告诉他呢?"

"那个纪远呢?"雅真嘲讽地问,"他是你心目里的英雄,是吗?他有勇气和你恋爱,怎么不挺身而出呢?"

"他逃避了!"可欣悲哀地说,"友谊战胜了爱情。"

"友谊?"雅真摇摇头,"可欣,那不过是个罗亭而已。"

"或者他只是个罗亭,"可欣无奈地微笑,"不过,做了罗亭是一种悲哀,但,处在罗亭的地位,如果不做罗亭,说不定是更大的悲哀呢!"

雅真再度用新奇的眼光望着女儿,她不再说话了,什么都用不着说了。可欣应该会处理她自己,她已不是个蹒跚学步的孩子,她有思想,有见识,有判断的能力。"母亲"的力量已不生效力了,孩子长成了,就是独立的个体,你不能对他们苛求什么。她离开女儿的身边,把自己关在小房间里,陷入迷惘的沉思中。依稀恍惚,她耳边漾起一个恳求的低音:"走吧!雅真,去西山看红叶?去北海划小船?"

那是杜沂,多少多少年以前了。她从没有应允过,旧的礼教把她束缚得太严了。假若当初她也有可欣反叛命运的这种精神,一切又是怎样的后果？可欣，她有自由去选择她的物件，而她拒绝了嘉文。多年的梦想、期望和等待都成了泡影！两家再也不可能结合成一个家庭，她的可欣，不投入杜沂儿子的怀抱，却投向另一个男人！最可悲的，是她竟无力挽回这桩婚事！她沉坐在椅子里，把头埋在臂弯中，孤独地品茗着那份深切的失意和落寞。

而可欣呢？她继续在苍白下去，继续在憔悴下去，继续在矛盾的洄流里载沉载浮。那个罗亭始终没有再来找她……时间滑过去了，一切岑寂得像暴风雨前的天空。

嘉文对着镜子，把胡子剃干净了，洗好脸，再换上一件洁白的衬衫，他喜欢把自己弄得清清爽爽地去见可欣。窗外的夜色很好，是夏天常有的那种夜晚，星星在高而深远的天际闪烁，偶尔飘过的微风卷尽了一天的暑气。可欣现在在做什么？但愿今晚能说服她出去走走，碧潭的游舫，萤桥的茶座，台北不乏情人们谈天的地方。但愿可欣今夜有份好心情，他们可以把数月来积压的不快和忧郁气息一扫而空。但愿……但愿……但愿！

走出房间，他一眼看到嘉龄斜靠在客厅的沙发中，握着一杯冰水，膝上摊着本小说，唱机上旋转着一张唱片，斯特拉文斯基的《火鸟》组曲。天知道她什么时候爱上了斯特拉文斯基！她的头斜倚着沙发靠背，双脚蜷在坐垫上，看来像一只无处安排自己的小倦猫。

"怎样了？嘉龄？"他本能地站住步子，觉得嘉龄的神情中有份不寻常的萧索。

"怎样了！哥哥？"嘉龄扬起睫毛来反问了一句，眼睛里蕴蓄着奇异的悲哀。

"我吗？没有怎样呀！"嘉文诧异地说。

"可欣——好吗？"嘉龄摇着茶杯，冰块碰着杯子发出叮当的响声，"她对你怎样？你们什么时候订婚？"

嘉文注视了嘉龄好一会儿。"你听说了些什么，嘉龄？"他问。

"我什么都不知道！"嘉龄重重地说，烦恼地把茶杯放在桌子上，一滴水从杯里跳了出来，冰块叮然一声，伴着唱片中突然响起的沉重的合音。嘉龄从椅子里站了起来，凝视着嘉文："哥哥，你很爱很爱可欣吗？"

"这还要问？当然啦。"

"假若——我是说假若，可欣爱上了别人呢？"

嘉文狐疑地瞪大了眼睛。

"你是什么意思？"

"没什么！"嘉龄说，走过去扭开电扇的开关，突然而来的风使书页飞卷着，"爱人而不被爱是一件痛苦的事，对吗，哥哥？"

嘉文怜悯而同情地看着他的妹妹，走过去，他亲切地把手放在嘉龄的肩膀上，低声地问："你爱上了纪远，是不？那是个爱情拴不住的男人，你早就应该醒悟过来了。"

"你怎么知道那是个爱情拴不住的男人？"嘉龄用同样怜悯而同情的眼光看着哥哥，声调里充满了压抑不住的激动和惨切，"可怜的哥哥！你又何尝比我聪明？或者，我们杜家的人注定了有同一的命运！"

"你在说些什么？"嘉文不解地说，"什么东西使你变得这样语无伦次？"

"我语无伦次？"嘉龄冲口而出地喊，"你别再糊涂下去了！我打包票可欣不会嫁给你了！"

"你说什么？"嘉文蹙起了眉。

"她不会嫁给你了！你懂吗？"嘉龄喊了起来，"你像个大糊涂蛋，比我还糊涂！糊涂透顶！她爱上别人了！别人也爱上了她！只有你那么傻！打什么鬼猎！别人把你的未婚妻都猎走了……"

嘉文抓住了嘉龄的手臂，把她没头没脑地一阵乱摇，摇得她气都喘不过来。他红着眼睛，愤怒地嚷："你昏了头！你这个信口开河的臭丫头！你再胡扯八道！你再撒谎！我撕烂你的嘴……"

"哈！我撒谎！我是撒谎！你的可欣不会变心！好哥哥！你怎么不去问问唐可欣？问她去！去吧！赶快去！我告诉你，纪远亲口对我说……"她猛地住了口，用手蒙住了嘴，瞪大眼睛，望着脸色变得惨白的杜嘉文。她身子向后退，倒进了沙发里，喃喃地说："我向纪远发过誓不说出来……我是昏了头……这个天气太热了……我不知道我在说什么……我不知道……我发过誓不说出来……"

杜嘉文面如死灰，直直地瞪视着嘉龄。他呆了足足有三十秒钟，就猛然转身，对着大门外面直冲了出去，嘉龄跳了起来，追在后面喊："哥哥，你到哪里去？纪远说过他不破坏你们！哥哥！你听我说，哥哥！……"

嘉文没有理会嘉龄，他所听到的话，早已像电殛般震动了他。所有的血液都向他脑子里涌去，他神志昏乱，情绪激荡，在近乎疯狂的感觉中，什么都听不进去了。他没有意识，也不能思想，只模糊地知道嘉龄告诉了他一些可怕的事情，而他必须找到可欣来推翻它。他奔跑着,在大街上横冲直撞。连他自己也不知道是怎么样来到可欣家里的,但他终于面对着可欣了,一头一脸的汗和尘土,气喘得像只刚刚从赛马会场上退下来的马匹。

"可欣,你告诉我,嘉龄那些话都是假的!"他抓着可欣的手,惶然而紧张地喊。

"怎么了?嘉龄的什么话?"可欣被他吓了一大跳,看到他一脸的恐慌和无助,立即又涌起了那份母性保卫孩子的、本能的感情,"你别急,慢慢地说,什么事情急成这样?嘉龄对你说什么了?"

"可欣,你不嫁我了?"嘉文急急地问,迫切地望着可欣,像个急需安慰的孩子。

"什么?"可欣大吃一惊,脸色倏然地变了,"谁说的?你听到些什么话?"

"你说,那些都是假的,对不对?你说,你说!"嘉文嚷着,摇着可欣的手,"所有都是骗人的!可欣,你马上和我结婚,我们也不要订婚了!马上就结婚,也不要等毕业!好不好?你说!你说话呀!"

可欣木然地站在那儿,睁着大大的眼睛,瞪视着嘉文,一语不发。

"你为什么不说话?可欣?"嘉文更加恐慌了,汗珠从他的眉毛上滚下来,"你只要告诉我一句,那些关于你和纪远的话都是谎话!你告诉我!那些全是嘉龄编出来骗我的!你告诉我!我只听你的!可欣,你说话呀!"

可欣依旧呆呆地站着。

"可欣！"嘉文大嚷，猛烈地摇着可欣，"你说话！你说话！你说话！你告诉我！你为什么不告诉我？"

可欣艰难地咽了一口口水，把她冰冷的手压在嘉文的手背上。终于，用她不稳的声调说："嘉文，你听我……我……我……我实在不想伤害你，嘉文，我……我……我抱歉……"

"你是什么意思？"嘉文恐怖地喊，"不，不，可欣，你也哄我，你们……你们联合起来开我的玩笑，不，不，可欣，不，可欣……"

"嘉文，"可欣挺了挺背脊，突然决心面对现实了，直视着嘉文的脸，她低低地说，"那是真的，嘉文。我抱歉……但，那是真的。"

"不！"嘉文绝望地叫了一声，转过头去，想找一样支持自己的东西，"我不相信这个，你们都骗我，你们全体骗我！你们都是骗子！都是撒谎家！"他抬起头来，一眼看到站在可欣房门口，正用一对悲哀的眼睛望着自己的沈雅真。像个溺水的人发现了浮木一般，他立即扑奔了过去。"伯母，"他祈求地说，"您告诉我这是怎么回事？您告诉我！她们都在开我的玩笑，对不对？您告诉我！"

"嘉文，"沈雅真张开了她的手臂，"我的孩子！我如何能帮助你？"她摇摇头，眼睛里蓄满了泪。

嘉文愣住了，他浑身战栗地站在那儿，望望沈雅真，又望望唐可欣。然后，他的身子向房门口退去，一面退，一面喃喃地说："我懂了，我明白了，我知道了……"

"嘉文，"可欣喊了一声，"你别走，我有话对你说！"

"不！我懂了，我想通了！"嘉文说着，突然冲出大门，奔向大街。

"可欣！"沈雅真喊，"去追他！我不放心！"

可欣没有等母亲再吩咐，已经跟着嘉文的脚步，冲出大门去了。

嘉文像一只淹在水中的困兽，拼命和自己挣扎。突来的变故使他丧失一切理智，他在街上漫无目的地行走，不知道自己要走向何方。短短的半小时内，他的世界已碎成了千千万万片。他眼前浮动着无数变幻的光影，每个光影里都是可欣和纪远的脸。可欣和纪远！可欣和纪远！！可欣和纪远！！！这两个名字在他耳边雷鸣似的轰响着，可欣和纪远！！！怪不得可欣不肯订婚！怪不得纪远要躲避他！怪不得……原来他脚下的土地早已动摇，但他竟昏蒙地不肯相信世界末日的来临！现在，他该如何处置自己？

他走着，摇晃着，像个醉汉般东倒西歪。于是，忽然间，他发现自己停在纪远的门前了。当他发狂般地按门铃的时候，他还不能确知自己要做什么，可是，当纪远穿着汗衫出现在院子的台阶上时，他全身的血液都沸腾翻滚了起来。

"是你？嘉文？有什么事？"纪远站在台阶上面，淡淡地问，夜色里看不清嘉文的神情，院子里有一棵玫瑰花，放射着浓郁的香气。

"你过来，纪远。"嘉文喉咙逼紧，喑哑地说，双手在暗中握紧了拳，浑身肌肉因紧张而痉挛着。

"怎么？"纪远蹙了一下眉，嗅出空气里那种不寻常的火药味。但他并没有介意，走下台阶，他站在嘉文的面前，"你从家里来的？为什么这样——"

他的话没有说完，嘉文突然扑向了他，在他还没有弄清楚是怎么回事以前，他的下巴上已挨了嘉文一拳。没想到平日文质彬彬的嘉文，这一拳却相当有分量，他在毫无防备之下，被打得身子一歪，头撞在门边的一棵尤加利树上。他有两秒钟的昏晕，甩了甩头，刚刚站直身子，嘉文的第二拳又到了。他本能地闪向一边，大声地喊："你这是做什么？为什么不好好地讲话？"

"我对你没有话讲！"嘉文沙哑地说，继续猛扑纪远，"我恨不得挖掉你的心肝五脏，你这个狼心狗肺的东西！我杜嘉文瞎了眼睛，才会把你当朋友，当知己！"

纪远又闪避了嘉文的一拳，退到台阶旁边，他心中已经有些明白是怎么一回事了，不愿向嘉文还手，他只是一味地闪避。就在闪避之中，他猛一抬头间，忽然看到随后赶来、气喘吁吁的唐可欣，正站在敞开的大门前面，紧张地注视着他们。他怔了怔神，接着听到可欣一声尖叫："小心！纪远！"

他转过身子，一样黑黝黝的东西对他当头飞来，他回避不及，这东西击中了他的头颅，立即破碎了。接着，第二件又飞了过来，纪远看清是阿婆摆在花架上的花盆，他闪过了第二个，第三个又来了。嘉文把一排花盆全砸光了，才连头带脑对着纪远直冲过来，他撞中纪远的胸口，纪远因为不肯回手，在形势上就吃了大亏。嘉文又势如拼命，大有不死不休之态。这一撞使纪远站立不稳跌倒在台阶上。纪远在看到可欣后，心里已如洞烛，什么都明白了。对于嘉文的扑打，完全采取不抵抗的态度，倒在台阶上之后，他也没有设法站起来。嘉文扑过去，跨在纪远身上，开始没头没脑地对纪远乱打一通,一直打到他自己精疲力竭,他才摇摇欲坠地站起身来,俯视着纪远。阿婆和小辫子早已闻声而至,小辫子吓哭了,阿婆跳着脚在叫:"我要叫员警去!我要叫员警去!"

纪远躺在地上,眼前发黑,浑身痛楚。血从他的眉毛上、鼻子里、嘴里涌出来,浸湿了他的汗衫,流到台阶上。眉毛上面是被花盆打伤的,血流得很凶,使他的眼睛都无法睁开来。但,他的神志依然非常清楚,他听到嘉文带泪的声音,迷惘而无力地说:"你为什么不还手?你为什么不和我对打?纪远?"

他拭去了眼睛上的血,吃力地睁开眼睑,嘉文苍白的脸看来孤独而无助。

"是我欠你的,嘉文,"他低声地说,嘴边浮起一丝苦笑,"我一直欠你一顿打。现在我们扯平了。"

"扯不平的,纪远,"嘉文喃喃地说,"如果你要抢走可欣,还不如当初那一枪打中我的心脏。"他转过身子,摇摇摆摆地向门外走去,他的声音苍凉而凄楚,这比他的拳头更让纪远觉得难以忍受。

"不要放他走!不要放他走!我要叫员警去!"阿婆仍然在直着喉咙喊。

"让他走,阿婆,"纪远说,"所有的损失都由我来赔偿你。"他皱紧眉头,伤口像撕裂般地痛楚着,用手支着台阶,他试着想站起来。

一只手温柔地压住了他,有条小手帕按到他额上的伤口上,他听到个轻柔而熟悉的声音在说:"不要动,纪远。"接着,那声音又请求似的说:"阿婆,你能去找个医生吗?"

他张开了眼睛,接触到可欣带泪的眸子,那样哀哀欲诉地注视着他,万万千千的言语都包含在那一对眸子里了。他震动了一下,所有的伤口都不再疼痛,凝视着那张消瘦的脸庞,他不知道该说些什么。润润嘴唇,他耳边却响起嘉文凄凉无助的声音:"扯不平的,纪远。"是的,扯不平。伤口又痛楚了起来,咬住牙,他残忍地说:"你在这儿干什么?"

"纪远!"可欣低喊。

"你为什么不跟他走?去吧!跟他走!他是你的未婚夫,你留在这儿做什么?"他继续说,面部肌肉痉挛地扭曲着。

"纪远?"可欣不信任地望着他,"我没有跟他订婚,我根本没有跟他订婚!"

"那么,你是个傻瓜!这样好的丈夫你还不要,你要怎样的人?"

"纪远!"可欣跳了起来,瞪视着他,"你这个……你这个……流氓!你是没有良心的!没有感情的!你是个冷血动物!"

"哈哈!"纪远轻蔑地笑了起来,"你到今天才知道我是个冷血动物?今天才知道我是没有良心的?你认识我未免太晚了一点!告诉你,良心和感情都是不值钱的,有它的人倒霉了!现在,你可以走了吧?"

"是的,我可以走了。"可欣点点头,机械地转过身子。

"我并不笨到要惹人讨厌的地步!"她慢慢地向门口走去,走到门边,她站住了,停了几秒钟,她又回过头来。她清亮的大眼睛深深地望着纪远,然后,她折了回来,停在纪远的身边,轻轻地说:"够了,纪远,别再对我演戏了,好不好?这样,不是更痛苦吗?"

纪远猛地跳了起来,忘了伤口,也顾不得疼痛,他恼怒地大喊起来:"我叫你走!我叫你走!你别死缠住我!去找你的未婚夫去!去!去!去!我不要你!你知不知道!你别在这儿惹人讨厌,自作聪明!"

可欣被打倒了,她哀号了一声,用手蒙住脸,痛哭着奔出大门,消失在巷子里了。

纪远倒了下来,心力交瘁。把头埋在臂弯里,他浑身一点力气都没有了。喃喃地,他低声喊:"我的天!我的上帝!"

泪水滑下他的眼角,和血混在一起。

第十四章

　　暑假开始了，嘉文的寥落使杜沂十分不安，他试着和儿子接近，但，嘉文永远是那样一副无精打采的样子，好像天大的事也无法使他动心。关于嘉文的婚变，杜沂已经从雅真那儿获得了事情的真相。虽然雅真一再地为这件事表示歉意，杜沂却始终不能释然。纪远，杜沂知道这个男孩子，他打了嘉文一枪，又抢走了嘉文的未婚妻，世界上居然有这种事情！而可欣又居然会爱上他！时代变了，到处都是令人费解的事。

　　随着暑假的来临，杜沂希望可以转变嘉文的心境，他提议阖家去日月潭小住。嘉文没有反对，嘉龄也无异议，于是，他们去了。在涵碧楼住了十天，嘉文天天关在旅舍里睡觉，既不览湖光山色，也不划船游泳。嘉龄也终日无情无绪。日子单调而窒闷，十天比十个月还显得漫长。于是，杜沂明白了，他只是一个可怜的父亲，他的爱心无法代替孩子们需要的那份感情。结束了旅行，他们回到台北，比去以前更加消沉。

这种沉闷的空气使杜沂难以忍耐，更让他不安的，是嘉文的茶饭无心，两个月来，他几乎没有好好吃过一顿饭，他不念书，不吃饭，不刮胡子，不洗澡……好像和整个的"生活"都脱了节，消瘦得像个幽灵。父亲的爱心不允许他坐视下去，一个午后，他去拜访了雅真和可欣。

雅真带着一脸的歉意和悲哀迎接他，讷讷地问："嘉文好吗？"

杜沂摇摇头。

"嘉龄呢？"

杜沂再摇摇头。

"我很抱歉……"雅真不安地说，"孩子们大了，有他们自己的意见，我只觉得自己老了。"

杜沂注视着雅真，她看来确实憔悴而苍老，但那脸庞神情，仍依稀可以找出少女时代的风韵。他奇怪在这么多年之后，她仍然让他心动。感情，真是件难以解释的东西！振作了一下，他摆脱了那份缠绕着他的思想，问："可欣在家吗？"

"在她的房里，和湘怡在一起。"

湘怡，他记得那个名字，仿佛是个安安静静的女孩子。他没说话，可欣已经听到了他的声音，推开纸门，她和湘怡一起走了出来。杜沂望着可欣，本能地吃了一惊，可欣变了，她不再是个生动明丽的女郎。她的眼睛凄凉暗淡，神情庄重凝肃，但，却焕发着一种特殊的美丽。苍白和哀愁没有使她减色，反增加了她的妩媚动人。她一直走到杜沂面前，恭敬而亲切地坐在他的身边，轻声地说："您找我吗，杜伯伯？"

"可欣，"杜沂清清嗓子，觉得十分难以开口，"你一定要这样做吗？你和嘉文——难道没有一点点和好的希望？"

"杜伯伯，"可欣垂下眼帘，绞着一条小手帕，"我祝福嘉文，希望他找到——比我更好的妻子。我……我……我很难过，您不知道我多怕伤他的心……"眼泪涌进她的眼眶，她语音哽咽，"我这样做，绝不会比他快乐。"

"那么，你为什么一定要这样做呢？"

可欣的眼睛抬了起来，她含泪的眸子直视着杜沂，里面闪烁着奇异的光彩。

"我可以嫁给他，杜伯伯，假若你们一定要我嫁给他的话，不过，那又有什么用呢？杜伯伯，您曾经尝试过和您不爱的人结合吗？"

"可是，你一直爱着嘉文的，是吗？"

"是的，"可欣哀愁地点着头，"像个姐姐爱她的小弟弟，但你不能和你的小弟弟结婚。如果没有纪远，我会和他结婚，然后长时期地自苦、挣扎、后悔……许许多多的婚姻都是这样的结果。可是，纪远出现了，他使我知道什么叫爱情……"

"好，"杜沂望着可欣，"你决定嫁给纪远了？"

可欣摇头。

"他不要我，他已经走了。"

"走了？走到哪里？"

"预备军官训练。不过，受完训他也不会回台北了，我知道他。爱上他是一件倒霉的事情，注定要受苦，要受折磨，可是，我不知道怎样可以不爱他！"她猛然咬住小手帕，泪如泉涌，遏制不住地哭了出来。站起身，她奔进她的房里，拉上了纸门。

房间内有片刻的沉静,然后,杜沂抬起头来,他接触到雅真湿润的眼睛。

"从有人类开始,"雅真低声地说,"没有人能逃得过感情的烦恼。"闭上眼睛,她叹了口长气,"那个纪远已经走了,我现在比较了解可欣为什么会爱纪远了,那确实是个奇特的孩子。杜沂,她已经够痛苦了,别逼她吧,时间可以改变许多东西,我们何不等待一段时间呢?说不定一切又会变回头呢!"

杜沂苦笑了一下,站起身来,他知道一切都过去了,嘉文不会再获得唐可欣,他在她眼睛里看到了震动灵魂的那种爱情——而这爱情不属于嘉文。转过身子,他落寞地说:"好吧,让时间去转变一切!我走了,雅真!"

"等一等,杜伯伯!"一个轻轻柔柔的声音在他身后响起来,他有些惊奇地回过头去,屋角处,那个不被人注意的、安安静静的女孩子走了过来,两条长辫子悠闲地垂在胸前,"我跟您一块儿走,我想去看看嘉龄和嘉文。"

"哦?"杜沂有两秒钟的神思恍惚,这个少女身上有着什么特殊的东西?那样宁静安详,与世无争。他奇怪自己怎么从来没有注意过嘉文那年轻的一群中,有这样一个出色的女孩子。"当然,好的,好的。"他一迭连声地说,"我们走吧!"

和雅真说了再见,杜沂和湘怡走出了唐家的大门。杜家和唐家离得并不太远,杜沂提议散步走着去。黄昏的风柔和地吹拂着,落日在巷子的尽头沉落,彩色斑斓的云层飘浮变幻,几只晚归的鸽子在天际翻飞,找寻它们的归巢。杜沂凝视着身边那纤小的少女,一件无袖的白衬衫,一条蓝布的裙子,简单的衣着衬托着一张轻灵秀气的脸庞。

"你住在哪儿?"他问。

"厦门街。"

"和父母在一起?"

"不,父母在大陆没出来,我跟哥哥嫂嫂住。"

"哦?"杜沂望望那洗败了的衣服领口,那哥哥和嫂嫂一定相当疏忽。"我记得你,"他说,"你常和嘉文他们一块儿玩的,是吗?"

"我和可欣是同学,"她抬起眼睛来,很快地扫了杜沂一眼,"很久没有看到嘉文了,他好吗?"

杜沂脑子里灵光一闪,突然想起来了。嘉文受伤的时候,有个女孩子常在他床边一坐数小时,默默地不大说话,也不引人注意,那就是湘怡。他心情猛地振作了,有种模糊的预感使他兴奋,他摇摇头,深思地说:"不,他的心情很坏,或者,年轻的朋友们常来走走,会让他振作一些。"

湘怡再望了杜沂一眼,她的眼光智慧而含蓄,带着点探索的意味。杜沂坦白地回望着她,"喜爱"和"鼓励"都明显地写在他的眼睛里。湘怡不再说话,垂下了头,她凝视着地下落日的影子,一层薄薄的红晕在她面颊上散布开来。

到了杜沂家里,嘉龄已经出去了,嘉文躲在他的房间里蒙头大睡。杜沂直接走到嘉文门口,敲了敲门,说:"嘉文,有朋友来看你。"

"谁?"嘉文在屋里闷闷地问。

杜沂推开了房门,示意湘怡进去。湘怡有些不安,犹疑地站在房门口，杜沂鼓励地说："进去吧，你们年轻人谈谈，我去叫阿珠给你们调两杯柠檬水来！再有，你今晚就留在我们这儿吃晚饭吧！"

湘怡迟疑地跨进了屋里，房门在她身后合拢了。她局促地对室内望去，一间凌乱不堪的屋子，一个潦倒不堪的男人。嘉文正从床上坐起来，惊讶而狼狈地望着湘怡，因为天气太热，他赤裸着上半身，连汗衫都没有穿。他慌乱地翻着被褥，找寻他的衣服，找了半天也没有找到，湘怡不声不响地走了过去，从地板上拾起一件衬衫，递到他的面前，轻声地说："你是在找这个吗？"

嘉文接过了衣服，惶惑地望着湘怡，后者的面颊上漾着红晕，清澈的眼睛柔情似水，用一副充满了关怀、怜悯和深情的神色注视着他。他觉得一阵激荡，又一阵凄楚。凡陷在痛苦中的人，都渴望被了解和同情，他也是这样。而当了解和同情来临的时候，却又往往倍感伤怀。他的喉咙哽塞了。

"你从她那儿来的，是吗？"他问。

"是的。"她答，把她的手温暖地压在他的肩膀上，"那一切都让它过去吧，不管世界变成什么样子，人总得好好地活着，是不？"

"活着——为什么呢？"嘉文无助地问。

"为许许多多东西，或者，就为了生命的本身，人必须对自己的生命负责。何况，还有那么多令人可喜的事情呢！约翰·克尔的《茶与同情》，格蕾丝·凯利的《后窗》，最近全是好电影！天气又那么晴朗——蜷伏在床上才是浪费生命呢！"

嘉文用一对怀疑而困惑的眼睛望着她。

"或者——"湘怡红着脸说,"你愿意请我看一场电影吗?"

"你——有兴趣?"嘉文犹疑地问。

"怎么会没有?"

"那么——"嘉文顿了顿,"晚上去?"

湘怡凝视着他,眼睛里流转着蒙眬的醉意,轻轻地点了点头,脸红得更加厉害了。

窗外的落日已经隐没,暮色正逐渐地扩散开来。或者,这将是个美丽的仲夏之夜——那些黑夜的小精灵,会在夜色里散布下无数的梦。

人生总会发生许许多多的变故,每个人的一生,写下来都是厚厚的一本书。不管有多少故事在不断演变,不管有多少事情在不断发生,时间总是那样自顾自地流过去。日升月沉,花开花落,一转眼间,又是圣诞红怒放的季节了。

可欣抱着一大沓书,和湘怡并肩走出了校门,沿着和平东路,她们缓缓地向前走着,风很大,她们围着围巾,仍然感到寒意。

"可欣——"湘怡先开了口,带着几分不安,"我一直想问你一个问题。"

"什么?"可欣问,把围巾拉紧了一些,寒风下,她看来有些弱不胜衣。

"可欣,"湘怡咬了咬嘴唇,"这半年多以来,纪远没有一封信给你,也没有一点消息给你,你对他难道还没死心?我想,他可能永远不会再露面了!"

"不错,"可欣点点头,"我也这么想。"

"那么,你还等待些什么呢?"

"我根本没有等待。"

"这话怎么讲?我不懂。"

"纪远的躲避,早在我意料之中,"可欣淡淡地说,好像并不关怀,"我也丝毫不存着和他结合的念头,那一段故事已经过去了,我把它藏在心里,知道自己爱过,也被爱过,就够了。这些日子以来,我已经学会如何处理自己了,除了按部就班地过日子以外,我不对任何事情抱希望。没有希望,也就可以避免失望。"

"既然你对纪远已经不抱希望,"湘怡谨慎地说,注视着可欣,"你和嘉文有没有破镜重圆的可能性呢?"

可欣怔了怔:"你是什么意思,湘怡?"

"我就是问你,你对嘉文还有没有些微的爱情?假如嘉文——仍愿意和你重归旧好,你愿不愿意再考虑和嘉文的婚事?你知道……"

"湘怡!"可欣打断了她,"你和嘉文之间不是已经很好了吗?"

"我们——是很不错,"湘怡顿了顿,"不过,我还是要问你,你对嘉文一点儿爱情都没有了吗?"

"湘怡,"可欣长叹了一声,"我告诉你我心里的话吧,对嘉文,我当然有一份感情,十几年青梅竹马的友谊不是一朝一夕可以抹杀的。不过,自从发生纪远的事件以后,我已经认清没有和他结合的可能性了。不管我和纪远能不能团聚,我都绝不考虑和嘉文重合。你懂了吗?湘怡?婚姻是终身的事情,我不能欺骗他,也不能欺骗我自己。——而且,我对纪远——"她又长叹了一声,幽幽地说,"——始终未能忘情。"

湘怡深深地注视着可欣,沉默了一段短短的时间,然后,湘怡轻声地说:"那么,可欣,我要告诉你一件事情。"

"什么事?"

"我和嘉文——预备在圣诞节订婚了。"

可欣很快地抬起头来,望着她的朋友。接着,她热情地握住了湘怡的手,亲切而恳挚地说:"我猜到可能有这一天,恭喜你,湘怡。我不能希望有比这个更好的结局了。"

湘怡苦笑了一下,神情中有些萧索和落寞。低着头,她默默无语地走了很长的一段,才用低低的声音,像叙说一个梦似的说:"我爱他已经很久很久了。可欣,那时他是你的未婚夫,我只能把这份感情放在心里。"

"是吗?"可欣十分惊奇,"我居然没有看出来!"

"从你第一次把他介绍给我的时候开始。"湘怡继续地说,"我参加你们每一个聚会,只因为有他!我从不敢希望有一天能得到他,我只要能看看他,听听他的声音,也就满足了。我做梦也没有想到会和他订婚。"

"湘怡!"可欣低喊着,"这一切真有些奇妙,不是吗?或者,他生来就该属于你,注定了要属于你的!湘怡,我很高兴,真的!"她的眼眶湿润了,"他是那样一个天真的——孩子,你会给他快乐的,你比我更适合于他!"她激动地摇着湘怡的手,"祝福你们!湘怡!但愿我能够参加订婚礼!"

"你要听我说吗,可欣?"湘怡忧郁地问。

"怎么?"

"我不希望你参加订婚礼,也不希望你参加婚礼,请你原谅我的自私,可欣,我请求你不再和他见面!行吗?"

"怎么——"可欣抗议地喊。

"他没有忘记你,可欣。"湘怡静静地说,"他爱着的还是你,这就是我的悲哀。"

"怎么!"

"是真的,可欣。他和我在一起的时候只是谈你,谈你们的童年,谈你们的细微琐事,谈得伤心了就哭……我答应和他订婚,完全是一种冒险,我希望日子久了,他可以慢慢地把你忘记。所以,可欣,假若你已经决心放弃他了,你就避开他吧!"

可欣困惑地望着湘怡。"我还是不了解,"她闷闷地说,"他既然向你求婚,当然是爱上了你……"

"可欣,"湘怡微笑地打断了她,"嘉文的个性你还不了解吗?他就是那样一个没长大的孩子,他并不是爱上了我,而是……一种需要。你懂了吗?我不是他的爱人,是他的一块浮木!"

"浮木?"

"是的,仅仅是块浮木。他现在像个溺水的人,必须抓住一样东西来支持他,否则他会沉下去。我就是他抓住的东西——一块浮木!"

"湘怡,"可欣愣了一会儿,"你决心嫁他了?"

"我决心!"湘怡说,"我爱他,我要帮助他,帮助他长大,帮助他独立,帮助他找回他自己。我不顾一切后果——虽然,这种婚姻的基础并不稳固,很可能会变成悲剧,但我顾不了,我爱他!"

可欣揽住了湘怡，紧紧地握着她的手。"你们会幸福的，"她保证似的说，"他会爱上你，总有一天会爱上你。你们一定会幸福的，我料定会幸福！你是他所需要的那种类型。湘怡，我向你保证，我一定避开，不再和他见面。但是，你们结婚以后，你不可以冷淡了我，你一定要常常来看我，和我联络，告诉我你们的一切情形，好吗？"

"当然，可欣。"

她们站在街边上，这已经是该分手的地方了。两人默默地对视着，彼此都还有满心的话讲不出口，好一会儿，两人就这样站在那儿，最后，还是可欣先开口："你家里已没有问题了吗？"

"还需要一番革命。"湘怡微笑着说，"不过，我想，补偿我哥哥一些钱，也就差不多了。"

可欣点了点头。"那么——再祝福你一次，湘怡，再见了。"

"再见。"湘怡轻轻地说。

可欣转过身子，刚刚准备离去，湘怡又叫住了她："可欣！"

可欣站住了，询问地回过头来。

"我也祝福你！"湘怡说，深深地望着她，"愿有情人终成眷属！"

可欣笑了，摆了摆手，向家中的方向走去。笑容没有在她脸上停留太久——因为，眼泪早已夺眶欲出了。

第十五章

一九五六年,夏天。

一件"不可能的"工程在这年夏天开工。六千多个退除役官兵和无数的失学青年、工程师、技工、学生从台湾各个角落里涌向中央山脉。开路、架桥、炸山、筑隧道……艰苦而惊心动魄的工程开始了——人的信念撞开了坚厚的山壁,把"不可能"的工程变成了一件"不可思议"的工程。

刚刚有过一次台风和豪雨,山路就显得特别地崎岖、泥泞和陡峻。纪远和几个同伴,穿着笨重的长筒爬山鞋,扛着十字锹,背着行囊(里面装满了踏勘工具、绳索、急救包和一些乱七八糟的东西),从那条临时搭起的栈道上走回到工地。望见那一排数间茅草小屋和帐篷时,他不禁长长地吐出一口气。就是这样,不住地勘查、测量,勘查、测量,从一座山翻到另一座山,整日与岩石、树木、泥泞为伍,和蚂蟥、蚊蝇、毒蛇作战,在崇山峻岭、杳无人迹的地区穿出穿进,这种生活,他已经过了整整的半年了。

半年来（从一九五五年冬天到一九五六年夏天），他跟随着许多经验丰富的工程师，深入山区，研究路基、桥梁、隧道、涵沟、挡土墙、驳坎等种种问题，踏遍了合欢山、黑岩石、羊头山、馒头山、立雾大山等重重山峦，在艰苦而困难的工作中，早已和城市脱离了关系，嘉文、嘉龄、可欣、湘怡、胡如苇……这些距离他已经很远很远了。他心中和眼睛里都只有山林树木和峭壁绝崖。整整半年内，他只到过花莲一次，台中一次。他没有再去台北，料想中，他在朋友们的记忆里大概已经褪色了。

横贯公路正式开工以后，纪远原准备离开山区，再回到人的世界里去，但是，那轰轰烈烈的工程把他留住了，他舍不得离开，不为了那为数可观的薪水，是为了那种气魄和精神，对他具有绝大的感召和吸引力。而城市中，却有着过多该埋葬的记忆。他留下了。日日与岩石、钻孔机为伍，与赤裸着上身、汗流浃背的荣民们相对。他不可否认，自己经常会陷在一种苦闷、迷惘和暴躁的情绪里。于是，他会抓一把铁锤，脱掉了上衣，加入那些工作的人中，用铁锤猛敲着那些顽石，他工作得那样发狠，似乎要用自己的生命去撞开那巍巍然屹立着、坚不可移的山壁。每当这时候，他的同事的工程师们，以及工务段的驻扎人员和医务人员，都会微笑着说："纪远又在发泄他用不完的精力了！"

一天的苦工，会使他饱餐一顿，然后倒在任何一个地方，帐篷内、草寮中、或铁皮顶的"成功堡"里，甚至于露天的岩石和草丛内沉沉睡去。他最怕无眠的夜晚，那交叠着在他脑海中出现的人影常让他有发狂的感觉，于是他只有爬起来，找一瓶酒喝到天亮,再带着醉意去击打那些永远击打不完的岩石。工务段的人常纳闷地说:"常看到纪远喝酒,就没看到他醉过,别人喝了酒要睡觉,纪远喝了酒就敲打岩石!"

在他们心目里,纪远是个不可解的青年,二十几岁的年纪,肯安于深山莽林的生活,没有丝毫怨言及不耐。工作起来像条蛮牛,不工作的时候,就沉默得和一块大山石一样。有时,他们拍着他的肩膀问:"喂,纪远,你的女朋友在哪儿?"

纪远会瞪人一眼,一声不响地走开去。久而久之,大家对他的女朋友不感兴趣了,他们给了他一个外号,叫他作"不会笑的人"。他性格里那份活泼轻快已经消失了,山野把他磨炼成一块道地的"顽石"。

在这些同事中,只有小林和纪远比较亲近,小林也是个刚刚跨出大学门槛的青年,只有二十三岁,是成功大学学土木工程的,和纪远一样,他在横贯公路的工作是半实习性质。

大概由于年龄相近,他对纪远有种本能的亲切。他属于那种活泼爽朗的类型,常不厌其烦地把他的恋爱故事加以夸张,讲给纪远听,然后说:"纪远,你准经过了些什么事,使你的心变成化石了,有一天,这块化石又会熔解的,我等着瞧!"

但他等不出什么结果来,山石树木里没有熔解化石的东西。

沿着那条栈道,纪远和他的同伴们回到了工务段的成功堡里,这一段的负责人是位经验丰富的老工程师,他正为台风后的种种问题大伤脑筋。这一次的台风也实在不幸,使部分的工程坍塌,又使一些技工寒了心,坚持要辞工不干,看见了满身泥泞的纪远,老工程师担心地问:"前面的情形怎么样?"

"和猜想的情形相同，山崩了，路基都埋了起来。不过，"纪远坚定地咬了咬牙，"并不严重，我们可以再炸通它。"

老工程师忧虑地笑了笑，叹口气说："但愿每个工人都有和你一样的信心！与其雇用这些技工，真还不如全部用荣民。"

纪远没说话，他们把调查的结果绘制了一个草图，交代了草图之后，他回到他的草寮里。小林刚刚到溪流那儿去洗了澡回来，嘴里哼着一个不知道从哪个荣民那儿学来的牧羊小调："小羊儿呀，快回家呀！红太阳呀已西斜！红太阳呀，落在山背后呀，黑黑的道路，你可别迷失呀。你迷失了，我心痛呀，我那远行的人儿，丢开了我怎能不记挂？"

简单的调子也有一份苍凉和动人的韵味，纪远在铺着稻草的"床"上坐下来，脱去了笨重的鞋子，头也不抬地说："有谁记挂着你吗？唱得这么起劲！"

"可惜没有！"小林说，微笑着审视着他，"情形如何？"

"山崩了！"纪远简单地说，继续脱掉上衣和长裤。衣服和裤子上都全是泥泞。"该死！"他咒骂着，在衣服上掸掉一条蚂蟥，"这种生活也厌气透了！"

"你也有厌烦的时候，纪远？"小林发生兴趣地说，"我以为你要娶山做老婆了。喂！纪远，你对婚姻的看法怎样？"

"没有看法！"

"你是个愤世嫉俗的人！"小林说，"我不知道是什么原因让你逃避到山里面来？"

纪远怔了一下，抬起眼睛来，他深沉地注视着小林，不过，他的眼光并没有停在小林身上，而是穿透了他，望着一个不知是什么的地方。

"逃避到山里面来?"他闷闷地说,"或者我是逃避到山里面来——以前也有一个人这样说过。但是,说我是个愤世嫉俗的人是不对的,我并不愤世嫉俗。"他的眼光从遥远的地方收回来了。凝注在小林的脸上,"要了解一个人是困难的,每个人都是复杂而矛盾的动物。"

"曾经有人了解过你吗?"小林不经心地问。

"是的。"纪远慢吞吞地答,"她看我就像看一块玻璃一样,我每个纤细的感情和思想都逃不过她。被人了解是件可怕的事情,使你觉得周身赤裸而一无保护。可是——假若这份了解里有着欣赏爱护的种种成分,你会甘于赤裸,也甘于被捕获。"

"那么,你为什么还要逃开呢?"

"不能不逃开。"纪远惘然地望着草寮外被落日染红的岩石和峭壁,"人生的许多事情都只能用四个字来解释:无可奈何。年龄越大,经历越多,这种无可奈何的情绪也就越深切。我从不认为自己是个懦怯的人,面对困难而征服它,是我一贯的生活方针。可是,感情不是这样的,你不能像对付一块顽石一样地敲碎它,也不能像征服峭壁一样炸通它——它比横贯公路还让人困扰。是一条永远筑不通的路。"

"她在什么地方?"小林不动声色地问,他惊奇着自己竟"踏勘"进了这块顽石的内心深处。

"她——?"纪远的神色更加迷惘,"谁知道?结了婚?生了孩子?出了国?多半是这样。他们会很幸福的——然后,我会被遗忘……十年二十年之后,他们会偶然地提起来,那个纪远,成为茶余饭后的谈话资料,那个纪远!"他的脖子涨红了,突然间,他跳了起来,游移的神志陡地清醒了,瞪视着小林,他咆哮地说:"见了鬼!我干什么要和你谈这些?你这个讨厌的,探听别人秘密的小鬼!"抓起了换洗衣服和毛巾,他愤愤地走出草寮,向溪边走去,草寮外的夕阳温柔地迎接着他,晚风吹凉了他脑中聚集的热血。他对自己摇了摇头,苍凉地自语了一句:"我是太累了,太疲倦了!"走到溪边,他望着水中自己的倒影,抚摸着多日未刮胡子的下巴,又低低地加了一句,"我到底只是一个人哪!不能变成块石头!"

早晨,纪远在锤打石块的敲击声中,钻孔机的吼叫声中,和荣民工作时的"吭唷"声中醒了过来。隔夜的宿酒未消,脑子里仍然有些昏昏沉沉。面对着满山的阳光,他挺了挺背脊,希望振作一下涣散的精神。夜里,他有一个奇怪的梦,梦到自己在浓雾弥漫的荒山中行走,匆匆忙忙地找寻着方向,但是雾把什么都掩盖了,走来走去都碰到峭壁林立,要不然就突然发现自己站在悬崖的边缘,而惊得一身冷汗。然后,他听到一个熟悉的声音在遥远的地方呼唤着自己,呼唤的声音越来越近,他身不由己地跟随着这声音走去,于是,忽然间雾散了,他眼前出现了一条道路,他顺着这道路向前走,那呼唤的声音更近了,他变成了渴切的奔跑:"等着我!"他嚷着,不停地向前奔跑,跑着,跑着……陡然间,他眼前一亮,可欣亭亭地站在那儿,一对哀哀欲诉的眼睛火热地注视着他,他一惊,醒了,什么都没有了。

"她在哪儿?她怎样了?"望着暴露在阳光下的岩石,他在心中低问着。可欣的幻象缠绕着他,苦恼着他,再挺了挺背脊,他为自己的软弱而恼怒了。"我是怎么了？着了魔吗？"抓起一把铁锤，他加入了工作着的荣民群众里。

劈不完的岩石，那么多那么多。前面在炸山了，轰然巨响，碎石纷飞。纪远握紧了铁锤，向那些石块猛力锤去，一锤又一锤，他胳膊上的肌肉凸了起来，裸露的背脊曝晒在烈日之下，大粒大粒的汗珠渗透了毛孔，又沿着背脊流了下来。

更多的汗珠跌进了石堆之中，立即被滚烫的石头所吸收。太阳升高了，火般地炙晒着大地。纪远发狂地挥着铁锤，似乎恨不得一口气把整个中央山脉击穿。"可欣在哪儿？可欣怎样了？"尽管手的工作不停不休，脑子里仍然无法驱除那固执的思想。他停了下来，用手抹了抹满是汗水的脸，困惑地扶着铁锤站着。"都是小林不好，"他想着，"全是他几句话勾出来的。"但是，可欣到底怎样了？到底在何方？

"喂，老弟，休息一下吧！"他身边的一位荣民碰碰他，递给他一支新乐园。

燃起了烟，他注视着峭壁下的河谷。烟雾袅袅上升，消失在耀眼的阳光之中。有多久没有回台北了？两年？两年是多少天？这世界能有多少不同的变化？或者，他应该回台北去看看了，去看看老阿婆，去看看小辫子，去看看他所离弃的世界。他揉灭了烟蒂，重新举起铁锤，但他的思想更不宁静了，那念头一经产生，就牢牢地抓住了他：回台北去！回台北去！！回台北去！！他猛劈着石块，每一击的响声都是同一音调：回台北去！

有一个人从山坡上滑了下来，连跑带跳地来到他的身边，他看过去，是小林。不知是什么东西让这孩子兴奋了，他眼睛里亮着光彩，喘着气喊："纪远！"

纪远停止了工作，询问地注视着小林，"什么事？"

"来，来，"小林不由分说地夺过他手里的铁锤，带着难以抑制的兴奋说，"丢下你的工作，跟我来吧！有一件出乎你意料的事情。"

"你在捣什么鬼？"纪远狐疑地问。

"你跟我来就是了！"小林嚷着，拉着纪远就走。

纪远不解地蹙起了眉，不太情愿地跟在小林后面，离开了那喧闹的施工地段。小林显然陷在一种神秘的愉快里，不时回过头来对着纪远微笑。这孩子永远有一颗快乐而热情的心，纪远不能对他卖关子的态度有所呵责。走到了工务段的成功堡前面，小林回过头来，笑着说："你进去吧！我想，那溶剂出现了！"

纪远瞪了小林一眼，他在说些什么鬼话？一声不响地，他走进了屋内，突然阴暗的光线使他的视线有几秒钟的模糊，然后，他看到老工程师正含笑地注视着他："唔，纪远，你有一位朋友来看你！"

他跟着老工程师指示的方向看去，一瞬间，他眼花缭乱，什么都看不清楚。用手揉了揉眼睛，他再对那个方向看过去，那人影依然存在，似清晰又似朦胧地站在那儿，如真如幻，如虚如实。他瞪大了眼睛，在巨大的惊愕和惶惑之中，完全呆住了。

"好吧，纪远，你们谈谈吧，我出去视察一下。"老工程师含蓄而了解地望着面前这一对青年，径自走了出去，并且好意地带上了房门。

室内继续沉寂着，纪远的额上在冒着汗珠，用手挥去了汗，他润了润干燥的嘴唇,仍然不能相信自己看到的是真的。

好半天,才能用喑哑的声音问:"你——怎么来的?"

"走来的。"那人影说,一抹凄凉的微笑浮上她的嘴角,她看来比他镇定得多,"我费了许多时间才打听到你在这儿,一星期前我乘苏花公路的车子到花莲,被台风阻住,三天前动身,步行了三天,才到这儿——一个背粮食的山胞带我来的。"

纪远凝视着她,依然是披肩的长发,深邃而智慧的眸子,和修长的身段。一件镶着小花边的白衬衫,一条藏青色的长裤,裤脚布满泥泞。这是她?唐可欣?他陡地振作了,再挥去额上的汗,他喃喃地喊:"老天爷,这真是你?可欣?"

"是的,是我,"可欣宁静地说,"怎样?不欢迎?是吗?"

"说真的,"纪远迷乱地说,"我简直不知道该说什么好,你是这样一位——不速之客。"他走到桌子旁边,慌乱地想找点什么来镇定自己。终于,他从冷开水瓶里倒出一杯水来,递给可欣说:"你一定渴了,走了那么多路,你要喝水吗?"他的语气还算冷静,但他握着茶杯的手泄露秘密地颤抖着。

"是的,谢谢你。"可欣接过了水,静静地注视着纪远。

"你使我吓了一跳,真的。"纪远语无伦次地说,觉得手脚都无处可放,又急需找些话来说,"台北的朋友都好吗?嘉——嘉文怎样?"

"他很好,到今年年底,他就要做爸爸了。"

"是吗?"纪远狠狠地盯着可欣,那苗条的身段并不像个将做母亲的人呀。

"他去年夏天和湘怡结了婚,你总没有忘记湘怡吧?"可欣也同样盯着他,"他们生活得很快乐,湘怡是个标准的妻子,他们都热心地在等待着孩子的出世。"

"是吗?"纪远只能无意义地重复着这两个字,他脑子里纷乱成了一团。可欣会跑到这深山穷谷里来找他,嘉文已和湘怡结了婚……展露在他面前的事实使他惊悸惶惑,还有一份不敢相信的狂喜之情。他的心脏在撞击着胸腔,猛烈到使他晕眩的地步,他怕血管会在他脑子里爆裂。但是,眼前这个少女是多么地冷静呀!"那么,你呢?也好吗?"

"是的,也很好,"可欣微笑着,"就像你看到的。"

"没有朋友?没有——结婚?"纪远冲口而出地问,他控制不住自己的舌头。

"结婚?"可欣依然在微笑,沉静而显得莫测高深,"我正在考虑中。"

"是吗?"纪远额上的青筋在跳动,"那是怎么样的一个人?你的同学?"

"很难讲他是怎么样的一个人,"可欣说,走到桌子旁边,把茶杯放在桌上,那杯水一口也没有喝过。她现在站得离他近了,发亮的眼睛深深地望着他,"两年前他离开了我,最近我才把他找到,我还不能断定他要不要我——在感情上,他是个怯弱的动物。"

纪远盯着她,他们默默地对视着,有一段很长的时间,两个人谁也不开口。纪远的呼吸沉重而急促,心脏跳得连肌肉都悸动着。然后,他伸出手来,轻触着可欣垂在肩上的头发,他那样小心翼翼,仿佛她是纸做的,碰一碰就会碎掉。他的手从她肩上移到她头顶上,又从头顶上滑下来,沿着她的面颊抚摸到她的下巴,他的眼睛温柔地注视她,低低地从嘴唇里吐出几个字:"你这个小傻瓜!"

接着,他的胳膊圈住了她,他的吻开始强烈地落在她的发上、面颊上、嘴唇上,带着深深的战栗的需索。他吻得那样多,好像这一生都不会停止。好不容易,她才喘过气来,把凌乱的头发拂向脑后,她看到他哭过了。他的眼圈红着,面颊上泪渍犹存,在这充满了粗犷的男性的脸上,显得特别奇异。他揽住她,把她黑发的头揿在他裸露的胸膛上,那结实的、带着汗和泥土气息的肌肤贴紧她的面颊,她可以听清那心脏是怎样沉重而狂猛地擂击着。他的声音低沉、温柔而诚挚地在她耳畔响起来:"你一定吃过许多苦,受了许多折磨,是不是?可欣?但是,这些都过去了,你将不再受苦了,你会有一个最负责任的丈夫。"

可欣的眼眶湿润,她永不会懊悔自己这一段长途跋涉的追寻,她终于找到了她所要找的。经过这么一段漫长的时间,期待、挣扎、奋斗……这个男人才属于了她,永不会再离开她了。含着泪,她抬起头来,打量着她的未婚夫,那被太阳晒成黑褐色的皮肤,那满是胡子的下巴,那裸露的肩膀和胸膛,他简直像个道地的野人!摇摇头,她满足地叹息了一声,低低地说:"我看到你劈开那些石头,你那个姓林的朋友指给我看的,你可以劈开那些石头,纪远,但是你再也无法把我从你身边劈开了。"

回答她的是纪远有力的胳膊,那手臂里是个安全、温暖而坚实的所在,她再叹息一声,初次感觉到三日跋涉后的疲倦。就这样,当老工程师推门进来时,发现这一对情侣正默默地依偎在一块儿。看到了他,纪远抬起了他亮晶晶的眼睛。

"您愿意帮人证婚吗,工程师?"

"证婚?"老工程师怔了怔,"什么时候?"

"就这一分钟!"

"什么!"老工程师吃惊地叫了起来,于是,他诧异地看到了那个"不会笑的人"的笑容——那样幸福、甜蜜而愉快。

这一夜,在一块远离人群的大岩石上,并躺着一对沉浸在幸福中的人,喁喁细诉着亚当、夏娃时期就有过的言语。山树迷离,星月朦胧,连小草都沉醉在他们的低语里。

第十六章

窗口最后一抹夕阳的余晖,斜斜地射在客厅的小茶几上。

湘怡站在茶几前面,正在修剪着一束刚刚从花园里采进来的花朵,把它们一枝枝地插进花瓶里。每插进一枝,她就侧着头打量一番。夕阳在她的手上、身上、头发上和那些花朵上,都淡淡地染上一层微红,这份闲暇的工作在慵慵散散、困困倦倦的气氛中缓慢地进行着。

一枝玫瑰,一朵百合,一匹凤尾草……湘怡修着,剪着,插着,却显然有些心神不属,看看手表,五点半,再过不久,嘉文该下班回来了。嘉文这个工作,完全不是学以致用,念了外文系,却在银行里当职员,难怪他就牢骚满腹了。可是,有多少大学毕业生,要找这样的工作还找不到呢!又是和杜沂在一个银行,可以一块儿上班下班,获得许许多多的便利,在这人浮于事的时代,能有这样一个工作实在不错,湘怡总认为嘉文的牢骚有些过分和多余。

困扰着湘怡的，还不只嘉文的牢骚。大学毕业以后，嘉文凭着纪远打他那一枪所受的伤，不知怎么竟获得了免役。杜沂对嘉文爱护备至，出于一位父亲的自私，总觉得军训太苦了，能免则免。湘怡的想法就不同，她了解嘉文，像一棵温室里培养出来的脆弱的小树，见不得阳光也禁不起风雨。军训正可以训练训练他，又不是真的身体吃不消，何不接受这种训练呢？但，嘉文既不愿受训，杜沂又赞成他们早日成婚，再加上又获准了免役，嘉文向来秉性温顺，也就不坚持自己的意见了。就这样，他们在毕业那年的暑假就结了婚，到现在已整整一年了。

　　结婚后这一年中，湘怡实在不能说有什么不满意的地方。他们和杜沂住在一起，嘉文原来的房间修缮改装后成了他们的新房。杜沂宠爱而欣赏他这个儿媳妇，绝不亚于以前的喜欢可欣。嘉龄和嫂嫂并不接近，但也从没有像一般小姑子那样难以伺候，她的生活和湘怡的距离很远，她大部分时间停留在外，湘怡除了上课（毕业后她被分发到×中实习）就永远守在家里。就是嘉龄在家的时间，她们相处得也十分和洽。嘉龄常常拍抚着湘怡的肩膀，笑着说："湘怡，"她始终没有改口喊她嫂嫂，这是习惯使然，"你真是个道地的贤妻良母，你怎么能这样安分地待在家里面？要我，永远也做不到！"

　　"有一天会做到，当你碰到一个能使你安定下来的人的时候。"湘怡说。

　　"不会！"嘉龄皱皱眉，"告诉你，湘怡，我血管里一定有份反叛的血液，让我永远无法安静。"

　　湘怡不再说话，或者嘉龄说的也是实情，湘怡知道嘉龄母亲的故事。看到嘉龄经常游荡在外,和随时更换的男友,常使湘怡有种模糊的隐忧,担心着这个少女的前途。不过,这到底不是需要她来担心的事情,何况嘉龄正在成长,又何况,她还有个可以管束她的父亲。

这些都不让湘怡困扰,时间很空很闲,一年实习满了之后,她没有继续教书。家庭和谐而自然,再不用看哥哥嫂嫂的脸色,洗那些洗不完的衣服,听嫂嫂的冷嘲热讽。若干年来,她才初次觉得自己是自己的主人。下女爱戴而信服新的少奶奶,家用丰富得用不完。每天浇浇花,整理整理花园,偶尔下厨房做两样杜沂和嘉文爱吃的菜,给未出世的婴儿象征性地做几件小衣服……日子流过去了,没有什么能让她不满意的地方。可是,生活里总有那么一点儿看不见痕迹的暗潮在起伏酝酿,问题在哪儿呢?湘怡心里也隐隐明白症结所在,因此,她无法毫无保留地欢笑,无法一无顾忌地享受陈列在她面前的幸福之杯。每当夜深人静,她会对着躺在她身边的嘉文的脸沉思,久久无法入睡。

最后一枝花插进了瓶里,湘怡退后两步,做末一次的打量,然后满意地把花瓶放在茶几的正当中。抛去了剪下的残枝败叶,她在沙发中坐了下来,感到几分疲倦。一个小生命正在她体内茁壮成长着,她以过多的喜悦来等待孩子的出世,现在才是九月,孩子会在十二月底出世。她常常会陷在一种恍惚的情绪里,用许多时间去揣测孩子是男抑或是女?

一阵门铃响,湘怡从沉思里惊跳了起来,等不及阿珠去应门,她已经抢先走进花园去开了大门。门外,出乎她意料的只有杜沂,而没有嘉文。来不及掩饰脸上的失望,杜沂已经看出来了。

"怎么？"杜沂有些诧异，"嘉文没有回家？"

"没有呀！"湘怡不安地说，"他不是在上班吗？"

"下午他早退了，"杜沂说，立即传染了湘怡的不安，"或者他临时要办什么事，大概马上就会回来了。怎样？今天晚上有什么好菜吗？"他故作轻快地问。

"炒了个素什锦，"湘怡说，脸上掠过一个悄悄的微笑，"医生说您不能吃油腻。"

"吃一点儿油腻也没关系呀，"杜沂皱了皱眉，"你早上不是说要炖个蹄髈吗？"

"您别急，爸，"湘怡笑得很甜，"素什锦是用猪油炒的。"说完，她笑着溜进了厨房里。

杜沂用欣赏的眼光望着湘怡的背影，他从没有看过比湘怡更安静、更柔顺的女孩，而且，她又对所有的人都那么体贴关怀，包括这个做公公的他。这些年来，他虽然有一儿一女，却很少享到儿孙之福，没料到这个儿媳竟使他充分享受到做父亲的好处。也由于过分喜欢湘怡，他对嘉文就有份薄薄的不满。闺房之事，他做父亲的当然不便过问，但他总觉得嘉文待湘怡缺乏一份热情。例如早退而不回家，这已经是一星期里的第三次了，这孩子到底在搞什么鬼？

吃晚饭了，嘉文仍然没有回来，倒是嘉龄先回家，一进门就嚷饿。湘怡原准备等等嘉文，但看到杜沂和嘉龄都没有等的意思，只好暗中留下一盘菜，预防嘉文没吃饭回来时可以热热吃，就开了饭。嘉龄用眼光对周围一扫，耸耸肩说："怎么！哥哥又没回家！"望着湘怡，她半开玩笑半正经地说："你当心，湘怡，哥哥该管了。对男人可不能脾气太好,对不对,爸爸?"她转向父亲,做了个鬼脸。

"你少管闲事,吃你的饭吧!"杜沂说,不满地瞪了她一眼,"你整天忙些什么?见不到人影。"

"交朋友,玩,跳舞!"她坐正身子,突然说,"对了,爸爸,我去学声乐,好不好?"

"好呀!"杜沂说,"这才是正经念头,你想和谁学?明天去打听打听看。"

"申学庸,怎样?"

"只怕人家不肯收你!"

"为什么,难道我的嗓子不够好?"嘉龄抗议地问,立即拉开嗓门,唱了两句"我住长江头,君住长江尾",又自下批评,"标准的女高音嗓子!"

"好了,饭桌上也不肯安静!"杜沂说,"吃饭!别唱了!"

湘怡暗中看了嘉龄一眼,她奇怪嘉龄那洒脱和满不在乎的个性,失恋对于她仿佛也没什么,她怀疑嘉龄心里还有没有纪远的影子?注视着嘉龄愉快的神情,她问:"你有男朋友了吗,嘉龄?"

"男朋友?太多了!"嘉龄立即看出了湘怡言外之意,冲口而出地说,"我才不是那种会对一个人死心塌地爱到底的人,像哥哥那样永远忘不掉唐可欣!"话一出口,嘉龄马上感到不对头,但是已出口的话又收不回来了,不禁一阵燥热,脸就红了。饭桌上有一段短时间的尴尬,还是嘉龄先打破了沉默,用轻快的声音嚷:"湘怡,我今天又收到胡如苇一封情书,他被分发到海军气象所服役,你猜怎么,这糊涂鬼在向我求婚呢!"

湘怡抬起眼睛来望了望嘉龄,为了掩饰自己那份微微的不安,更为了避免让嘉龄难堪,她也用活泼的、发生兴趣的口气说:"那么,你预备怎样呢?胡如苇很不坏呀!"

嘉龄耸耸肩,又挑挑眉毛。"很不坏?我承认。只是——爱情不来兮,无可奈何!"

"我看你不是爱情不来兮无可奈何,"杜沂望着充满了青春气息的女儿,竟然也冒出一句俏皮话,"你是爱情太多兮,应接不暇!"

湘怡扑哧一声笑了出来,嘉龄瞪圆了眼睛,鼓着腮,抗议地喊:"爸爸!什么话嘛!"

喊完,禁不住也笑了。饭桌上的空气顿时轻松了起来,刚刚那一阵小小的尴尬已经过去了。吃完饭,阿珠撤去了碗筷。湘怡走进客厅,扭开唱机,放上一张水上组曲,音乐琳琳琅琅地流泻出来,萦绕于初夏的夜色里。小茶几上的玫瑰放着幽香,花园里的虫声唧唧。夜,永远有着它神秘的、难解的魔力,会使温馨的更加温馨,而寂寞的更加寂寞。水上组曲、韩德尔、巴哈、贝多芬、托斯卡尼尼、海菲兹、门德尔松……湘怡不知道自己在胡乱地想些什么,而夜却在音乐家的音符下滑过去了。

深夜,一家人全睡了。也可能有人在无眠地挨着长夜,但,最起码,这幢住宅静得没有丝毫声息。湘怡倚着卧室的窗子,静静地坐着,她听到院子里树叶坠地的声音,巷口馄饨担敲梆子的声音,以及远处屋顶上一只夜游的猫在呼唤的声音……只是没有嘉文回家的声音。她膝上放着一件未完工的婴儿服装,却无心于针线。时间在期待中变得特别滞缓,思虑却相反地在每一秒里纷至沓来。他到何处去了?会不会出了事?车祸?生病?还是流连于某种场合乐而忘返?

时间不知道过去了多久,终于,大门有了动静。湘怡凝神倾听,钥匙在锁孔中转动,大门开而又合。是的,嘉文回来了。她听到了脚步声踩在花园的碎石子路上,放下了婴儿衣服,她从椅子里跳了起来,看看手表,已经一点多钟。免得惊醒老人起见,她轻悄而迅速地走进客厅,打开客厅通花园的玻璃门。嘉文果然站在门外,月光下的脸色显得苍白,一向清亮的眼睛晦暗而疲倦。

"怎么这样晚回来?"湘怡低低地问,没有等答复,就又催促地说,"快进来,不要吵醒了爸爸和嘉龄。"

嘉文一声不响地走进卧室,把领带从脖子上扯下来,抛在床上,身子就沉重地倒进椅子里。湘怡小心地看了他一眼,那布满红丝的眼睛和气色不佳的脸庞,他遭遇到什么不如意的事了?走过去,她轻轻地把手放在他的手背上,立即吃惊似的说:"你冷了,这么晚回来,应该多带件衣服。"

"我不冷,还热得很呢!"嘉文有些烦躁地用手抹抹脸。

"晚上到哪里去了?"湘怡柔声地问,怕过分追问他的行踪会使他不高兴。

"有朋友请吃晚饭!"嘉文简单地说。

吃晚饭?吃晚饭又何至于吃到半夜一点钟!但是,湘怡不想再追问下去,男人有自己的世界和自由,她不愿成为一个干涉丈夫一举一动的妻子,许多失败的婚姻就由于妻子过分唠叨和专权。不过，等待和担心的滋味实在不太好受，她走开去整理床铺，一面说："以后晚回家，先打个电话给我好不好？免得我着急。"

"急什么呢？"嘉文打了个哈欠，淡淡地说，"又不是小孩子会迷路！"

湘怡不再多说什么，铺好了床，她回过头来问："要不要洗个澡再睡？我去帮你烧洗澡水，这么晚别叫阿珠了，她一天工作也怪累的。"

"洗澡倒可不必，"嘉文精神不佳地揉了揉额角，"有吃的东西没有？我饿得要命！"

想必那位请吃饭的朋友不够慷慨。湘怡急忙说："有，有。我帮你留了一碟炒肉丝，没有汤，这样吧，给你下一碗肉丝面好不好？"

"好吧，什么都行！"

湘怡蹑手蹑脚地到了厨房，幸好煤球炉还有余火，加上两块炭，她用最快的速度做了一碗面出来。端到卧室里，嘉文看来已经十分不耐了。

"等不及了？"湘怡笑着问，"没办法，火一直上不来。赶快吃吧！"

嘉文坐在桌子旁边，津津有味地吃了起来，湘怡把椅子搬到他身旁，津津有味地看他吃。她喜欢看他饥饿的样子，就像许多母亲喜欢看孩子的饕餮一样。嘉文把一碗面狼吞虎咽地吃完了，精神立即振作了许多，心情也开朗了，用手巾擦了擦嘴，他满意地抬起头来，望着坐在一旁的湘怡。灯光下，湘怡的脸沉静秀气，眼睛柔情脉脉，他的良知一动，有些为自己的晚归抱歉起来。

"湘怡,"他凝视着她,温存地说,"你真好。"

一句没有粉饰的、直截了当的评语,却使湘怡一阵心跳而脸红了。站起身来,她走到嘉文身后,把两只手搭在他肩膀上,低低地说:"只要你喜欢我,我就心满意足了,嘉文。"

嘉文被那深情款款的语气所感动了,回转身子,他搂住了湘怡的腰,后者那藏在睡袍下的臃肿身段更提醒了他,对一个孕妇来讲,深宵等门一定太疲倦了。他歉疚地,带着些稚气的激动说:"以后我一定不这么晚回家,湘怡,你猜我到哪里去了?本来我不想告诉你的,但是你这么好,我不能对你隐瞒,我是……"

湘怡一把捂住了嘉文的嘴,用一对受惊的眸子瞧着他,紧张地说:"别讲!嘉文,如果你去了什么坏地方,还是不要告诉我吧!我宁可不听!"

"不过,"嘉文挣开了湘怡的掌握,固执地说,"我一定要告诉你,要不然我会睡不着觉。湘怡,我对不起你,让你这么晚还为我等门,而我却……却……在外面荒唐,我是受了魔鬼的引诱!……"

"别说吧!嘉文,请你不要说!"湘怡低喊,祈求地看着嘉文,脸色发白了,"我什么都不要听,我也不怪你,这么晚了,还是睡觉吧,好不好?"

"可是,你一定要听我!湘怡。"嘉文那孩子气的固执一发,就绝不肯改变,"我并不是本心要学坏,完全是小张和小陆两个人死拖活拉地要我去,我也知道这不是好事情,可是,到时候就身不由己地跟他们去了！……"

"老天！"湘怡喊了一声，决心面对现实了，"你痛快点说吧，你到底去了什么鬼地方？"

"跟小陆他们在一块儿赌钱。"

"赌钱？"湘怡诧异地问，接着，就突然感到一阵解脱后的松弛。噢！不过是赌赌钱而已！这傻孩子神神秘秘、吞吞吐吐的，她还以为他去了什么酒家妓院呢！赌钱虽然不好，比起那些来还好得多。她松了一口气，注视着嘉文那对坦白、求恕的眼睛，和那股犯罪后懊恼的神情，她像个溺爱的母亲般地吻了他，"好了，嘉文，别放在心上了，只希望你以后不再受他们的引诱。"

嘉文高兴起来，良心上的负荷一旦交卸了，他觉得自己和婴儿一样的纯洁，捧住湘怡的脸，他深深地吻她，缠缠绵绵地吻她。刚刚那种犯罪似的感觉已消失得干干净净，他又自认是世界上最好的丈夫。

"湘怡，你真好，湘怡。"他重复地说，重复地吻她。

"好了，好了，"湘怡说，眼眶没来由地有些潮湿，"早些睡吧，明天还要上班呢！"

嘉文没有放开她，他的眼睛在她脸上上上下下地睃巡，似乎在找寻什么，眼光里罩上一层朦朦胧胧的光彩，使他的脸像浮在雾里。湘怡的心脏收紧，潜意识地体会到什么。每当嘉文如此看她，她就感到自己被遗失了。那是奇怪的一刻，她知道他看到的不是她。

"为什么把头发盘起来？"他低声问，声音里有种不寻常的喑哑。

"天气太热了，披下来会出汗。"她说。婚前，她习惯于梳两条辫子，婚后，她就依照嘉文所喜欢的样式，让头发自然地垂在背上。

"这使你看起来老气。"嘉文说，伸手抽掉了湘怡头上的发针，立即，发髻散开了，浓厚的头发像水般披泻下来。嘉文的眼光恍恍惚惚地在她脸上移来移去，他的胳膊变得坚硬而有力。"你真美，可欣。"他喃喃地说，声音轻得像梦呓。然后，他的唇轻轻地触过她的，那样温柔，那样小心，似乎怕碰伤她。"可欣，可欣，可欣。"他低叫。

湘怡浑身痉挛，跟着痉挛同时来到的，是一种穿透骨髓的寒冷。她战栗起来，注视着神思恍惚的嘉文，她没有勇气，也不忍心去点穿他。而另一种近乎绝望的、受伤的感觉让她神经紧张。她用带泪的声音低喊："放开我，嘉文，让我去。"

嘉文的胳膊箍得更紧了，他的唇开始火热地贴住了她，她可以感到他身体的颤动，和那呼吸的热气。他嘴里仍然在不停地低唤："可欣，可欣，可欣。"

"放开我，"湘怡挣扎着，眼泪滑下了她的面颊，"放开我，嘉文，你会弄伤我们的孩子！"

嘉文猛地放开了她，湘怡最后那句话像闪电一样击醒了他。用手抹抹脸，他茫然地注视着湘怡。接着，一层红晕飞上了他的面颊，他自己所弄的错误使他懊恼，而又愧对湘怡，还有份难以解释的沮丧。于是，他逃避地往床上一躺，拉开棉被，盖住身子，讷讷地说："对不起，我太累了。"

湘怡没说话，默默地拭去了泪痕，她把嘉文吃过的碗送进厨房里去洗干净了,再接好第二天要用的煤球。当她回到卧室里来的时候,嘉文已经闭上眼睛,仿佛是睡着了。她灭掉了灯,在嘉文的身边平躺了下来。听着嘉文均匀的呼吸,她痛苦地合上眼睛。

"或者我错了。我不该嫁给他。"她迷惘地想着,用手指缠绕着自己的长发,她明白了。他刻意把她打扮成她——唐可欣。她是个替身,另一个女人的替身。翻转身子,她把面颊扑进枕头里,轻轻地啜泣起来。

一只手伸了过来,怯怯地抚摸着她的肩膀,嘉文的头凑向了她,用那种孩子闯了祸而不知道如何去善后的口气,嗫嗫嚅嚅地说:"原谅我,湘怡,我不是有意的。"

湘怡抽噎得更加厉害了。

"真的,我不是有意的。"嘉文仍旧低声下气地说着。

湘怡把手放在嘉文的肩膀上,忍不住泪水的迸流,她哭泣着说:"我没有怪你,嘉文,我伤心的就在于你不是有意的呀!"把头深深地埋进枕头里,她哭不尽自己的沉痛、悲愁和无可奈何。夜被眼泪湿透,又被眼泪冲走,窗外,黎明已经近了。

第十七章

　　同一个晚上，纪远和可欣在台北完成了他们小小的婚礼，没有请客，没有宴会，也没有蜜月旅行。下午三点钟，在法院公证，晚上，他们自己准备了一些酒菜，碰了杯，吃了所谓的交杯酒，唯一的宾客是从横贯公路赶来参加的小林。午夜，小林告辞，家里就剩下一对新夫妇和沈雅真默默相对了。

　　和嘉文类似，这对小夫妇没有分居出去，他们的新房是设在原来雅真那幢房子里，也就是可欣的卧室，稍加布置和改装而成。雅真对于这个婚礼，有一肚子的委屈和不满，多年以来，她幻想过几百次可欣的婚礼，热闹、隆重、漂亮……数不清的宾客，数不完的玫瑰花，可欣打扮得像个小仙子，和嘉文手挽手地周旋于宾客之间……可是，如今，她的女儿终于结婚了，新郎不是她幻想中的男孩子，一切也都和想象中差了十万八千里。旧的社会关系因婚变而打断，杜家和唐家自从毁婚后就断绝了来往。这婚礼，如此简陋，如此潦草，如此凄凉（在她眼睛里是这样），尤其是——和预料中差别得如此之大!使她充满了说不出的失望和伤心。她不了解这年轻的一对,从可欣毁婚之后,母女间就有一层无形的隔阂,现在,她感到这层隔阂更深了。

"妈妈,"可欣把母亲的茶杯里斟满了热茶,送到雅真面前,用一对坦白、热情而光亮的眼睛注视着母亲,"你要喝茶吗?"

"可欣,"雅真用手握住了女儿,低声地说,"让我再看看你。"她的语气和神情,都好像女儿要远离了一般。

可欣靠近了雅真,用手揽住雅真的肩头,对母亲展开了一个温柔、幸福而宁静的微笑。

"妈妈,"她亲切地说,"我知道你是怎么想的,不过,婚礼只是形式,主要的是结婚的人有没有诚意。妈妈,我也愿意有铺张的婚礼,但是,在经济情形不允许的情况下这样结婚也不错了。最重要的,是我嫁给了一个我所要嫁的人。好妈妈,我告诉你一句话,我相信在这一刻,全世界没有一个比我更快乐更幸福的人!"

雅真还能说什么呢?"快乐"和"幸福"是世界上最稀有的两样珍宝,如果可欣已经获得了,那么,她还能有什么更好的希望呢?越过可欣的肩头,她的目光停留在纪远的身上,那个年轻人正斜倚着桌子,端着一杯茶,微笑地注视着她们母女。

"过来,纪远。"雅真伸出另一只手,对纪远说。

纪远放下茶杯,走了过来。雅真握住了他,深深地注视着他的眼睛,好一会儿,才点点头说:"纪远,你并不是我选择的女婿。"

"我知道。"纪远望着她。

"到现在,我对你了解得还太少,"雅真继续说,"我甚至不知道是不是喜欢你,不过,我已经准备要喜欢你了。"她不自觉地微笑起来,这年轻人身上有某种令人心折的力量,"说实话,有一段时间我相当反对你,但是,为了可欣,我只得隐忍。所有做母亲的,对儿女都会有过多的希望,我对可欣也是。不过,随着时间和经历,我的看法也改变了很多,我现在只希望可欣快乐,因为快乐是世界上最难得到的东西。"她把可欣的手交在纪远的手里,用两只手紧紧地握住它们,"纪远,我现在把可欣给你了,我不要求你将来发大财、成大名、立大业,只要你向我保证一件事,保证永远让可欣快乐。"

纪远注视着雅真,他的眼睛诚恳真挚,严肃地点了点头,他郑重地说:"我向您保证。伯母。"

"你应该改口了,纪远,"可欣插进来说,"你该叫一声——"

"我知道,"纪远的嘴角浮起一丝微笑,"一个对我很陌生的字。我从小就失去母亲,父亲是个漂泊江湖的艺人——他自己有个技术团,我跟着他东奔西跑。没多久,他和一位女艺人同居,强迫我学习许多我不愿学的东西,我逃走了。从此,我流浪了很多地方,做过学徒、苦工、泥水匠……一直在半工半读,我知道只有不断奋斗,才可能闯出天下,我不想再做个江湖艺人。后来,我来到台湾,又考进大学——命运对我是很宽大的。这样子长大,我几乎没有享受过家庭温暖,我也不记得什么时候我曾叫过'妈',"他的目光朦胧地、热切地望着雅真,带着份孺子的渴慕之情,低低地说,"我纪远何其幸运。您已经接纳了我,是吗?我可以叫您一声——"他用舌头润润嘴唇,显然这个陌生的字有些难于出口,"妈?"

雅真突然感到热泪盈眶，一刹那间，她有拥抱这个男孩子的冲动。从纪远简单的叙述里，她读出许多不简单的血与泪。这孩子没有隐瞒他的身世，从童年到现在，这是多么漫长的一段时间！她明白可欣的感情了。嘉文可能是株温室里的奇卉，纪远却是棵禁得起风暴的大树。在他那枝丫和密叶之下，应该是个安全而可靠的所在。她长长地吐出一口气，她懂了！明白了，也放心了。握紧那两只手，她喃喃地说："什么都好了，我现在有两个孩子了。"凝视着纪远，她纳闷地又加了一句，"奇怪，我刚刚才在准备喜欢你，现在我就已经喜欢你了。"用手背揉揉湿润的眼睛，她在满足与欣慰的激情中，早已忘记曾为婚礼的简陋而有过的伤心和失望了。

夜深了，一对新人回到新房里。窗外繁星满天，月华似水，房间里意密情深，温馨如梦。可欣和纪远依偎地站在窗前，看着那星月朦胧的小院子里，几点流萤在夜雾中穿来穿去。纪远的手臂拥着可欣的肩，后者的头倚靠在前者坚实的胸膛上。室内静悄悄的没有丝毫声息。书桌上燃着一对红色的喜烛，这是雅真特别安排的，烛光荧荧，更增加了一份梦般的情调。

"我从来没有听说过。"可欣轻声地说。

"什么东西？"

"关于你那些事，你的家庭，和你的童年。"

"你没听过的事还多着呢！"纪远笑了笑，"慢慢地我会告诉你，一些挣扎，一些苦痛，和——一些罪恶。"

"一些罪恶？"可欣愣了愣。

"是的，有一些罪恶，"纪远轻轻地说，把可欣更揽紧了些，

"如果我说出来，你会不要我了。我不是那种平平稳稳长大的人，在许多痛苦的经验里，为了生存，人常常什么都肯做……"

"你偷过？抢过？"

"或者。"纪远笑了，"我偷过农夫田里的甘蔗和地瓜，抢过锯木厂的木片和木屑，捡过香烟头，甚至乞讨……"

可欣战栗了一下。

"你吃惊了？"纪远的笑变成了一声叹息，"你该多了解我一些，我的历史说出来会使你害怕。可欣，你并不知道你嫁了怎么样的一个丈夫。"

"我知道。"可欣说。

"知道些什么？"

"知道你是个具有顽强的生命力的人，知道你是个永远倒不下去的人，"她的面颊贴紧了他的胸，"还知道——你是个时代考验中长大的人。是个我宁可牺牲一切，也必须要嫁的人！"

他用手触摸她柔软的长发。"你被爱情热昏了，"他幽幽地说，"我了解自己，在坚强的外表下也藏着懦弱，还不只懦弱，我自私、孤僻、虚伪……有许许多多你看不见的缺点。"

"这些缺点每个人都有，不是吗？好人与坏人的差别，只在于这些缺点的轻重之分而已。我很明白你只是一个人，我也并不希望你是个神。"

纪远托起了可欣的下巴，凝视着她的脸。"还有，"他吞吞吐吐地说，"我必须告诉你，我并不——纯洁。"

可欣的脸红了。好一会儿，才说："你还有什么要告诉我的？"

"有。"

"什么?"

"最庸俗的三个字——我爱你。"

室内那样静,静得可以听到烛花的爆裂,噗的一声,那样清脆地绽开。跳动的火焰向上奔窜,荧荧然焕发着梦似的光华。穿过窗棂的风低且柔,院中的小草在轻轻碎语,树梢的夜雾氤氲迷离,广漠的穹苍被星星穿了无数透光的小孔,像撒满了流萤,在那儿明明灭灭。半规晓月,掩映在云层之中,忽隐忽现。夜,是属于诗的,属于梦的,属于幻想的,属于爱与泪的。

"告诉我,"可欣轻声地说,她的头枕在纪远的胳膊上,一头长发柔和地披泻在枕头上。月光从视窗斜射进来,一片淡淡的银白,和烛光那朦胧的红糅合在一起,"你从什么时候开始爱上了我?"

纪远轻笑了一声,把头转开,回避地说:"我也不知道。"

"你知道的,告诉我。"

"应该是见第一面的时候。"纪远望着窗外,"你给我一个奇怪的印象,使我在你的面前无法遁形。"

"你常在别人面前遁形的,是吗?"

"不错。"纪远笑着,有一抹不寻常的羞涩。

"后来呢?"

"后来?该是打猎的时候,我知道很难逃过你了,我为自己的感情生气,整个打猎的过程中,我都神思恍惚,而我也明白,自己那镇静的外表骗不过你,这就让我更生气。假若我不是那样神思不定,大概也不会发生猎枪走火的事件,而事件发生后,我一直有种错觉——"他蹙起眉,语声中断了。

"怎么？说下去吧！"

"我认为——我潜意识里可能有犯罪的企图。每一个人的潜意识里，都会有犯罪的意识，一种与生俱来的罪恶性。饥饿的时候幻想抢劫，愤怒的时候幻想杀人。那次打猎的途中，我不能否认我曾想过，如果没有嘉文，我不会放过你！接着，那意外发生了，枪弹打中的不是别人，偏偏是嘉文，这使我觉得自己是个谋杀者。"

"噢！"可欣轻轻地吐出一口气。

"我不顾性命地救助他，怕他会死去。当我背着他走过山岩的时候，我不住地在心中发誓……"他又一次地顿住了。

"怎样？"

"算了，别提了！"纪远微微地寒战了一下，"都已经是过去的事了。"

"告诉我，我要听。"可欣固执地说。

"我发誓——"纪远低沉地说了下去，语气里带着浓重的寒意，"只要他能够好起来，我愿意为他牺牲一切。只要他能够好起来，我终身做他最忠实的朋友，永不负他！我确实想这么做的，可是，在医院里那一段日子，天天见到你，在你眼睛里读出一切：挣扎、努力、痛苦、爱情！这使我有种疯狂般的感觉，在你的眼光下，我又一次无法遁形。"

"你都看出来了？"可欣低问，声音里有着带泪的震颤和叹息，"我在你面前，又何尝能够遁形！"

"然后是那些黄昏，细雨中的、落日下的、暮色迷蒙的。我听着你用可怜兮兮的声音，叙述着你和嘉文的恋情，每个小节，每个片段,你不厌其烦地述说,只为了武装你自己的感情。你的挣扎击破了我最后的努力,一枝红叶掀开了所有伪装的面具——"他叹口气,在可欣脖子下的手臂加重地揽住她,"可欣,记得你对我的指责吗?说我对不起嘉文,是个伪君子,是个流氓!"

"记得。"

"我所感觉到的,比你骂的更坏。但是,当时我对自己说:'下地狱去吧,纪远!毁灭吧!沉沦吧!什么都好,只是不要让我再逃避这段感情!'"

"可是,你依然逃避了。"

"是的,"纪远对自己微笑,"我坏得还不够彻底,我想起自己的誓言,想起嘉文的脆弱和友谊,我逃避了。我不知道我的逃避是懦弱还是坚强,许多时候,这二者之间是分不开的,当我在山中的矿穴里钻出钻进时,我觉得自己是最坚强的人,也是最懦弱的人。"

"你是懦弱的,"可欣的肌肉突然僵硬,以怨愤和委屈的声调说,"你躲开了,把一切的重担都堆在我的肩膀上。你希望我怎么做?接受嘉文?还是拒绝嘉文?你知道我不愿做感情的骗子,欺骗得了嘉文,也欺骗不了自己。你躲开了,躲得远远的,让我单独去应付那种难以应付的场面,你是懦弱的,纪远,而且自私。"

"是的,你说得对。"纪远侧过身子来,脸上有那种被人看穿秘密后的难为情,他俯过身子,轻轻地吻了她,"向你道歉,可欣,你说得一点儿也不错。我确实把担子移交到你的肩膀上去,我逃开,然后看你们如何发展。"

"你回来后,表现得更加恶劣。"可欣的责备意味更深了,长久以来积压的委屈一起涌上心头。

"我能怎样做呢?"纪远抑郁地问,"从矿场回到台北,我知道你们没有订婚,嘉文像个丧家之犬,惶惶然莫知所从。我不敢见你,不敢面对现实。每晚,我在你家的巷子里徘徊,遥望你的窗子,只要在窗玻璃上看到你的影子,我就感到内心抽痛,疯狂地想见你,疯狂到几乎无法克制的地步,于是,我只好再度逃开,喝酒买醉。直到嘉文跑来打我,我才明白,我只有远走,走到再也见不到你们的地方去,或者才可逃开这段恋情。"他拥住了可欣,他的吻遍盖在她的面颊和嘴唇上,"我是个逃兵,可欣,怪我吧,骂我吧,打我吧!我确实表现得恶劣透顶,把所有的委屈和难堪都留给你受,可欣,你比我坚强。"

没有什么慰藉可以比情人们的心语更让人感动,可欣平躺着,不动也不再说话。两滴泪珠在她睫毛上颤动,烛光下显得特别地晶莹。她在微笑,一种心底的沉迷的微笑。烛光也在微笑,月光也在微笑,任何东西上都浮动着沉迷的微笑……她扬起睫毛,凝视着窗子,夜是太美了,美得让人想拥抱它。当然,夜是美的,不只夜是美的,黎明也同样地美,同样地迷人。

窗玻璃由灰蒙蒙的暗淡转为明亮的白,接着就染上了朝霞绚丽的嫣红。可欣蹑手蹑脚地下了床,纪远还在沉睡着,曙色下的脸庞安详平稳,那红褐色的皮肤和方正的下巴显得健康而"男性"。可欣披上一件晨衣,站在窗前,深深地呼吸了几口新鲜的空气,望着朝阳爬上了台北的屋顶,她竟想引吭高歌一番。不过,她毕竟没有高歌,她不想惊醒纪远,在纪远醒来之前,她还有件工作要做。

走到书桌前面,她坐了下来,桌上的红烛已经燃完了,烛台上还留着两朵烛花。在书桌的一角上,放着一瓶玫瑰,这是新娘的花束,鲜艳的花瓣散放着浓郁的香气。她沉思了一会儿,轻轻地打开抽屉,取出一张信笺,提起笔来,她对着信笺默默地凝想。半晌,才在信笺上写下去:

湘怡:

　　我还记得我们同窗共砚的时代,每人都有那么多的憧憬、梦想,尤其关于恋爱和婚姻的。如今,没有多久,你已将为人母。而我呢,在昨天,也已为人妻了。去年,你的婚礼我没有参加,今年,我的婚礼你也没有参加。对我们这样一对知己说起来,是何等微妙的尴尬!不过,你答应过我,我们的友谊永远不变,我们的来往也永远不断。我没有通知你我的婚期(我有所顾忌,你会明白的),但是,今晨起床的第一件事,就是想到了你。祝福我吧!湘怡,我不知道要说些什么,只是,今晨的鸟鸣那么动人,晨曦那样美丽,我必须有人分享我的快乐!

　　你好吗?你的他也好吗?我那样关怀你们!来看看我吧!湘怡,告诉我你们的一切情形,但愿和我们同样欢乐!别离弃我,好湘怡,来一次吧!什么时候我们两家可以在一块儿促膝谈心,融融洽洽。则我别无所求!

告诉我,哪一天你们就不再拒绝我和纪远了?当那一天来临的时候,我才能交卸下良心上的负荷。不过,你们是快乐的,对吗?祝福你们!祝福你们!一千千,一万万,一亿亿!也同样祝福我自己!

问候杜伯伯,假若他愿意来我家走走,我想妈妈和我都会很开心的。

可欣

信写完了,她再看了一遍,就折叠起来,准备封口,临时,她又摘下一瓣玫瑰,在上面写下两句话:"且让心香一瓣,寄上我祝福无数!"

把花瓣和信笺都封进了信封里,她在信封上写下杜家的地址和湘怡的名字。正准备站起身来,她听到身后有个带笑的声音说:"要我帮你拿出去寄吗?"

她跳了起来,回过身子,接触到纪远笑谑的眼神。红着脸,她噘起嘴说:"好哦!偷看别人写信!"

"小新娘已经有秘密了,"纪远说,一把抱过可欣,吻着她的脖子和面颊,"别给嘉文写信,我会吃醋。"

"是湘怡。"

"我知道,"纪远笑了,"我在和你开玩笑。"推开可欣,他审视着她的脸,"告诉我,他们并不快乐吗?还是你怕他们不快乐?假如我们去拜访他们,会有什么不妥当吗?"

"噢,不。"可欣受惊似的摇着头,"现在还不行,纪远。罪疚的感觉还没有放松我们,我期待若干年后,这一切都成为过去，我们两家能恢复友谊。目前，我们只能等待，对吗？"

"好吧，让我们等着。"纪远说，坐在椅子上，揽住可欣的腰，"现在，我也有一件秘密要告诉你。"

"什么？"

"一件很意外的消息。前天我去拜访我的教授，居然有一封信在等着我，我被教授推荐给国外××公司，他们通知我去接受一项考试，如果考取了，就被聘为助理工程师。"

"什么时候考？"

"还有一星期。"

"噢！"可欣叫了起来，"那么急促！考取了之后怎样呢？"

"到美国去，先实习半年。"

"噢！"可欣愣住了。刚刚才结婚，难道就又是离别吗？但，这是纪远的好机会，他一定要考取！到国外去学习更多的东西，再回来做事。可是……可是……这一去会是几年？她呆呆地望着纪远，被这突然的消息弄得心乱如麻，简直不知该说什么好了。

纪远拥住了她，他的唇滑过她的面颊，凑在她耳边，低低地说："我不一定会考取，可欣。但是，如果考取了，按照那公司的规定，可以携眷上任。我承认我对事业是有野心和抱负的，但，还没有大到可以让我离开你的地步。"

"噢！"可欣再度惊叹了一声，瞪大了眼睛。除了这声惊叹外，她什么也不能表示了。

第十八章

"你们是快乐的,对吗?"但是,什么是快乐呢?这两个字太抽象了,太不具体了,也太不容易把握了。湘怡放下手里的信笺,呆呆地注视着窗外的阳光。他们终于结婚了,可欣和纪远,纪远和可欣……很久以来,她就觉得这两个名字是该连在一起的,这两个名字是一件东西,一个整体,不容分割,也不能分割。"你们是快乐的,对吗?"她叹了口气,望着窗口挂着的一对鹦鹉和笼子,这鹦鹉是嘉文为了表示歉意而买来送给她的。鹦鹉和笼子,笼子和鹦鹉,她不知道自己在想些什么。但是,如果快乐能像鹦鹉一般,可以关在一个笼子中,让人一直占有,那又有多好!

站起身来,她走到花园里,拿起水壶来浇花,又修剪着花枝。这是她每天早上的固定工作,当杜沂父子去上班之后,她就开始她的园艺工作。这个花园,自从她走进杜家以来,已经和以前完全改观,扶桑、月季、玫瑰、丁香、金盏……各种花都绚烂怒放，连草坪都饶有生趣，绿得可爱。她以一种艺术家的心情来看着那些花开花谢，叶生叶落。细心地剪除枯叶败枝，除去草坪中的杂草，常会工作数小时而不知疲倦。但是，今天不行了，她心不在焉地剪掉了初生的蓓蕾，又对一株百合浇了整壶的水，最后，她干脆放下水壶，在一棵大榕树下坐了下来，用手抱着膝，望着一对蝴蝶在花丛中上下翻飞。那是两只黄色的小蛱蝶，并不美丽，但，迎着阳光的翩跹姿态，也别有动人的韵致。这使湘怡想起《长干行》中的句子："八月蝴蝶黄，双飞西园草。感此伤妾心，坐愁红颜老。"

坐愁红颜老！湘怡的脸红了，她不该坐愁什么，嘉文守在她的身边，并没有远离。如果说因为他偶有迟归的现象，自己就愁这愁那，也未免心胸太狭窄了。但是，是什么因素使她这样心神不定？可欣那封信吗？她终于和纪远结婚了！这该是一项好消息……她换了一个姿势坐着，是的，这是好消息，但是，如何告诉嘉文呢？不过，嘉文已经是她的丈夫，难道还怕他会为另一个女人的结婚而难过吗？她只需要轻描淡写地说："嘉文，你知道吗？纪远和可欣已经结婚了！"

但是，这是不行的！她烦恼地用手抹抹脸，树荫下十分阴凉，她却在出汗。不能这样直截了当地说，嘉文是个易于受惊的人。仰靠在树干上，她抬头注视着澄碧的天，和悠悠白云，心底突然涌起一股凄凉和苦涩的情绪，怎样一个可怜的妻子呀，担心着另一个女人会使她的丈夫"失恋"。怎样的一种心情，怎样的一个地位，又有怎样的一份挚而重的怜惜及深情！她的嘉文，她那天真、善良而脆弱的丈夫，与其说是丈夫，还不如说是个大男孩子。在他的世界里,任何的波折、变化,都可成为致命伤。

那对蛱蝶仍然在花丛中绕来绕去,投下许多流动的光与彩。湘怡深陷在自己的思潮里,不禁看呆了。直到一个声音惊动了她。

"嗨!湘怡,你在做什么?"

她抬起头来,是正准备出门的嘉龄。她穿着一件浅蓝色的洋装,白色大翻领,再配上一条白色的宽腰带,看起来清爽宜人。站在冬青树夹道的浓荫之中,撑着一把蓝绸子的阳伞,亭亭玉立。整个花园、阳伞和嘉龄加起来,是个完整的"夏天"。伞面上闪烁着夏日的阳光,裙褶上散发着夏日的生趣,还有那张年轻的脸庞,和夏天一般热,一般明朗。这个少女是诱人的,相信没有人能不为所动。可是,纪远呢?他让这个少女从他手中滑过去,却抓住了可欣。可欣,属于"灵"的,嘉龄,属于"质"的。完全不同的两种典型。但是,纪远是属于"灵"与"质"合二为一的,为什么他会选择可欣而放弃嘉龄?湘怡愣愣地注视着眼前的少女,不禁又看呆了。

"嗨!你到底是怎么回事?"嘉龄嚷着说,"中了暑吗?"

"噢,"湘怡好不容易才回过神,从草地上站起身来,她有些讪讪然,"没什么,你那么漂亮,我看得太出神了。"

"你好像有心事,"嘉龄转动着伞柄,伞上的钢条在地上投下更多的光与影,灿烂的阳光在伞面上喜悦地流转,"为什么?为了哥哥吗?"

"不是,"湘怡摇摇头,"真的没什么,只是今早接到可欣一封信。"

"可欣?"嘉龄怔了怔,不再转动伞柄,阳光停在伞面上。

"她怎样？她好吗？"

湘怡凝视着嘉龄，多么复杂的感情关系！告诉她，看看妹妹如何反应，或者可以测知哥哥的心情。不过，这兄妹二人的个性是不同的，嘉龄比嘉文洒脱得多。

"她和纪远结婚了！"

"什么？和纪远？"嘉龄瞪大眼睛，半天才透出一口气，"他们终于结婚了！我以为……"

"你以为什么？"

"我以为他们不会结婚，纪远是不要婚姻的。他怕一切形式和束缚。"

"有时他也会甘愿投进束缚里去。"

"是的，对可欣。"阳光隐没了，夏天从伞面上流去。

"总之，这是件喜事！"湘怡故作轻松地说，"我们应该去看看他们，送一份礼，也表示点意思。怎样？嘉龄？我们一起去？"

"去看他们？"嘉龄的眉头蹙了起来，声调里有着不寻常的高亢，"为什么要去看他们？他们的世界里未见得容纳得下我们，我们的世界里也未见得容纳得下他们！我不相信在经过这些事件之后，两家还能建立什么友谊！"她说得很急促，语气中带着突发的愤懑。阳伞有个迅速地转动，转走了夏天，秋的阴影近了。她走向大门口，又回头加了一句："湘怡，对哥哥管紧一点，他是你的丈夫，不再是别人的未婚夫！"说完，她头也不回地走了出去，大门被砰然带上，留下一抹旋转的蓝。无数的旋转，无数的光，无数的彩，无数的五色缤纷……湘怡木立在花园里，瞪视着那些在她眼前浮动的色彩。是的，嘉龄凭直觉说出的话却颇有道理，这个少女并没有忘情于纪远，正像她和嘉文都无法摆脱可欣的阴影一样。纪远和可欣，这曾是他们的朋友、爱人和最亲密的知己，而今竟像个魅影般笼罩在他们的头顶上。

太阳大了，阿珠从客厅里伸出头来喊："太太，该进来了，晒多了太阳不好哦！"

湘怡收拾了水壶和剪刀，走进了屋里。整个下午，她都陷在神思不定之中，恍恍惚惚地不知道自己在做些什么。中午，杜沂回了家，嘉文却没有回来，杜沂说嘉文有朋友请吃饭，不回家吃午餐了。餐桌上，湘怡显得十分沉默，杜沂留心地注视了她一会儿，她的脸色并不好，神情也有些黯淡，这个好脾气的孩子是从不会表示什么不满的，看来嘉文有许多让她难过的地方。

"怎样？家里有什么事没有？"为了打破室内的沉默，杜沂随意地问了一句，"嘉龄呢？"

"噢，"湘怡吃了一惊，抬起头来，困惑地摇摇头，"没有事。嘉龄出去了。"

杜沂仔细地望着她，"你的气色不好，身体没有不舒服吧？"

"哦，没有。"湘怡急急地说，迅速地在脸上堆起一个笑容。

杜沂不安地吃了几口饭，再看看湘怡，"别和嘉文闹别扭，他是很孩子气的。"

"和嘉文闹别扭！怎么会呢？"湘怡说，坦白地望着杜沂，"别担心，爸爸，我和嘉文很好，我今天有些心神不定，是因为收到可欣的信，她和纪远已经结婚了。"她盯着杜沂的眼睛，"她问起您，爸爸。"

"是吗？"杜沂不安地欠伸着身子，困难地咽下一口饭。

"她怎么说？"

"您要看吗？"湘怡取出可欣的信，递了过去。

杜沂匆匆地看了一遍。"问候杜伯伯，假若他愿意来我家走走，我想妈妈和我都会很开心的。"简简单单的几句话，却带给杜沂一阵内心的激荡。"且让心香一瓣，寄上我祝福无数！"多年以前，他看过两句类似的话。是一瓣红色的茶花，题上的是："一片残红，染上泪痕知几许！"那是雅真花园的茶花，当他离开沈家到上海去之后，雅真寄来的，没多久，雅真就和可欣的父亲结婚了。他放下了信纸，湘怡正静静地望着他。"你该去看看他们！"他说。

"您呢？"

"我也会去的，等过几天。"他支吾着，推开饭碗站起身来，湘怡注意到他吃得很少。

"您认为——"湘怡迟疑了一下说，"我该把这消息告诉嘉文吗？"

杜沂怔了一会儿，回过头来，他用怜爱的眼光望着湘怡，轻声地说："你对嘉文太忍让了，湘怡。给他开一刀吧，这个毒瘤早就该割掉了。"

湘怡凝视着饭碗，她的思想停顿了几秒钟。杜沂也这样说？这是一天里的第二次了。或者，她对嘉文确实太纵容了一些，她不该怕这消息带给嘉文打击。她思索着，整整一天，都茶饭无心，连那未完工的婴儿装，也懒得去拈针动线。是的，杜沂是对的，她应该给嘉文动动手术了。只是，没有一个医生，能担保自己的手术不出毛病！

晚饭之后,嘉文和湘怡回到卧房里,这两天,嘉文倒是很守信用,下了班就回家。窗口的鹦鹉,不停地叽叽喳喳,啼声搅乱了一窗月色。嘉文站在鹦鹉笼前面,不住地逗弄着那两只鹦鹉,啼声更急更脆,小小的翅膀扇动着,把月光扑落在窗棂上。湘怡不声不响地走了过去,把可欣的来信送到他的面前。

"什么东西?"嘉文狐疑地问。

"可欣的信。"

嘉文的脸微微变色,接过信笺,那熟悉的字迹立即引起他本能的战栗。打开信笺,他看了下去,从头看到底,却不知道里面写些什么,再从头看了一遍,他明白了。那两个人终于结婚了!他觉得浑身痉挛,身不由己地跌坐在一张椅子里。湘怡正站在窗前,若无其事地给鹦鹉换食料和清水,听到椅子的震动声,她不经意似的回过头来,轻松地问:"你看完了吗?"

"唔。"嘉文呻吟了一声,信纸和花瓣都飘落在地下,他用手蒙住了脸。

"你在干什么?"湘怡走到他面前,盯着他问。

"我……我……"嘉文的声音从掌心中飘出来,带着深深的战栗和痛苦,"我——不相信那是真的!"

"什么东西不是真的?"湘怡继续盯着他,残忍地问。

"可欣……和纪远。"

"可欣和纪远!这有什么稀奇?他们早就该结婚了。哦,你就为这个而发抖吗?嘉文!"她抬高了声音,双手握着拳,手心里却在冒着汗,"你为什么要娶我?"

"什……什么?"嘉文迷惘地问,可欣的信和湘怡突如其来的问题把他弄昏了头,他无法整理自己的思想。

"我问你,"湘怡的声音提得更高,充满了挑衅的味道,"你为什么要娶我?"

"我……我……"嘉文仍然没弄清楚湘怡在问什么。

"什么我我我的?我在问你话,你为什么娶我?"

"你……干吗这样凶?"嘉文纳闷地说,"别扰我,我……我……不舒服,我头晕。"他闭上眼睛,深陷在自己的哀愁和不幸中,"我……要一杯水。"

"你自己去拿!"湘怡冷冷地说。

"你——今天是怎么回事?"湘怡反常的态度终于引起他的注意,张开眼睛,他接触到湘怡燃着火的眼睛,这使他瑟缩了一下,"谁得罪了你?"

"问你自己!"湘怡气鼓鼓地嚷,"你说你爱我,向我求婚,结果,你把我娶了来,心里却一直忘不了唐可欣!既然你爱的是唐可欣,你娶我干什么?你根本就是在欺骗我,把我当作可欣的替身,我要这样的婚姻做什么?"她用手去揉眼睛,原准备假装流泪,吓吓嘉文。谁知道一揉之下,却勾动满怀的悲痛和伤心,真的眼泪竟滚滚而下,不可遏止,"你欺骗我,你根本不爱我,这样子下去,我们还不如离婚,我回我哥哥家去!"她说做就做,一面哭泣着,一面真的打开橱门,去收拾衣箱。

嘉文跳了起来,忘记了不舒服,也忘记了头晕,手忙脚乱地抓住湘怡,他口吃地问:"你……你……你做什么?"

"我回哥哥家去!你尽管去追求你的唐可欣,把她再从纪远手里抢回来。我不要做你的太太,我要回家!"

"这——这是怎么了吗？我又没有说什么！"嘉文委屈地说，已经完全头昏脑涨了。

"你还没说什么呢，你比说了还可恶！看到他们结婚的消息，就做出那副死相来！你爱她就不该娶我，娶了我就不该爱她，假如你还忘记不了她，我就回家去！"

"我……我不是忘记不了她，"嘉文迷惘地说，一副茫然无助的样子，"我……我不知道自己是怎么回事。"倒在一张椅子里，他痛苦地咬了咬嘴唇，"你们都要离开我，那么，你们就都离开我吧，让我去死！"

湘怡愣住了。注视着嘉文，她忽然明白了，她已经对他开了刀，一次失败的手术。这就是嘉文，你无法改变他！她心底一酸，扑倒在床上，禁不住放声痛哭了起来。她的号啕大哭倒使嘉文心慌意乱了，赶到床边，他用手推着她的肩膀，可怜兮兮地说："你怎么了嘛！湘怡？我都听你的，我什么都听你的，好不好？"

湘怡抬起泪痕遍布的脸，凝视着嘉文那悒惶无助的眼睛，新的眼泪又涌了上来，把头埋在嘉文的胸前，她哭泣着，在心底低低自语："如果我没有办法改变你，我就只有改变我自己，我不再对你苛求了，只因为我太爱你！"

一连好几个星期，杜沂都在一种茫然若失的情绪中度过去，对任何东西都没有兴趣，也提不起精神。或者，这与嘉文有点关系，近来，嘉文经常夜归，湘怡也不过问，这对小夫妻似乎有点貌合神离。湘怡的个性过于柔弱温顺，一次，他表示嘉文也要妻子来管束一下才行，湘怡只是安静地笑笑说："做一个等门的妻子总比做一个让丈夫讨厌的妻子好些！这样，最起码当他在我身边时,我还可以拥有他。否则,就是他在我身边,我也得不到他了!"

年轻人有他们自己的看法,做父亲的也不便过于干涉。这件事虽有些让杜沂困扰,但,绝不是他无情无绪的主要因素。注视着窗外,他看到第一朵花凋零了,第一片黄叶落下了,第一缕秋风吹过了。这使他想起往日和雅真诗词相和的情趣。雅真爱花,爱吹笛子,他们常在花园中一起看花,一起吹笛子。

雅真曾有一阕《菩萨蛮》说:"双双玉笛临风弄,罗襦同绣金泥凤,绣倦倚雕阑;披香㓚蕙兰。留春频缱绻,泪滴琉璃残,生小太多情,多愁多病身。"

这可能是她最大胆的一阕词,其中"罗襦同绣金泥凤"的句子有些胡说八道,大概是想混淆听闻。记得自己看了之后,也曾用同一词牌填了一阕:"海棠嫋娜情丝软,垂杨拂地和愁卷,扶病过花朝,开帘魂欲销。寻芳题丽句,莫负韶华去,惆怅为花痴,问花知不知?"

这就是那个时代,那种深院大宅的书香门第中的恋情。一首诗,一阕词,一个眼波,一阵脸红……和偶尔交换的几句私语。以现代的眼光来看,这种恋爱真太落伍了,太不过瘾了,太保守了。可是他也经过那种现代化的恋爱,行动多于言语,坦白多过含蓄。炽烈地燃烧一阵,过后什么也没有留下,反不如前者的蕴藉和美丽。这就是他在已步入老境的今天,仍对往日那段感情念念不忘的道理。看到花园里凋零的残红,他就不能不想起"留春频缱绻,泪滴琉璃残"的句子,以及"寻芳题丽句,莫负韶华去"的心情,多少的韶华已经辜负了,多少的春天已经过去了。

而他,仍然在这儿浅斟慢酌地品茗自己的孤寂。孤寂!这两个字一经来到他的脑海,就再也摆脱不开了。长久以来,他的生命里到底有些什么?孤寂,是的,仅仅是孤寂,一种根深蒂固的孤寂。

站起身来,他无法再在这幢房子里待下去,他必须逃开一些什么,或者,就是想逃开那份孤寂。走上了大街,他漫无目的地向前踱着步子,带着不必要的匆忙,好像寂寞正在他身后追赶他。这是初秋的天气,正是标准的"已凉天气未寒时",午后的阳光有几分慵懒,给人困倦的感觉。

信步而行,他不知道自己走了多久,忽然间,他停住了,惊异地发现自己正站在雅真的门外。是什么潜意识把他带到这儿?他瞪视着那两扇大门,不能决定是不是要敲门。许久以来,两家已经不来往了,这并不是因为杜沂生了可欣的气,只是见了面觉得尴尬和不自然。现在,这两扇门在诱惑着他,多年以前的那两阕词也在诱惑着他,可欣信中那句简简单单的问候也在诱惑着他……伸出手,他在恍惚中敲了门。

门开了,是阿巴桑,笑脸迎进了杜沂。

在客厅里,雅真惊异地望着杜沂,有好一会儿,都不知道该表示些什么好,一个完全出乎意料的客人,空气僵了一会儿,杜沂先打破沉默。

"好吗,这一向?"他没想到自己会讲出这样两句普通而疏远的客套话,暗中感到几分沮丧。

"还好。"雅真答,有些局促地递上一杯茶。

"可欣呢?"

"和纪远一起出去了。去——办出国的手续。"

"哦?"杜沂有些意外。

"他考上一个美国机构的工作,今年年底以前要上任,工作很难得,又可以带家眷一起去。"

"哦——"杜沂的神思游移了起来,"那么,你呢?"

"我?"雅真淡淡地一笑,眼睛依然清亮,眼角的皱纹没有损及她的美丽,反而增加了她高贵的气质,"我想留在台湾,但是他们说服我一起去。"

"哦——"杜沂又长长地"哦"了一声,感到自己表现得像个傻瓜,"你——已经决定了?"

"原则上是决定了,因为——不这样决定,也没有更好的办法,这幢房子是学校的,学校早就要收回了,我们这些年来,你知道也只靠保险金、抚恤金和一点点积蓄凑合着过日子,总算熬到今天,纪远和可欣坚持要孝顺我,一定要我在她身边,否则,她也不去,让纪远一人去。纪远呢?这孩子真……"她把下面的话咽住了,不愿在杜沂的面前夸赞纪远。但是,许许多多的感触是咽不回去的,对于纪远,她简直不知道说些什么好,那个孩子!不是言语所能形容的,她几乎有种庆幸的心情,因为可欣选择了纪远而非嘉文。

"那么,你也要去了?"杜沂又多余地问了一句。

"是的。"

"那么……那么……"杜沂喃喃地说着,根本不明白自己想说什么。他的神思又陷进一种迷离恍惚的情况,在迷离恍惚之中,看到的是雅真微微含笑的嘴角,微微含愁的眼睛,和那微微含情的神韵。他心怀荡漾,不敢相信雅真也要远走了。

"嘉文好吧？湘怡什么时候生产？"雅真关怀地望着杜沂，心旌也有一阵摇荡，在花园中吟诗的日子如在目前，但，从什么时候开始，他们就只谈下一辈了？

"还好，湘怡快生了，大概还有一个多月。"

"恭喜你，要做祖父了。"

"几乎让我不敢相信，"杜沂说。凝视着雅真，她的鬓角已白，"我以为——我们还都在年轻的时代，偷偷地在花园里闲荡，只求能见一面，交换几句话——那日子好像还是昨天。"他微喟了一声，"记得吗，雅真？记得我为你写'惆怅为花痴，问花知不知'的事吗？"

雅真的脸蓦地绯红，突然间把旧时往日拉到眼前来，让人感到难堪和羞涩。她垂下眼帘，讷讷地说："那——那些以前的事，提它——做什么呢？"

旧日的雅真回来了，旧日的雅真！刘海覆额，双辫垂肩，一件对襟绣花小袄，鬓边斜插一朵红色的小茶花，动不动就红着脸逃开。杜沂神思摇荡，心神不属。好半天，才说："你说——你并不想到美国去。"

"是的，那儿人地生疏，生活一定不会习惯。"雅真轻声地说。

"我说——我说——"杜沂结舌地说着，"你——能不能不去？"

"怎么了？"雅真凝视着杜沂。

"你看，我们曾经希望下一辈联婚，但是失败了，"杜沂的舌头忽然灵活起来，许多话不经思索地从他舌尖源源滚出，"我刚刚才想起来，我们希望下一辈联婚，不外乎因为我们自己的失意，多年以前，我们虽没有私订终身，也总是心有灵犀。那么，我们何不现在来完成以前的愿望呢？"

雅真惊愕地张大了眼睛。

"我——我不明白你是什么意思。"

"我在问你，你肯不肯嫁给我？"

雅真呆住了，张嘴结舌，无言以答。

"我们都经过许多变故和一大段人生，生命里最美好的那一段时间已经糊里糊涂地度过去了，现在，儿女都已长成，也都获得他们自己的幸福和归宿，剩下我们这对老人，为什么不结合起来享受剩余的一些时光呢？"杜沂滔滔不绝地说。

"我——我——"雅真语无伦次，"我不知道，你——你使我太意外，我不能决定——"

"但是，雅真，这么些年来，我并没有忘记你。"

"我知道，"眼泪涌进雅真的眼眶中，她的视线模糊了，"我都知道。没有什么安慰能比你这几句话更大，尤其，在我头发都白了的时候，再听到你这样说。不过，关于你的提议，我必须要好好地想一想，这并不是很简单的一件事，我要顾及儿女的看法和想法——"

"你为儿女已经想得太多了，雅真。"杜沂打断了她，"以前，你要为父母着想，现在，你要为儿女着想，你身上背负的'责任'未免太多了！"

"人生就是这样，不是吗？"雅真凄凉地微笑着，"每个人生下地来，就背负着责任，生命的本身，也就是责任。对自己，对别人，对社会。像一条船，当你死亡之前，必须不断地航行。"

"你应该驶进港口去休息了。"杜沂语重心长地说。

"或者还没有到休息的时候,或者你不会知道什么地方是港口。"雅真轻轻地说,"不过,我会考虑你的提议,请你给我一点儿时间。"

杜沂深深地望着她:"我会等,雅真。我的提议永远生效,假如你现在拒绝了我,你到国外去之后,我的提议依旧存在,你随时可以给我答复。"

"噢,杜沂。"雅真低唤,好多年来,这个名字没有这样亲切地从她嘴里吐出来过了,"我会给你一个答复。"

"不要太久,我们都没有太长久的时间可以用来等待。"

"我知道。"她轻轻地点着头,眼睛深沉而清幽。

一窗夕阳,映红了天与地。

第十九章

一段紧张而忙碌的日子,签证、护照、防疫针、黄皮书……数不清的手续,再加上整理行装、把房子办清移交、取出银行有限的存款、订船位……忙不胜忙。最后,总算什么都弄好了,船票也已买妥,再有一星期就要成行。雅真在整个筹备工作中,都反常地沉默,可欣并不知道杜沂的拜访和求婚,只以为母亲对于远渡重洋,到一个陌生的国度中去有些不安,对台湾也充满离愁别绪,所以显得那样心事重重和郁郁寡欢。在整理东西的时候,可欣不止一次地对雅真说:"妈,您别难过,不出三年,我们一定会回来的,我希望纪远能一面工作一面读书,三年后回台湾来做事,没有一个地方,会比和自己同胞生活在一起更舒服。"

雅真只是笑笑,用一种复杂的眼光注视着可欣。于是,一切手续按部就班地办了下去,三份签证,三份护照,三份黄皮书,一直到订船位的前一天,雅真才突然说:"慢一点儿订船票吧!"

"怎么?"可欣狐疑地望着雅真。

"没有什么,我——我只是想——想——"雅真有些期期艾艾,好半天才吐出一句整话,"或者,我不一定要跟你们一起去。"

"妈,你这是怎么了吗?"可欣说,凝视着母亲,"没有你,你让我到美国去怎么会快乐?已经手续都办好了,你又要变卦了!"

雅真把可欣拉到身边来,仔细地、深深地望着这个已经长大成人的女儿,含蓄地说:"可欣,你已经长大了,不再需要我了。"

"妈妈,"可欣惊疑的眼光糅进了悲哀,"你真这样认为吗?我以为——在母亲的心目里,孩子是永远长不大的。而且,成长是一种悲哀,但愿你觉得我永远需要你。"

"事实上你已不再需要了,你和纪远加起来的力量比我强。"

"妈,"纪远走了过来,他高大的身子遮去了灯光,罩在雅真身上的影子显得巍然和庞大,但他的眼光柔和得像个孩童,又坚定得像个主宰者,"您要和我们一起去,我保证您不会因为和我们一起去了而后悔。同时,您了解可欣,坚强和脆弱常常集中在同一个人身上,可欣是离不开您的,对不对?这并不属于成长的问题,而是感情上和精神上的。"

这就是定论,雅真没有再提出异议,船票买定了。然后,是一连串的辞行和饯行。雅真默默地结束台北的一切,不管结束得了与结束不了的。她给了杜沂一封短简,算是她的答复:

沂:

  "船"票已经买好了,我势必"航行"。有一天,我会停泊,希望当那一天来临的时候,我那港湾依旧安全可靠地屹立着。

那么多年已经过去了，我们不在乎再等几年，你说过你会等待，我也必定会倦航归来！谢谢你的提议（使我激动），原谅我的怯懦（使你惆怅）。我承认自己没有勇气接受你的提议，你不知道我多高兴发现这么多年来，我还活在你的心里，我希望能活得更长久一些。而婚姻二字，谁也无法料定它是一段爱情的喜剧的结束，还是悲剧的开始。何况，我们之间，还有儿女的恩怨牵缠，原谅我选择了女儿，只因为我是母亲！

等着吧，我会回来的。

祝福你！

雅真

杜沂回了她一个更短的小简：

雅真：

很多人把一生的生命都浪费在等待里，但愿我不"浪费"！我挽回不了逝去的时光，也预支不了未来的时光，只好"等"现在成为过去，让未来的梦得以实现！

我尊重你是个母亲，也尊重你的意见。你会发现港湾坚如磐石，但求小船别漂泊得太久！

或者我会去送行，或者不会，我还没决定。等你。

也同样祝福你！

杜沂

一段飘若游丝的恋情,从二十几年前开始,就是这样若断若续,到现在,又延宕了下去。或者,"等待"比真正的"获得"更美,因为前者有憧憬和梦想,后者却只有真实。而真实往往和憧憬差上十万八千里,又失去了那种朦胧的美和神秘感。雅真把信锁进了箱子,把杜沂那份感情也收进了箱子,漂洋过海,它将跟着她航行,也跟着她返港。

所有该办的事都办完了,该辞行的,该交代的,都已弄清楚了,再有一星期,他们将远渡重洋了。连日来,可欣也陷入一种迷惘的状态里,隔海的生活并不引诱她,她只希望纪远能因此行而有所成就。但,美丽的远景抵不过目前的离愁,小院里一草一木,街道上的商店人家,种种都是她所习惯的、亲切的,对这些,她全留恋。当然,造成她精神恍惚的原因还不止于此,她常常会忽然陷入沉思和凝想中。纪远暗中注意着她,观察着她。行期越近,她就越显得不安。终于这天下午,当她又望着窗子,愣愣地发呆时,纪远把她拉到自己面前,用手臂圈住她,微笑地注视着她的眼睛,说:"别犹豫了,可欣,如果你想去看他们,你就去吧!本来你也该去辞行的。"

"你说谁?"可欣受惊地问。

"嘉文和湘怡。"纪远坦白地说了出来。

"噢!"可欣的脸红了,垂下了眼帘,她望着纪远衣服上的纽扣,好一会儿,才扬起睫毛来问,"你不介意?"

"我?怎么会?"

"可是——"可欣咬咬嘴唇,"我不敢去。那么久没见过嘉文了,再见面——不知是什么场面,一定会很尴尬,而且,我不知道嘉文是不是还在恨我。"

"天下没有不解的仇恨，他已经另外建立了家庭，和你那段故事应该是事过境迁了，我想，他不会有什么不高兴的，趁此机会，把两家的僵局打开，不是正好吗？"

"你认为——"可欣盯着他，"嘉文已不介意以前的事了？两家僵局可以打开？"

纪远松开可欣，把头转向了一边，可欣一语道破了他心里的想法，嘉文不会忘怀的，僵局也不易打开，这个结缠得太紧了。但是，如果可欣不去杜家一次，她会难过一辈子，懊恼一辈子，他知道。所以，他燃上一支烟，掩饰了自己的表情，支支吾吾地说："或者可以，你没有试，怎么知道不可以？"

可欣望着烟雾笼罩下的纪远，点了点头："你也知道不容易，是吗？不过，我是要去的，我一定要去一次！我——"

"但求心安。"纪远接了一句。

"但求心安。"可欣不胜感慨，"谁知道能不能心安？说不定会更不心安呢！怎样？你和我一起去？"她挑战似的看着纪远。

纪远惊跳了一下，出于反射作用，立即喊出一个"不！"

"你害怕？没勇气面对嘉文？纪远，纪远！你也是个懦弱的动物。"可欣叹息着。

"我是的，我向来是的。"纪远涨红了脸。

"你不是，"可欣否定了自己的话，用手勾住他的脖子，吻他的嘴唇，"我明白你的心情，如果我是你，我会比你更懦弱。"她贴住他，低语，"我爱你，爱你的坚强，也爱你的懦弱。爱你是这样一个完全的你自己。但是，现在我不和你谈情说爱，我要趁我有勇气的时候,到杜家去一次,祝福我吧,祝福我不碰钉子。"

"你确实比我坚强,"纪远用欣赏的眼光注视着他的妻子,"假若我是你,我也没有把握能鼓起勇气去做这次访问。"

"男性和女性有某些方面是不同的,你知道。"可欣说,换上一件出门的衣服,再拢了拢头发,"尽管眼泪多半属于女人,但,在韧性方面,女性往往比男性还强些。"她望望窗外的阳光,挺了挺背脊,"我去了。"

纪远望着她:"早些回来!"

"我知道,我回来吃晚饭。"可欣说,走到雅真门口,拍拍纸门,说,"妈,我去杜家辞行。"

门内静了静,接着纸门哗地拉开,雅真伸出头来,疑惑而不信任地问:"杜家?哪一个杜家?"

"当然就是杜伯伯家嘛!"

"杜伯伯家。"雅真机械地重复了一句,用一种古怪的神色看着可欣,然后吞吞吐吐地说,"好吧,是该去一去。见着了——你杜伯伯,告诉他我问候他,不去辞行了。还有嘉文、嘉龄和湘怡。"

"你和我一起去,好吗?"可欣说,如果有母亲在,就不至于十分尴尬了。

雅真愣了愣,立即和纪远一般,冲口而出地说:"不。"

可欣困惑地看看母亲,就点点头说:"那么,我去了。"

走出家门,她回头看看,雅真还若有所思地站在房门口,纪远却在窗前喷着烟圈。她对他们挥挥手,置身在阳光下的大街上了。这又是冬天了,满街都挂着五彩缤纷的圣诞片,和金光闪烁的星星和彩球。她慢慢地走过那些商店,注视着应景的各种商品、手杖糖、松果、圣诞树和圣诞礼物的彩纸及减价广告。多快!又要过圣诞节了,三年前的圣诞节还历历在目,嘉文家里的舞会,她细心地布置,圣诞树下的礼物包,和那个满身泥泞、从山上下来的纪远!造物弄人,世事变迁,她不能不感慨万千了。

杜家的大门遥遥在望,她加快走了几步,又放慢了几步,但,终于停在那门外了。那熟悉的大门!那熟悉的花香!那熟悉的伸出围墙的榕树枝子!她深吸了口气,伸手按了门铃。

这天从早上开始,湘怡就觉得有点不大寻常,潜意识地感到有什么事将要发生了。早上送嘉文到大门口,她禁不住地叮了一句:"中午回来吃饭哦!"

嘉文和杜沂的车子走远了,他没答应,也不知道他听到了没有。近来杜沂买了一辆私人的三轮车,又雇了一个车夫老王,上下班十分方便,可是,嘉文就不高兴回家吃午饭,事实上,他晚饭也不常在家吃。杜沂下午多半不去银行,所以总是回家吃饭。杜沂父子走了之后,湘怡照平常的习惯一样,提着水壶浇花,没浇多久,她感到非常疲倦,回到屋里,突然阴暗的光线使她不适,她渴望嘉文回来,到中午,这份渴望更加强烈了。

杜沂回来了,嘉文仍然没有回家,湘怡掩饰不住自己的失望。中饭她吃得很少,无情无绪而疲倦。午后,杜沂因为银行里要开业务会议而出去了。嘉龄和新认识的一个男朋友有约会,也出去了。偌大一幢住宅,冷清清地没有一个人影,无论走到哪儿,都冷落而寂寞。湘怡站在卧室的窗子前面,百无聊赖地逗弄着鹦鹉,吱吱啾啾,吱吱啾啾,——它们有诉不尽的情话,而房间里只有被寂寞冻住的空气。

有一阵腰酸,接着是一阵抽搐,她站立不住,跌坐在一张椅子里,迷迷糊糊的,她还不太知道是怎么回事,那阵抽搐过去了。拿起一本杂志,她开始有心无心地翻弄,这是本强调"现代"的杂志,看了半天,她也"意识"不起来,或者是学历史的关系,她的脑子早与"古代"为伍得太久了,竟无法接受这些"现代"。放下了书,第二阵抽搐又来了,她弯下腰,痛得直不起身子,额上冒出了冷汗,然后,痛楚减轻而消失了。她站起来,有点心慌意乱,在心慌意乱之余,又有一层喜悦和兴奋,对着鹦鹉,她低低地说:"他来了!或者是她!我已经期待了十个月的小生命哩!"

走出房门,她到客厅去打电话给嘉文,线拨通了,对方的答复却是冷冷的一句:"杜先生下午没来上班!"

失望和懊丧尖锐地刺痛了她,她多渴望把这消息告诉他!

而现在,她不知道什么地方可以找到他了。痛楚又来了,这一次比前两次都更猛烈和长久。她咬紧嘴唇,不愿叫出声来,五脏六腑都被牵扯,汗从她的发根里冒出来。好了,又过去了。抓住听筒,她再拨到银行,请杜沂听电话,对方的回答是:"杜经理开完会和董事长一起走了,不知道到哪里去了。"

"老王呢?老王在哪里?"她急急地问。

"不知道!"

电话挂断了,她明白,一定董事长请杜沂吃饭,老王乘机会去拉黄牛车了。翻开电话号码簿,她想找董事长的电话号码,还没查到,痛楚又袭击过来。倒在沙发上,她方寸大乱,痛苦和恐怖征服了她,尖着喉咙,她大喊:"阿珠!阿珠!"

阿珠戴着围裙和满身油烟跑了出来,湘怡正缩成一团,在沙发里呻吟喊叫,阿珠大惊失色,嚷着说:"太太,你怎么了呀!"

"阿珠,你——你——哎哟!"湘怡语不成声,痛得连胃都痉挛了起来,"你——你——打电话——哎哟,我要死了,哎哟!"

"太太!太太!"从未经过事故的阿珠吓白了脸,只能一迭连声地叫,"你怎么了?你怎么了?"

"我——我——孩子——要——要生——"湘怡捧着肚子,弓着膝盖,浑身抖颤,"哎哟!痛死我了,哎哟!嘉文,找嘉文!哎哟,哎哟!——"

阿珠冲到电话机旁,要拨到银行去,湘怡猛摇着头,"他不在,找董事长家,问老爷在不在?快!哎哟——"

阿珠吓得瞪大了眼睛,手脚都发软,捧着本电话号码簿,哆哆嗦嗦地翻,翻了半天也翻不着,急得湘怡拼命催促,好半天,阿珠才恍然大悟地喊:"太太,董事长的名字叫什么?我不会查这个簿子呀!"

"哎——"湘怡拉长了声音叫,心中更乱成一团。好在那阵痛楚又减弱了,过去了,抢过电话号码簿,她翻到了号码,用不稳的手拨着电话,心中暗暗在祈祷,让我找到杜沂和嘉文,让痛楚慢一点袭来,孩子,忍耐点,让我找到你的爸爸!

电话拨通了,对方的话却更令人泄气:"董事长吗?他不在!杜经理?不,不知道。晚饭?董事长打电话回来说不回家吃饭了。在哪儿?我也不知道,不,都不知道……"

听筒从她手中滑下去,她倚着沙发,软弱、乏力、懊丧、难过、恐惧——各种情绪纷至沓来。这是一个女人在一生中最需要帮助的时候，最害怕孤独的时候。腹部肌肉的紧缩使她知道另一阵痛楚又要来了，而现实的情况提醒她，没有多余的时间用来等待，她必须靠自己的力量了，咬住牙关，她勉强维持冷静，因为阿珠看来比她更恐惧和慌乱。她静静地说："好了，阿珠，现在只有你来帮忙了。首先去叫一部车，然后把房门锁好，送我去台大医院——"她的冷静没有维持太久，痛苦的浪潮涌上来，涌上来，涌上来……拉扯她，撕裂她，揉碎她……她的手抓住了沙发的靠背，徒劳地把身子吊在半空，一声恐怖的呼号从她唇中迸裂出来："啊——"而这声呼号却吓得阿珠用手蒙住耳朵，逃进了院子里。"啊——"湘怡仍然叫着，一种垂死的挣扎和呼号。"我不行了，嘉文！嘉文！嘉——文！啊——"

　　阿珠在院子里发抖，几乎要哭出来，既不放心丢下湘怡一人去叫车，又不敢不去叫车。正在手足失措的当儿，门铃响了，她冲到门边去开门，有种被解救的感觉。门外，是出乎意料的可欣。阿珠张着嘴，怔了一秒钟，接着就如逢大赦地叫了起来："啊呀，唐小姐，你来得刚好，快快，我们太太要生了，家里一个人都没有！快！快！"

　　"怎么回事呀？"可欣愕然地问。回答可欣的，是湘怡一声抖肠挖肝的惨叫。这使可欣毫不迟疑地就直冲进客厅里。湘怡面白如纸，整个身子都吊在沙发扶手上，冷汗大颗大颗地从眉心跌下，嘴唇已被咬破了。可欣立即明白是怎么回事了。用手抱着湘怡的头，她摇撼着她说："湘怡，我来了，湘怡，别害怕！"回过头去，她对阿珠说："这个家里的人呢？老爷、少爷和小姐呢？"

　　"都出去了，一个也找不到！"阿珠搓着手说。

湘怡侧过头来，看到了可欣，喘息着，她用汗湿的手拉住了可欣，挣扎着说："是你，可欣，还好你来了。哎哟，我要死了，我一定要死了，哎哟，可欣，可欣……"她攥紧了可欣，死命地拉着她，揉着她，"我要死了。可欣，我要死了！"

"别胡说！湘怡，马上就好了，我送你去医院。"望着阿珠，她命令地说："快去叫车！"

阿珠飞奔着去叫车了。湘怡的头被可欣抱在怀里，她转侧着，呻吟着，一旦知道来了救兵，心情一放松，就只感觉到可怕的坠痛。她的神志恍惚不清，除了痛，什么都不清楚，迷糊中，她觉得可欣正用一条毛巾拭着她的汗，喃喃地说些听不清的、安慰的话。然后，车子来了，可欣架起她的手臂，温柔而鼓励地说："站起来，湘怡，勇敢一点，我们去医院了。"

阿珠和可欣一边一个，架起了湘怡，湘怡自己也不知道怎么进了车子，只模糊地听到可欣在吩咐："阿珠，你留在家里，老爷少爷一回家，就通知他们到台大医院来！"

可欣，好可欣，她多么坚强冷静呀！车子在颠簸着，医院仿佛永远不会到，可欣的手温柔地搂着她的脖子，可欣，好可欣，但愿能分得你的坚强！车子到了，停了，她被担架抬进了医院，可欣的手一直压在她的肩膀上，给了她安慰和力量。产房里有一盏红灯，刺目的红。可欣在和护士争执，只有丈夫可以进入产房？那个丈夫正流连在何方？可欣胜利了，她没有离开湘怡，那只手，那只温暖而坚定的手。时间过得多么缓慢，窗子上有一层朦胧的白，朦胧的，朦胧的，永远是那样隐隐约约的白。痛楚又来了，又来了，又来了……永不会饶过她的痛楚，永不会离开她的痛楚……又来了，又来了，还有多久才能结束？这就是一条生命的诞生？母体竟要支付如许多的痛苦？又来了，又来了……那撕裂的、狂扯的痛楚！于是，挣扎、号叫，许多不成声音的声音竟吐自自己的口中："救救我，可欣，救救我！嘉文，嘉文在哪儿？噢？哎哟，哎——啊——"

可欣的手，不住地把汗从她额上拭去，忍耐点儿，忍耐点儿……医生都具有一份难以置信的冷静……忍耐点儿……但这不是人能忍受的，还有多久？还有多久？第一胎都是这样的，早呢！午夜能生下来就是好的……噢！午夜！午夜还有多久？嘉文呢？嘉文在哪儿？

窗子上朦胧的白消失了，夜已降临，婴儿总喜欢选择黑夜出世，那盏红灯仍然亮着，川流不息的护士，白色的衣服，白色的帽子，婴儿出世第一眼会看到什么？那盏红灯？还是护士的白衣？可欣，可欣，把我的表拿掉，它弄痛了我的手腕！噢，好可欣，救救我！噢！这情况像什么？有一本小说里曾读到过，是了，你像给媚兰接生的郝思嘉，你也占据我丈夫的心……噢，可欣，原谅我，我并无意于责备你……噢，你是我最好的朋友，最好的朋友！当我在这生死存亡的一刻，只有你在我身边！噢，可欣，你好，你真好，但是，哎哟，我实在太痛了，太痛了，我要死了，要死了……而嘉文不来！我将死在这儿，等嘉文来了，我已经成了冰冷的尸体……噢，我的天！

时间那样缓慢地爬过去，当痛楚来临的时候，什么都停顿了，只有痛楚，痛楚，痛楚！湘怡的喉咙已经喊哑了，呈现出一种虚脱的状态，头发被汗湿透，可怜兮兮地贴在额上，她疲倦得无力再喊，只不住地找寻可欣，询问嘉文来了没有。十点多钟，杜沂赶来了，他在产房门口看到面容苍白的可欣，她那黑眼睛显得特别地黑："噢，杜伯伯，还没生下来。湘怡吗？她痛苦得很，她在找嘉文，您能把嘉文找来吗？那会使她得到些安慰。"

"老实说，我也不知道嘉文在哪儿，怎样？有危险吗？"杜沂焦虑地问。

"医生说很正常，不过，老天呀，我从不知道生命是这样降生的！"可欣受惊地张大眼睛，摇着头。每当湘怡喊的时候，她都觉得胃部跟着痉挛起来。

"还有多久可以生出来？"

"两小时，三小时——还不一定！"

产房里又是一声锐叫，可欣立即钻进了产房。湘怡在枕头上摇着头，喘息着，泪和汗都混在一起，她拉住可欣的手，啜泣着，喊叫着说："可欣，我快要死了，你答应我，如果我死了，哎哟——哎哟——我的天！又来了又来了，哎——可欣，如果我死了，你答应我，照顾我的孩子，哎哟！哎——啊！"

"别胡说了，湘怡，你会好好的，孩子也会好好的！"

"我会死，我知道。嘉文，嘉文在哪儿？"

"他就要来了！他马上就会来！"

"他见不到我了，他来的时候，我已经冰冷了，"眼泪滑下她的眼角，她哭了起来，"告诉他，可欣，告诉他我多爱他！哎——哟——"

"湘怡，别傻，就会好的，什么都会好好的！"

"我死了，你会照顾我的孩子吗？"

"你在说些什么傻话呀!"

"答应我,可欣,我要你答应我!哎哟!"

"别傻了,湘怡!"

"你答应我——"

"好好好,湘怡,我答应你,我会爱他超过我自己的孩子!"

时间就这样沉重地、一分一秒地过去了,十二点钟,医生开始给湘怡注射盐水针,因为她已经声嘶力竭,没有力气来应付最后的一战了。凌晨一点三十二分,在湘怡的狂喊狂叫中,在医生的帮助和鼓励下,在可欣喃喃的安慰和祝祷里,一条小生命降生了,是个美丽的小婴儿,一个女孩子。

什么都过去了,像一场狂暴的风雨,消失在和煦的阳光里。在儿啼中,那些痛楚、挣扎、血腥的一切,都一归而空,剩下的只是疲倦的喜悦和母性的激情。婴儿被包扎好了,可欣恳求地望着护士,商量地说:"让我抱她出去,抱给她的祖父看看。"

"按规矩,二十四小时之后才能抱来!"护士说。

"求求你,就一分钟!"

护士被她的恳切所动,把婴儿小心地交给了她,她望着湘怡,后者正平静安详地躺着,眼睛清亮似水。

"美极了,湘怡,"她说,不由自主地,眼睛里涌上一股热浪,"你真伟大,没有什么事能比做母亲更伟大了。"

湘怡软弱地微笑了,无力地说:"谢谢你,可欣。"

可欣摇摇头,算是不接受湘怡的道谢。抱着婴儿,她走出产房,到了候产室里,杜沂正在那儿不安地伸着脖子张望,可欣站住,脸上带着个仙女般的笑容,望着那焦灼的祖父。正在这时,杜嘉文气急败坏地冲了进来，他的领带歪着，衣衫不整，一副浪子的落拓相。

"怎样？湘怡怎样了？"他一迭连声地问。

"她是个伟大的母亲，"可欣接了口，走上前去，把那婴儿送到嘉文的面前，"看看你的孩子，嘉文，你已经是个父亲了。"

嘉文愣住了，错愕地望着可欣，又困惑地看看那躺在可欣臂弯里的婴儿，一时有些茫然失措，根本弄不清楚这是怎么回事，而可欣的神色那样纯洁、恳切、真挚和严肃！她低声地、含蓄地说："你是父亲了，嘉文，也该长大成熟了，不是吗？祝福你，嘉文，现在，你该去看看你孩子的母亲了吧？"

嘉文又愣了几秒钟，湘怡被推出产房了，她看来苍白而美丽，嘉文身不由己地跟着推车追了几步，然后，他的手握住了湘怡放在被外的那只无力的手，随着推车走向病房，湘怡静静地看着他，眼睛里没有责备，所有的只是温柔的宽恕和谅解。那儿，可欣把孩子抱到那满眼含泪的祖父的面前。

"给她取个名字，杜伯伯。"

"名字？"杜沂呆呆地看着孩子，又抬头看看可欣，"叫她真真吧，小真真！"

船离开基隆码头，越走越远了，海水被船身划出许多纹路和涟漪，不断地激荡着、波动着。岸边的基隆港，陷在一片烟雨之中，逐渐地模糊而朦胧了。雅真倚着船栏，望着这生活了八年多的海岛消失在蒙蒙细雨里，眼睛迷蒙而暗淡。在送行的人中，她没有发现杜沂，他没来，杜家也没一个人来，但是，至少，那新生的婴儿被命名为小真真!

船走远了,什么都看不见了。

"我会回来的,只要你等待!"她喃喃地说,望着雨雾下的海面。

在港口边,一个老人正黯然地伫立在那儿,望着船身消失在海天一线的交接处。雨,把什么都封锁了。他一直伫立着,直到暮色笼罩,海天模糊。

"人生,就是不断地期望和等待。"这是大仲马的句子。他也期望着,等待着,不管将期望到何年何月,等待到何年何月。

第二十章

嘉文瞪视着面前的报表和档案，脑中昏昏沉沉的，什么也看不进去，所有的数位和表格距离他都很遥远很遥远，他脑海里不断涌现的只是昨夜那一副要命的牌，以及老赵那斜吊的眼睛和嘲弄的嘴角。那副要命的鬼牌！当时自己也真赌得太久了，赌得头昏脑涨，何况那间屋子里又烟雾腾腾，小王那些家伙不自然的干笑⋯⋯种种种种都让他太紧张了。当时，他桌面的明牌是AKQ10，带头的A是最大的黑桃花色，扣着的暗牌是一张K，这么大的顺子，岂有不硬拼的道理！老赵那老油条最会唬人，他已经一连三次都被他唬了，一次老赵只有两个对子，却煞有介事地加钱，害他以为准是富尔号司，结果自己是小顺，就不敢跟。这次，能拿着一副大顺的牌，老赵桌面上也是一副顺的长相，四张梅花，AKQ10，除非扣着的是张J，才可能是顺，但是，即使他是顺，他是梅花，自己是黑桃，当然也稳赢。这种情形，不会打梭哈的人也不会认输的，他梭了一千元，老赵却硬是狠，在一千元之外又加了一千，明明想唬人嘛，当然跟了！牌翻开来，做梦也没想到老赵扣着的是张梅花9，虽不是顺，却是副同花！这副牌栽得真惨，怎么就没想到同花的可能性的！真是不可原谅的疏忽。这副牌输掉了五千多块！钱输了也罢了，老赵还要斜吊着眼睛冷嘲热讽地说："要赌钱，小杜，再学十年你也是我手下败将！好在你是银行经理的少爷，有的是钱，送点礼给我也没关系，不过，看你输得这副面红耳赤的样子，我可真不大忍心，待会儿小王他们要笑我欺侮小孩子，何必呢！劝你还是免了，多去学学吧，你还没入门呢！"

赢了钱还要损人，阎王爷应该为老赵把地狱加深到二十四层！这口气怎么忍得下去，当时已经夜里两点多钟了，他发狠说要赌到天亮，老赵说什么也不肯，耸耸肩膀说："你太太还在等你呢！要来，明天晚上再来！"

只能忍着一口气回家，偏偏湘怡一副眼泪汪汪的样子，好像有人虐待了她似的，小真真又鸡猫子鬼叫地哭了一夜。他说过好几次要请个保姆来带小真真，湘怡就是不肯，要自己带，自己抱，又阻止不了孩子哭！他的心情不好，难免发作了几句，湘怡就坐在床沿上流了一夜的泪！唉，反正，都是些倒霉事情！

面前的报表和资料那么一大沓又一大沓的，大概一星期的档案都没有整理过了，数字、统计、分类……他用手揉揉眼睛，打了个哈欠，睡眠不足，现在只感到头重脚轻，眼睛干涩。燃上一支烟，他猛抽了两口，抽烟的习惯也是最近才养成的，在那空气不流通的小屋里，神经紧张地抓着牌，如果再不抽两支烟，一定会支持不住。一支烟抽完了，再喝两口茶，该死！工友老陆也越来越懒了，冰冷的茶怎么入口！放下茶杯，他在喉咙里叽咕了几声，再拖过那些报表来，哼！这么多要整理的东西，一天上班八小时，每个月才拿一千五百块钱的薪水！一千五百块！够干什么？昨晚一副牌就输掉五千多！坐这个鬼办公厅真不值得！大学毕业，念了四年的西洋文学，却在这儿算这些永远弄不清楚的数字！

再打了个哈欠，他斜靠在椅子里，看了看天花板。无聊！什么都是无聊！坐正身子，他发现办公厅里其他的职员都用不以为然的神情望着他。不知从什么时候开始，同事就对他纷纷地疏远和冷淡起来。人与人之间，连友谊都是淡薄的！本来么！当作生死之交的纪远还抢走了可欣呢！朋友，不要也罢！

"杜先生！"一个声音在他耳边响起来，回过头去，工友老陆正恭敬地站在桌边，"李处长请你去！"

烦人！嘉文不耐地站起身来，反正处长有请，总是要去应付应付的，这个李处长的精明能干，是全银行都知道的。不过，找他会有什么事呢？

进了处长室，处长正戴着老花眼镜，在核对账目，这位处长，在银行界已经有二十几年的历史，和杜沂也是老朋友，几乎在嘉文孩提时期，就见过嘉文了。看到嘉文进来，他默默地注视着他，脸上却有种不怒而威的、慑人的严肃。

"坐，嘉文。"

嘉文坐了下来，开始有几分忐忑不安。

"有什么事吗，处长？"他多余地问。

"当然，"处长点点头，锐利的眼光，透过了眼镜，停在他的脸上，"嘉文，我和你父亲是老朋友，你知道。"

嘉文不安地动了动身子。

"你刚进银行的时候，表现得很好，我曾经为我的老朋友庆幸，庆幸他有个成器的好儿子——"

嘉文的脸涨红了。

"可是，最近，你自己觉得你工作的情形怎么样？"

嘉文的脸更红了，对于这种当面的指责，感到说不出来的窘迫和难堪，潜意识里就升起一种反抗的情绪。挺了挺背脊，他看着窗子说："我对这份工作没有兴趣。"

处长深深地望着他："你对什么工作有兴趣？"

"对整个银行的工作都没兴趣。"

"那么，你真不该走进银行来！"处长的脸色更不好看了，"年轻人，你还不知道天多高地多厚呢！你受的磨炼太少了！你别以为你是总经理的儿子，就可以在银行里混饭吃，每个人倚赖的是自己的工作能力，不是父亲的身份地位！如果你觉得这工作没兴趣，你可以辞职不干。在银行里混日子，固然对银行是损失，对你自己是更大的损失，你在浪费生命！"

嘉文闭紧了嘴，瞪着窗子一语不发。

"好吧，嘉文，你去吧。"处长失望地咬着铅笔尖，"关于你的工作问题，我会和你父亲谈谈。只希望你在自己工作岗位上，不要太失职，迟到、早退，给整个业务处一个最坏的榜样！要知道，你的工作，是多少大学毕业生还找不到的！好了，你去吧！"

退出了处长室，嘉文更是一肚子的不高兴和愤懑。说实话，他可从没有认为自己是总经理的儿子而神气，他根本很少想到自己是什么总经理的儿子！倚赖父亲的身份地位！这算什么话？他不过偶尔溜去打打梭哈,对职务难免疏忽一些,这和父亲是总经理有什么关系呢?哼!自作聪明的处长!银行这破职位,做不做又有什么关系?难道他杜嘉文找不到更好的工作?

回到办公厅,他愤愤地坐下去,一面大声叫老陆:"老陆!老陆!给我换杯热茶来!"

一位离他不远的同事,嫌恶地瞪了他一眼,轻声地对另一位同事说:"瞧,作威作福!"

他正一肚子气没地方发泄,听到这句话更火冒十八丈。生平他不会和人吵架,这时不知怎么,竟按捺不住地跳了起来,对那位同事气势汹汹地说:"你说谁?"

那同事一愣,为了维持面子,也不假思索地顶了一句:"说你!"

一时空气显得十分紧张,充满了火药味。嘉文凶了一句之后,也不知该怎么吵下去,就死瞪着那位同事,那同事平日文质彬彬,这时也只能死瞪着他。幸好别的职员都赶了过来,拉的拉,劝的劝,两人就趁风收帆,都愤愤然地坐了下去。那位同事不该又叽咕了一句:"父亲是总经理,又有什么了不起!"

啪的一声,嘉文顺手抄了一个墨水瓶,对着那同事扔了过去,墨水瓶跌碎在对方的桌子上,溅了一桌子的墨水,所有的档案都染污了。那同事跳起来,摩拳擦掌地要揍嘉文,被一些人拉住了,嘉文也被另外一群人拉住了,这情况早有人去通知了处长和科长,一会儿,处长和科长都赶了来,处长望着他,摇摇头说:"嘉文,你到底想怎么样?"

"我不干了!"嘉文把桌上的报表倒扣过来,甩了甩头,向办公厅门外冲了出去。没有人再拉他，他立即置身于阳光普照的大街上了。

到了街上，看到满街熙攘的人群、车辆和阳光，他才感到一种前所未有的沮丧和茫然若失。刚刚的气愤仍不能平，新的懊恼又接踵而来，到何处去？回家？不愿意！看电影？没心情！还不如找老赵翻本去！这念头一经产生，其引诱力就比什么都强，浑身的精力好像都恢复了。先找了个电话亭，他打电话到老赵那儿，问他有没有兴趣找几个人，继续昨晚玩玩"五张"？他们总用五张的名词来代替梭哈。老赵又是一阵嘻嘻哈哈的嘲弄，然后说："要玩？当然可以，不过有个条件！"

"什么？"

"多带点现款来，把以前的欠账付清再玩！"

"笑话！"他嚷着说，"难道我还会赖账不成！"

"不怕赖账，只怕债多不愁，拖个一年半载再还，吃不消！"

老赵一阵哈哈："要玩，就要清旧账，你付支票也成，反正得付清。何况，我正缺钱用！"

"明天再付！说不定今天都赢回来呢！"

"算了，明天更难付了，你有种来，今天准又输得惨惨的！我劝你别再玩了，你那个技术，做我的徒孙还不够资格呢！"

"别欺侮人！"嘉文对着电话筒大叫，"我马上带钱来跟你玩，看看谁厉害！你把人和牌准备好！"

挂上电话，他却有些迷惘，哪儿去弄这一笔钱呢？以前自己手边倒有些钱，早就陆陆续续地都输光了，后来就向湘怡挪用家用的账，又变着花样向杜沂拿钱，现在，只好再回家向湘怡要！

只是，这不是一千八百的小数目，他欠老赵已经八千多元了，总得富裕一点才赌得痛快，起码身边也要带一万块钱去。但，湘怡根本不可能有一万块钱，除非——对了，他和湘怡结婚的时候，杜沂曾给湘怡买了许多珠宝和金饰，这些总值好几万，问她要一两件卖掉，赢了钱再买回来还她，这总没什么不可以！

问题一想通，他就立即雇车回家，这才是上午十点半钟，料想这个时间回家一定会让湘怡大吃一惊。可是，才按了门铃，湘怡就开了门，好像正在等他似的。看到了他，湘怡如释重负地吐出一口气来，说："总算回来了，谢天谢地！"

"怎么！"

"我怕你——在外面——会——会出事。"湘怡吞吞吐吐地说，用一对惊惶而不安的眸子看着他，"到底是怎么回事？爸爸刚刚打电话来，说你和人打了架，银行里的事也不干了！这是怎么弄的？你从不会和人打架的。"

"爸爸呢？也回来了？"

"没有，他说要和李处长谈谈，马上赶回来，叫你回来了就别再出去！"

看样子，如果杜沂回来了，他就别想再出去了。嘉文的脑筋转了转，现在他根本没有闲情逸致来讨论银行里的事情，他全心全意都在那场赌局上面，他必须用最快的速度，说服湘怡拿出首饰来。而湘怡只一个劲儿追问银行里的事，怎么发生的？为什么发生的？对方是怎样的人？天哪，女人全是最啰唆的动物，他不耐地蹙紧眉头，打断了她："别问了，我懒得谈那件事，我要一笔钱，你有钱没有？最好是现款！"

"钱!"湘怡瞪大了眼睛,"你为什么要钱?"

这就是女人!她们永远有许许多多的"为什么"!

"你别管为什么!你有钱没有?"

"要多少?"

"一万!"

"一万?"湘怡的眼睛瞪得更大了,连嘴都愕然地张开了。

"你为什么要一万块钱?"

又来了!又是"为什么"!

"你有没有吗?"

"我怎么会有呢?"湘怡可怜兮兮地说,"爸爸每个月交给我五千块钱家用,用不完的也总是你拿走,我怎么还会有钱呢?"

"那么,爸爸以前给你的首饰呢?"

湘怡错愕地望着嘉文,足足有十秒钟说不出话来,然后,她结舌地说:"你,你——你到底要做什么?"

"你给我一两件去换钱,我要一笔钱,你知道吗?"时间不多了,他一定要在杜沂回来以前出去,"我欠了别人债,不还的话就要被人抓起来了!"

"什么?"湘怡的舌头僵直,"你你你——为什么会欠别人钱呢?那是什什什——什么人?"

"你不要再问为什么了!快去拿给我!"

"可——可是——"

"怎么了?舍不得?我答应以后买来还你!好了吧?去拿来,我马上要去还人!你别耽误我的时间了!"

"不,不是舍不得,是——"湘怡迟疑了一会儿,显得怯生生的,"你知道——我哥哥和嫂嫂,他——他们常常来,我——侄儿生病,我——我——总是哥哥嫂嫂带大的,不能不管,我——我不敢告诉你和爸爸,就——把那些首饰陆陆续续地给了他们,我以为,那是你们给我的,我——我可以支配……"

嘉文咬住牙,这完全出乎意料的结果使他血脉偾张,整个上午全是些倒霉事!给了哥哥嫂嫂!他的眼睛发红,恶狠狠地盯着湘怡,恨不得抽她两个耳光,自己急需钱用,而她把首饰全给了哥哥嫂嫂!跺了一下脚,他恨恨地说:"你——你混蛋!"

"嘉文?"湘怡一怔,眼泪立即涌了上来,"你骂我?"

"骂你又怎样?你这个不懂事的女人!"看到湘怡的眼泪,他的心又软了些,眼泪,眼泪,眼泪!女人就有流不完的眼泪!现在没办法了,只好去偷取父亲的支票。抛开了湘怡,他大踏步地走到父亲房里,书桌的抽屉锁着,他知道钥匙有两份,父亲一份,湘怡也保管了一份,就命令地说:"湘怡,钥匙给我!快一些!"

"你要做什么?"

"你不要管!把钥匙给我,听到没有?"

湘怡不敢多说,嘉文那反常的暴戾使她害怕,而且心慌意乱,只得把钥匙找出来给他,他开了抽屉,发现好几张票面几千元的支票,都是已到期未画线的,他取走了两张。湘怡赶过来,按住不放说:"你不能拿爸爸的!这样不行,我告诉爸爸,让他去挂失!"

嘉文粗暴地推开湘怡,嘎声说:"你敢!我拿我父亲的钱,关你什么事?晚上我就归还!人倒霉也不会倒霉一辈子,我今天准翻本翻回来!"

"嘉文,"湘怡退后了几步,用拳头堵着嘴,"你,你去赌钱,你欠的是赌债，你你——"

"好了，我赌钱也没瞒过你！"嘉文说。把支票塞进裤子口袋，大踏步地走向门口。

"嘉文！嘉文！"湘怡追了过来，"爸爸叫你不要出去，他有话和你谈！嘉文！嘉文！"

嘉文走得已经连影子都没有了，湘怡垂下头，用手蒙住了脸。室内，小真真突然莫名其妙地号哭起来，湘怡走进了屋里，抱起摇篮里的婴儿，喃喃地说："真真，真真，我怎么办呢？"

像是答复母亲的询问，真真哭得更厉害了。湘怡抱紧了孩子，拭去婴儿脸上的泪痕，望着那张酷似嘉文的小脸，忍不住又是一阵心酸。那位难得回家的父亲，对这婴儿是多么疏远和冷落！这种局面，什么时候才能好转呢？

杜沂匆匆地赶回家来了，李处长和职员们的谈话使他心情沉重，但是，回到家来，听到湘怡的叙述后，他的心情就更沉重了。他眼前展开一幅可以想见的画面：一个堕落的儿子，一群乌烟瘴气的赌徒。年轻人走向邪路，嘉文不是第一个，问题只在于如何去挽救他？如何去帮助他？如何使他浪子回头？这工作可能非常艰巨，也可能毫无结果，但他不能不救嘉文！

"湘怡，"他满脸沉重地说，"我们该管管他了，或者，我们一直对他都过分放纵了。"

湘怡看了杜沂一眼，默然不语。

"你——湘怡，"杜沂欲言又止，叹了口长气，"你的脾气也太柔顺了。"

湘怡明白杜沂所没有说出口的话，是的，她的脾气太柔顺了,但是,她也试过不柔顺,徒然让情况更糟糕而已。而且,要她做一个管制丈夫行动的妻子,她又怎么做得出来?如果做了,嘉文不理不睬,又怎么办?她不知道假如当初嘉文娶的是可欣,会不会也走上堕落的路?这想法使她打了个寒噤,情不由主地说:"反正,这是我的失败,一个妻子,没有力量把丈夫留在家里,还能说什么呢?"

杜沂一惊,他无意于伤害湘怡,她是那样一个善良而温和的孩子!把手放在湘怡肩上,他鼓励而安慰地拍了拍她,慈祥地说:"我不是那个意思,湘怡。别自责,这不是你的过失,从小,我就太放纵他了。但是,我从没想到他会变成这个样子,他一直是个很听话的孩子,是什么东西使他改变了呢?我真不了解。无论如何,我们以后的工作很沉重,我们要挽救他。"

"我只怕——"湘怡嗫嚅地说,"并不容易。您没看到他刚才那副脸孔,我觉得——我几乎不认得他了。"

"一切会好转的,湘怡,"杜沂很有信心地说,"他的本性并不坏,他只是受了坏朋友的引诱。"

"从善如登,从恶如崩。"湘怡低低地说了两句,抱着孩子走开。站在卧室的窗前,她知道,今天会有一个漫长的、期待的一天,还会有一个漫长的、期待的一夜,她不知道站了多久,直到身后有个声音惊动了她。

"湘怡!"

她回头,是刚刚从外面回来的嘉龄,一条浅色的发带系住她的头发,她看来永远那样年轻和富有活力,像一朵小小的迎春花。"湘怡,你猜我从哪儿回来?"嘉龄扬着睫毛问,那对眼睛生动明亮,流转着一份属于青春的醉意,"我刚刚去飞机场,送走了胡如苇。"

"胡如苇?"她有些迷糊。

"是的,他说不惊动你们了,他去美国读硕士学位,要我代他问候你们。"

"你——终于放走了他!"湘怡叹息地说,"那是个好人。"

"我承认他很好,我也很喜欢他,只是不爱他,而爱情是勉强不来的,对不对?湘怡?"嘉龄坐了下来,用手托着下巴,有几秒钟的凝神沉思,"不过,胡如苇确实不错,几年来,我起码拒绝了他十次的求婚。今天在飞机场,他还忽然对我说——"她感动地住了口。

"说什么?"

"他说:'嘉龄,你说你愿意嫁我吧,只要你说一句,我就把飞机票撕掉,留下来不走了!现在还来得及,嘉龄,你说吧!'"

"你没答应?"

嘉龄摇摇头,也有一份难言的惆怅。

"没有。他使我感动,但仍然没有让我爱上他,不过我哭了,我说希望有一天,我会爱上他,他也会从国外回来。于是,他上了飞机,飞机飞走了!"她耸耸肩,惘然若失地加了一句,"就是这样,这就完了。"

是的,完了,结束了。一段不成型的爱情。湘怡目送嘉龄走出去,知道她虽不爱胡如苇,也不无怅然的情绪。被爱比爱别人幸福,但愿爱人的人都能被对方所爱!望着窗外的云天,她不知道被她所爱的人怎能留恋几张扑克牌更胜过于满腹柔情的她?

第二十一章

一九五八年夏天,嘉文和湘怡的第二个女儿念念出世了。

这个新生命没有带来喜悦与欢笑,也没有带来任何兴奋的色彩,而降生在一团愁云惨雾之中。年初,杜沂在一次冗长的业务会议中晕倒,医生诊断为脑充血,住院两个月,几乎造成半身不遂。出院后,就遵医嘱办理了退休,退出了工作二十几年的银行界。这件事对杜宅当然也是个不大不小的打击,两个月的住院和医疗费用,几乎让杜家的经济面临破产,自从嘉文染上赌博的习性以来,先后输掉的数字已不可计算,杜家早就成了外强中干的局面,杜沂这一病更使经济崩溃。幸好领到一笔为数可观的退休金,总算把局面又维持了下去。不过,嘉文的嗜赌如命却越来越厉害,离开银行的工作之后,他就一直游手好闲,其中也有几次,在杜沂的苦劝和湘怡的恳求之下,他赌咒发誓要痛改前非,但都不到三天,就又故态复萌。除了赌博之外,他更学到许多坏习惯,变得流气、暴戾和不近人情。

小念念出世得很不是时候，刚在家庭拮据，和杜沂病后，似乎没有谁高兴她的来临。嘉文对孩子向来没有兴趣，从念念出世到满月，他简直没有好好看过她一眼，一次，湘怡把孩子抱到他面前，恳求地说："你不看看你的小女儿吗？"

嘉文匆匆地对孩子扫了一眼，不耐地说："有什么好看？哭兮兮的小塌鼻子，将来就是竞选中国小姐，也拿不到第一名。"

湘怡抱着孩子，伤心了好久，几年以来，嘉文失去了太多的东西，甚至于失去了他一向的仁慈。

秋天来临的时候，嘉文已经很少有在家的日子了，他经常一出去就是两三天，等回来的时候，一定是一副憔悴、苍白、肮脏而饥饿的样子。回家的目的，也不外乎拿钱，有一千拿一千，有一百拿一百。杜沂沉痛地看着儿子的堕落和沉沦，所有的教训、劝诱都失效之后，他只感到灰心和疲倦。他老了，而且病弱，他无力再管束这不成器的儿子。那个在台大外文系读书的高才生，那个为师长所爱、为朋友所敬的孩子已经消失了，死去了，不再回来了。

这天，全家正围着桌子吃晚饭，门铃响了。嘉龄扬了扬头，冷冷地耸耸肩说："准是哥哥！"湘怡不自觉地放下了筷子，嘉文已经有三天没有回来了。阿珠去开了大门，门外，没有期待中的嘉文的声音，也没有嘉文那沉重而疲倦的脚步。

一会儿，阿珠进来了，说："外面有一个人，说是要找老爷。"

"什么样的人？"杜沂问。

"不认得，样子很凶，"阿珠摇了摇头，"不像个好人！"

"一定是嘉文出了事！"湘怡惊跳起来说，"来报信的！"

"去请他进来!"杜沂皱皱眉说。

"他不肯,他说要老爷出去。"

杜沂推开饭碗站起身来,湘怡身不由主地跟着他,走过了花园,到了大门口。门外,一个歪戴着鸭舌帽,满身油渍和汗渍的男人正站在那儿,一对鸷猛而狞恶的眼睛,不怀好意地打量着院内的花草和树木。

杜沂的眉头皱得更紧了,问:"你找谁?"

"您是杜先生吧?"那人推了推鸭舌帽,露出两道浓眉,斜睨着杜沂说。

"是的,你有什么事?"

"杜嘉文先生叫我到这里来收一笔账。"

"什么?一笔账?"

"是的,杜嘉文先生说向您收,我希望能马上带回去,这是杜嘉文先生的借据!"

那人说着,从口袋里掏出一张脏兮兮的纸条来,递给杜沂,上面确实是嘉文的亲笔,还印着指押,写的是:

兹向赵××先生借款新台币壹万叁仟元整,将于今年九月十五日前清还,否则甘受法律制裁。

杜嘉文

一九五八年七月三日

"你看,写的是九月十五日以前还清,现在已经十月三号了,再不还,我们只有用法律解决了。"那人说着,又推了推帽子,隐隐地带着几分威胁的味道。

杜沂觉得一股气向上冲，禁不住愤愤地说："嘉文呢？嘉文在哪里？"

那人抬了抬眉毛，"我可不知道，昨天他找了我，给我地址叫我来这里找你收款。"

"他欠你的钱，你怎么不去向他收？"杜沂质问地说，"我不管！谁叫你借钱给他？"

"好，你不管！"那人夺过了借据，歪着头冷笑了一声，"我是好意先来收收看，收不着我们也有办法，借了债还钱，这是天经地义的事，没看到欠了债还这样凶的！不还就不还，难道我们还怕你赖！"说着，他转过身子，流里流气地扛了扛肩膀，就准备离开。

"喂喂，你等一下！"湘怡忍不住喊，一面抬起头来，恳求地看着杜沂说："爸爸！"

"你再放纵他，他一定会倾家荡产。"杜沂对湘怡说，一面和自己的感情挣扎，"让他们去告他！让他去坐牢，他不受点罪永远不会觉悟！"

"爸爸！"湘怡再喊了一声，有所顾忌地看了那人一眼，"我倒不怕他们去告，只怕——对嘉文会有什么不利。"

杜沂禁不住也看了那人一眼，他明白湘怡所畏惧的，嘉文那一群赌友，十个有八个是流氓，眼前这人也不会是个好惹的人物。"父性"在他心中作祟，不过，他又怎能轻松地拿出一万三千元来？好好的一个家，眼看就要败在嘉文的手上！帮他还债，就是姑息他，不帮他还，又怕他被流氓伤害！矛盾中，他依旧在嘴巴上硬了一句："这样没出息的人,你还管他什么?挨挨揍正好,置之死地而后生!"

"爸爸!"湘怡哀求的意味更深了。手扶在门柄上,不肯关门,纤长的手指神经质地握紧铁闩。

湘怡那哀恳的眸子瓦解了杜沂最后的武装,长叹了一声,他摇摇头,走进室内去了。好半天,他才又走了回来,手里颤巍巍地拿着一张支票,脸色十分难看,湘怡知道这张支票的分量有多重,这是杜沂的退休金里抽出来的款项。低俯着头,她不敢说什么,好像欠下这笔债是她的过失一般。杜沂用支票换回了嘉文那张借据,手抖颤得更厉害了,哆嗦着说:"以后,你们别借钱给嘉文!"

那人接过支票,冷笑了一声说:"早知道他还不起,我们才不借呢!"抬起头来,他似有意似无意地掠了杜家的庭院一眼,嘴边带着一丝不怀好意的微笑,道了声谢,就扬长而去。

湘怡关上了大门,回过头来,看到杜沂的脸色铁青,她不禁有些担心,医生曾再三嘱咐,不能让杜沂紧张或受刺激。她不安地喊了声:"爸爸!你不舒服?"

"没有,别担心。"杜沂说,和湘怡走进屋内。

"我到风烛残年的时候,来目睹儿子败家!"他沉痛地说。

"我们去找他那帮赌友,去劝他们放掉他。"湘怡低声说,自己也明白这个办法不成办法。

"你以为可以?你没看到刚才那人的神情?他们以为钓到大鱼了,根本是做好了圈套来陷害他,恐怕不到我们山穷水尽,他们绝不会放手!"

"我们去报警——"湘怡犹疑地说。

"报警?"杜沂打断了她,"你知道他们的赌窟在哪儿?你知道他们有多少人?姓甚名谁?这些人是靠赌为生的,报警!弄得不好……"他咽住了。

湘怡明白杜沂没说完的话,投鼠忌器,他们不能不有所顾虑。杜沂又叹口气,说:"反正一句话,人,只有自己能主宰自己,假若不学好,自甘堕落,谁也帮不了忙!"看看湘怡,他沮丧地加了句,"我们已经没有钱了,湘怡。"

"我——"湘怡嗫嚅着,"我出去找个工作,或者可以贴补一下家用,我——念完大学,只实习过一年。我可以再去教书,或者——"

"哼!"门边传来一声冷笑,嘉龄扬着头,冷冷地站在那儿,"哥哥这样赌法,你找十个教员的工作也没用!一个月几百块钱,不够哥哥一副牌输的!你们都纵容哥哥,帮他还赌债,这样,他有恃无恐,还不越赌越厉害!依我,刚刚就不该帮他还那笔钱!"

"嘉龄,"杜沂不耐地说,"不要你管!你也不是好东西,大学不念,工作不做,整天和朋友旅行、看电影、谈天!你先管自己再去管别的事!"

"我怎么没管自己?我不是天天在练唱吗?"嘉龄抗议地嚷着说。

"练唱?你不去找老师好好学,成天跟着唱片鬼叫,能学到些什么名堂?别给自己找借口了,都不是好东西!"

"奇怪!"嘉龄生气地站直了身子,"赌钱的又不是我,败家的也不是我,你对哥哥有气,发泄到我身上来干什么?我总没有成天荒唐，连夜不回家，你要骂，先骂哥哥再说！要管，也先该管哥哥！"说完，她跺了跺脚，气冲冲地走进她的屋里，砰然关上房门。

"像什么话？"杜沂也动了气，"说她几句都说不得了，我看，我们家是太民主了！"

"算了，爸爸，"湘怡劝解地说，"嘉龄是孩子气。"

杜沂望着嘉龄关拢的房门，忍不住又是一声长叹，除了摇头叹气，他似乎不能有别的表示了。回到自己的屋里，他用手捧着头，觉得心灰意冷而前途茫茫，顿时间，他感到一种深深的厌倦，对生命的厌倦。

午夜时分，嘉文意外地回来了。他趔趄着走到客厅，杜沂已经听到声音，穿着睡衣走出房来拦住了他。嘉文垂着头，无精打采地站在那儿，满脸胡子，一头乱发，衬衫肮脏而布满皱褶。大概几天没有好好睡觉，眼睛肿胀，眼白里充满血丝，脸色发青而憔悴。杜沂有一肚子的气要发作，但，看到他那副疲倦和消瘦的样子，又本能地涌上一股心痛的感觉。心痛和愤怒使他的语音沙哑："你，嘉文，你还有脸回家？"

嘉文垂着头一语不发。

"你居然做得出来，欠下赌债，叫人到家里来向我收，我用养老金给你还赌债！"杜沂的声音提高了，"你还是个人吗？你还有人心吗？放着一个好好的家庭你不要，一定要弄得家破人亡才满意是不是？"

嘉文仍然不说话。

"你还年轻，有着很好的前途，你却弄成这副样子！两年以来，你输掉几十万，你要我怎样来供应你？"杜沂越说越气，声音也越来越高，"你如此不学好，如此不争气，我要你这个儿子做什么？你还不如不要回来，让我眼不见为净！"

嘉文依旧低头不语。

"你怎么不说话？"杜沂忍不住问，"你对未来到底有什么打算？难道就预备这样赌一辈子？你说话呀！"

嘉文抬起一对疲乏已极的眼睛，茫然地看了杜沂一眼，就倒在沙发里，把手指插在乱蓬蓬的头发中，沮丧而无力地说："我饿了。"

一直站在旁边的湘怡，听到这句话就按捺不住地向厨房的方向走，想去冰箱里找有什么可以做来吃的东西。

杜沂看到她往厨房走，知道她是要去弄吃的，又看到嘉文那副潦倒、落魄、不长进的样子，实在忍不住怒气，冲口而出地厉声喊了一句："湘怡！不许弄东西给他吃！"

湘怡猛地收住脚步，愕然地望着杜沂，吓着愣住了。她嫁到杜家来这么多年，杜沂还是第一次这样疾言厉色地对她讲话。她怯怯地望了嘉文一眼，不敢再去厨房。杜沂的话喊出口后，目睹嘉文的憔悴消瘦，又有些后悔，不过，话说出口，也收不回了，只得心肠硬到底，气冲冲地对嘉文说："从今天起，你不许给我出去，关在家里看看书，收收心，明天我去帮你找一个工作，希望你能发愤图强，重新做人！"

杜沂回房了，嘉龄却被吼叫责骂的声音所惊醒，从房间里走出来看看是什么事，看到嘉文，她就什么都明白了。晚上为嘉文所受的冤枉气还没消，她耸耸肩说："哥哥，你从什么地狱里回来的?深更半夜还吵得人不能睡觉,我看魔鬼把你的魂都吃掉了!"

嘉文饿得眼睛发花,睡眠又不足,再加上被杜沂骂得头昏脑涨,在外面又受了气,输了钱,心情的恶劣早达于极点。被父亲责备还无话可说,听到嘉龄也神气活现地骂自己,就暴跳了起来:"闭上你的臭嘴!老子做什么都不关你的事!他妈的来历不明的臭丫头!"

"你说什么?"嘉龄被吓昏了,听都没听清楚他嚷些什么,只知道他满嘴脏话,"你骂人!你连脏话都说出来了,你简直变得像个下等社会的流氓!"

"哈,我下等,难道你是上等?臭婊子养的!还要充上流呢!哈!"

"你说什么?你说什么?"嘉龄气得脸发白,"你嘴里怎么这样不干不净,我告诉爸爸去!"

"爸爸!"嘉文轻蔑地撇撇嘴,"他自己做的好事!哼,上梁不正下梁歪,也怨不得我赔钱!告诉你,你给我滚得远远的,别来惹我,我们各过各的,谁也不犯谁,否则,哼,有你瞧的!"

嘉龄生平没受过这样大的委屈、听过这种粗话,气得脸上白一阵红一阵,眼泪在眼眶里打滚,半天才憋出一句话来:"假如我们的母亲在世,听到你这种粗话不气疯了才怪,不知道杜家造了什么孽,才有你这样的败家精!"

嘉文扬起头,斜睨着嘉龄,接着,就纵声大笑了起来,一面笑,一面以轻蔑的口气学嘉龄说"我们的母亲"几个字。湘怡心惊胆战,看情形,嘉文会抖出嘉龄母亲的秘密来。就赶过去,一把抓住嘉龄,说好说歹地把她劝回房间,嘉龄边走边抹眼泪,委委屈屈地说:"这样的家我也住不下去了,我还不如找个工作搬出去!我又不是吃哥哥的饭,干吗要受他的气!"

"哈哈!"嘉文笑得更厉害了,"想嫁人?要不要我帮你物色个阔丈夫?"

湘怡好不容易劝走了嘉龄。折回客厅,她和嘉文回到卧房里,嘉文脾气发过了,气也消了,才感到说不出来的疲乏和空虚。倒在椅子里,他用手支着头,迷迷茫茫地望着桌上的台灯。怎么了?自己是怎么回事?会对嘉龄吼出那么一大篇混账话来?这都不是真心的,他并不想说那些,他是太累太紧张了,他从不想欺压嘉龄,也从没因她的出身而轻视过她,怎么竟会冲出那些莫名其妙的话来?他懊丧地用手抹抹脸,抬起头来,正好接触到湘怡怜惜而痛楚的眸子,那样静静地、祈求地注视着他,像个溺爱的母亲,望着自己打架负伤回来的孩子。他被她的眼光撼动了,想说点什么,才张开嘴,湘怡已用手在他肩上按了按,轻声地说了句:"我去帮你弄点吃的!"就转过身子,轻悄而迅速地走出去了。

嘉文闭上眼睛,心底有一阵激荡,眼眶不禁湿了。堕落、毁灭、沉沦!这就是自己,不可救药的自己!恶劣到不能再恶劣,凭什么湘怡还要这样一往情深地待他?湘怡,湘怡,但愿能有她万分之一的安详本性和自持功夫!

湘怡捧着一碗热气腾腾的面进来了,里面还打了两个鸡蛋,把面放在嘉文面前,她轻声说:"吃吧!当心凉了!"

嘉文想说什么,但他太饥饿了,那面又那么香喷喷地诱惑着他，拿起筷子，他狼吞虎咽地吃完了面。湘怡仍然坐在一边，安安静静地看着他。推开碗筷，他好久以来，第一次正眼打量湘怡，她瘦了很多，显得更加弱不禁风和楚楚可怜。他心情激荡，不自觉地凝视着湘怡，竟看呆了。好半天，两滴泪珠从湘怡的大眸子里跌了出来，她清瘦的手指怜惜地抚摸在他满是胡子的下巴上，用令人心碎的、温柔的、啜泣的声音说："嘉文，你醒醒吧！"

嘉文揽住了湘怡的腰，那细小腰肢，瘦得不盈一握。一时间，他觉得有千言万语，都不知从何说起。湘怡带泪的眸子哀恳地望着他，把他五脏六腑都揉得粉碎。

"你改了吧，嘉文，从头做起吧！嘉文！只要你肯戒赌，什么都会好转的。"

摇篮里，婴儿从熟睡中醒来，饥饿地哭了。湘怡放开嘉文，走到摇篮旁边，抱起才三个月大的小念念。把念念送到嘉文的面前，她凄楚地说："你看，嘉文，孩子等着父亲来保护她，养育她，把她抚养成人。"

嘉文不由自主地接过孩子，小念念被抱起来，就不再哭了，张着对好奇的大眼睛，望着几乎难得一见的父亲。嘉文也注视着那张不解人事的小脸，突然生出一种新奇的感动。湘怡把手放在婴儿的下巴上，逗弄着她说："小念念，你看，这是你的爸爸呢！"

嘉文心内一动，为人父的责任感和湘怡的哀婉柔情打倒了他，抬起头来，他懊悔地、内疚地、乞谅地望着湘怡，郑重地发下重誓："如果我再赌钱，我就死无葬身之地！"

新的一天来临的时候，似乎充满了光明。

早上，太阳明朗地照耀着，一群麻雀在大榕树上吱吱喳喳地筑着巢。湘怡难得笑得那么开心,早餐桌上,嘉文由衷地向杜沂道歉认错,发誓戒赌,又吞吞吐吐地说出还欠人将近两万元的赌债,不能不还。杜沂深沉地注视着嘉文,浪子回头金不换,他必须对嘉文再做一番努力。"假若我帮你还清这笔赌债,你能不能重新做人?"

"我发誓,爸爸。你相信我,这一次我是痛下决心了。"

"好,"杜沂干脆地说,"我帮你还!不过,你要知道,这是我退休金里最后的一点儿钱了。给你之后,家里就一点儿余款都没有了。"

"我去做事,赚了钱来过日子,节省着过,或许可以勉强够。"嘉文说。

"我也去做事,"湘怡说,"两个人的薪水加起来,一定能够维持这个家,当然,不能再浪费了。"

大家商谈的结果,只要努力,前途还充满希望,嘉文订下许多新的生活计划,包括如何开源节流,大家都看到光明的远景,感染到愉快和兴奋。于是,杜沂捧出了他最后一点养老金,交给嘉文,叮嘱着说:"先去把债还了吧,还了债就算以往那段荒唐日子全结束了,回来我们再订以后的计划。去吧,快去快来,把借据都要回来,可别一去就不回了!"

嘉文的眼圈红了,接过老父亲那最后的一点钱,他的声音哽塞了:"我实在该死,爸爸。"

"别说这些话,只希望你以后完全换一个人,好好做事,好好努力。"嘉文拿着支票,向门外走去,湘怡追过去说:"中午回来吃饭!"

"当然,我一小时就回来!"

嘉文走了,湘怡和杜沂都觉得十分兴奋,多年来积压的愁苦一扫而空,像天气般明朗踏实。只有嘉龄撇撇嘴,冷笑地说:"好吧,又丢下水两万块钱,以后大家喝西北风!哥哥这一去,会回来才有鬼!他一定用这两万元去翻本,然后再输得一塌糊涂,丢下更多债,看吧!"

"你不该对嘉文这样没有信心!"杜沂责备地说,"我了解嘉文,他这次是真的后悔了!"

"后悔又有什么用?他抑制不了诱惑。魔鬼已经把他的魂吃掉了!"

"不许胡说!嘉龄!"杜沂大声斥责。

嘉龄抬抬眉毛,不说话了。湘怡自己上菜场,给嘉文买了他最爱吃的大虾,准备好好地让他享受享受家庭的温暖,杜沂一直站在院子里,表面是看麻雀筑巢,事实上是在等嘉文回来。一小时过去了,两小时也过去了,三小时,四小时……都过去了。嘉龄不幸言中,嘉文没有回来。

两天之后的深夜,嘉文踉跄地走在大街上,又是满脸胡子,满头乱发、衣衫不整。他疲倦得无法举步,懊丧得想自杀,他输掉了那两万元,没有还债,又另外欠下一万多。他没有面目回去见父亲和湘怡,只能毫无目地在街上乱走。

深夜的街道安静极了,没有行人,也没有车辆,他歪歪倒倒地走着,像个醉汉。不知走了多久,他发现自己来到一条似曾相识的街上,他停下来,定眼细看,原来是可欣以前住的那条街!他走到可欣旧居的大门前,隔着围墙,向里面张望,里面仍有灯光,现在,不知是谁接收了这幢房子。他站了很久很久,和可欣恋爱的那一段时光,还依稀浮在目前,多少次他送她回家,赖在这门前不肯离开。那段美好的时光,可爱的时光,梦般的时光,而今安在?

他站得太久了,大门"呀"的一声打开了,一个陌生男人伸出头来,狐疑而严厉地问:"你是什么人?在别人门前伸头伸脑,赶快走开!否则我叫员警来!"

嘉文吃了一惊,踉跄后退。用手摸着自己满是胡子的下巴,他一面走开,一面喃喃地说:"他把我当成小偷了,我像个小偷吗?"

仰首望天,他唏嘘地低唤着说:"可欣,可欣!我已经万劫不复了!"

第二十二章

对湘怡来说，生命变成一连串苦恼和哀愁的延续，不知多久以来，岁月里已没有欢笑，没有快乐，也没有甜蜜和温馨了，最让人心灰意冷的，是每况愈下的生活里，连一丝丝希望和光明都看不出来。

嘉文整个人都变了，她再找不出当日自己所迷恋的那个男人的些微痕迹。赌博竟能将一个人的本性完全扭转，嘉文的暴戾、粗鲁、冷酷……日甚一日，对湘怡、对嘉龄、对杜沂甚至对那两个尚不解事的小女儿，他都粗暴无情，他只认得扑克牌，只知道同花顺和福尔号斯。而且，最糟的，他已丧失了人性的尊严和羞耻心，只要弄得到钱，他不惜用任何卑鄙的手段去弄，向杜沂的老朋友们诈骗，冒充杜沂的笔迹开支票，甚至于家里的电唱机、收音机都偷出去卖掉，用得来的钱到赌桌上孤注一掷。

在做人上面，他认输了，在赌桌上，他却永不认输，"倒霉不会倒一辈子，我只要拿一副同花顺，就可以把输的全赢回来！

我输掉那么多，怎么能这样认了，我要翻本！只要翻了本，我就洗手不干！"他不断地"翻本"，不断地等霉运过去，杜家就在这种情况下陷入了穷困潦倒的绝境。

真真两岁半了，念念也满了周岁。杜家早就卖掉了三轮车，辞退了车夫。最近一年来，他们又卖掉了电话机、冰箱、唱机……和家里一切能卖的东西。最后，湘怡被迫出去教书，艰苦地维持了一阵，连在杜家服务将近十年的阿珠，也迫不得已地辞退了。阿珠含着眼泪不肯走，对杜家，她也有许多留恋和感情，提着小包包，她站在花园里，依依不舍地对湘怡说："太太，你少给我点工钱也没关系，我不想走呀！"

但是，即使降低工钱，杜家也无法负担。终于，阿珠还是含着泪走了，小真真牵着她的衣服不放她，引得湘怡也眼泪汪汪。阿珠走了之后，湘怡变得忙碌不堪，白天要去上课，中午和晚上赶回家来做饭，杜沂也跟着忙，成为孩子的保姆。创了一辈子的事业，没想到老来眼看它败尽败光，弄得自己六十几岁还为生活操劳，他那份痛心，就更不可言喻了。嘉龄对父亲和嫂嫂如此放纵嘉文，大为不满，坚持应该告到刑警总队，让他们把这个赌窟破获，不该怕嘉文受伤就一再容忍。眼看生活拮据，湘怡劳苦，她于心不忍，也不能袖手旁观，诚心想学一技之长，也谋个工作贴补家用，于是，她开始去学打字和速记。但，生性洒脱的她，实在没有定性好好学，对家事她也做不来，就整日躲出去或者在家里诅咒嘉文，碰到嘉文偶然回来，两个人就会吵成一团。

杜家在这种情况下，凄苦地度着日子。连日来平静无事，但，每个人的情绪都低郁阴沉。湘怡整日整夜胆战心惊，担心着将有大祸降临。这些日子，嘉文一直没有回家，嘉龄整天咒骂，没过惯贫穷生活的她，显然已不能适应这份生活，因此，对嘉文的不满也达于极点，湘怡冷眼旁观，暗中害怕有一天，这兄妹二人终会完全反目，而弄得不可收拾。

这天晚上，湘怡在信箱里取出两封信，寄自同一个地方——美国纽约市。一封是可欣寄给她的，另一封是雅真寄给杜沂的。把雅真的信交给了杜沂，她拿着另一封信退回自己的屋子，一时间，她竟没有勇气拆信，已经有很长一段时间，她没有和可欣通信了。可欣，可欣，料想他们在海的彼岸一定幸福温馨，而自己呢？握着信封，她沉吟良久。一直到忙完了家务，两个孩子都睡了，夜深人静，她才拆开可欣的信。

湘怡：
　　我无法责备你这么久不给我写信，因为我也很久没有给你写信了，想想看，我们上次通信还是你的念念出世的时候，现在念念该满周岁了，是吗？怎样？你们好么？寄张全家福给我好不好？我也寄一张给你们。你看，纪远是不是变了很多？穿上西装的他和山中野人装束的他有多大的不同！他至今对打领带还觉得不自在呢！我那两个孪生儿子全像爸爸，一副小野人相，是不？我真羡慕你那一对小女儿，我被男孩子烦得要死！……

湘怡拿起那张彩色的、四寸的照片，凝视着照片中的纪远和可欣，这张照片是在住宅前的庭院里照的。纪远眉端微蹙，似笑非笑，仍然具有当年的潇洒气质。可欣笑得很甜，依旧长发垂肩，明眸皓齿，似乎显得更年轻和漂亮了。两个大约两岁大的男孩，长得一模一样，坐在草地上面。真的，孩子是纪远的缩影，除了长得像纪远之外，连那股若有所思的神态都像纪远。雅真靠在一边的一张躺椅里，手中拿着编织物，样子很安详，很满足。这真是一张标准的、幸福家庭的写照，连那对孪生儿都值得人羡慕，小威和小武，名字取得很好，真有份威武的小模样！唉，放下照片，不知所以地叹口气，重新拿起那封信来：

  算算看，我们到美国已两年半了，离开台湾的时候，曾有三年归来的愿望，而今却渺无归期。纪远在公司里的工作情形良好，很被器重，但他总有些不安定的感觉，我知道他的毛病所在，正像知道我自己的毛病一样——我们想家，想台湾，想自己的土地、同胞和朋友。所以，湘怡，说不定有一天，我们会抛开一切，突然归来，像从地底冒出一样出现在你眼前，让你们大吃一惊。

  刚刚到美国的时候，我常常躲在房间里流泪，生疏的环境，不同的人种，喧嚣的车辆，和高大的都市建筑，全让我心慌和不习惯，再加上事必躬亲，比在台北的生活忙上一百倍，苦上一百倍。纪远的薪水不够维持，我满街奔走，无法谋得任何低下的工作……这种艰苦的情形，一直到去年纪远升职后才好转，我们被配到一幢宿舍，有花园和院子（就是照片里那幢），在纽约的郊区，上班远一点，好在有汽车。

我也不必出去工作了，安心在家里带娃娃，（可怜的妈妈，两个小东西完全靠她带大的。）这样闲下来，我才整理自己被忙碌弄得太紧张的情绪，同时，和我的儿子们亲近亲近。美国，美国，这个被大家所向往的地方，我现在认清了，它是一个庞大而复杂的机器，每个人都是机器的一部分，规则的工作，规则的娱乐，像个齿轮。噢，湘怡，你不知道我多怀念你们，怀念我那间小屋，以及卡保山打猎的生活！如果现在我能回到台湾，我所要做的第一件事，就是集合旧日那一群朋友，再去一次卡保山！再去猎那满山红叶！（听说胡如苇在波士顿，对不对？希望有他的住址，我们至今没有和他取得联络，想想当日欢乐相聚的一群，如今分飞各处，不无感慨！）

一年来没给你写信，坐下来觉得满腹要倾吐的言语，像浪潮般汹涌翻滚而来，自己都不知道先说什么好。有一次，你曾来信问及我和纪远的感情生活，记得吗？以前我总想和你谈，却总没有谈，正像我关怀你和嘉文，你却总是敷衍似的用几句话来答复我一样。有时，我觉得我们疏远了，你在冷淡我。我们疏远得像置身在两个星球里，谁也不知道谁的生活是怎样的。我和纪远！怎么说呢？婚姻是什么？湘怡！两个分开的个体，凭着感情的需要，结合在一起，面对的可能是不适应的生活习惯，不调谐的意见看法，于是，争执、困扰、怄气……必定接踵而来，最后导致破裂。我和纪远也度过了一段危险期，我们的个性都太强，感情和理智都丰富，都主观而武断。这使我们常常竖着眉毛，像两只斗气的狮子，彼此咆哮。刚到美国的时候，大家的情绪都坏，这种低潮几乎每日发生，我曾懊恼地认定爱情已经幻灭，而暗中流泪、叹息和后悔。不过，这段低潮时期终于过去了，我们在艰苦的生活中取得了谅解和调谐，纪远，他是那样一个男人，我欣赏他！而且，我崇拜他！一个丈夫不只需要妻子的爱情和了解，还需要尊重和崇拜。在这些年中，我目睹他如何奋斗，如何努力，如何坚强不屈（你不知道我们在国外遭遇到多少困扰），这使我认清他，等到认清之后，我才发现自己和他的争吵是多么幼稚和"女性"（我也有一般女人的通病，狭窄和苛求）！我不再苛求他，我们坦白讨论一切问题，倚赖他去解决问题。到现在，湘怡，我只能告诉你，我简直"迷恋他"！比以前有过之而无不及。

我够坦白了吗？湘怡！那么，你能不能也告诉我一些你们的事呢？你和嘉文之间到底怎样？在我自己的幸福中，我真愿所有的朋友都幸福！你别回避我，别冷淡我，告诉我一切吧！湘怡，嘉文的个性我了解，他需要鼓励和管束，别再放纵他！别让他深夜不回家，像你生产真真那晚似的。他太善良，容易受朋友的左右，但他是个最重感情的人，你们一定会生活得很甜蜜很甜蜜，对吗？是吗？告诉我吧！

一连好几夜,我梦到你们,杜家的花园,那些灿烂一片的玫瑰花!那大客厅,宾客,唱片,热闹的圣诞夜!嘉龄的歌声,你的笑容,嘉文的舞步……闭上眼睛,杜宅的一切一切,都在我的眼前。(故人入我梦,明我长相忆!)我真太思念你们了。

嘉龄好吗?有"固定"的男朋友没有?杜伯伯怎样?妈妈另有一封信给杜伯伯。(告诉你一个秘密,妈妈天天都在谈杜伯伯,最近我才从妈妈嘴中,套出一个多年以前的故事,很罗曼蒂克,是不是?为了这个原因,我也渴望回台湾。)你再代我问候他,祝福他!

这封信已经写得很长了,现在正是深夜,郊外比较宁静,听不到车马喧嚣了。花园里的郁金香在盛开着,我怀念台北的扶桑和玫瑰。

给我来信,我在等着。代我吻吻小真真和小念念。
即祝

　　快乐

　　　　　　　　　　　　　　　可欣

湘怡放下了信,长长地吐出一口气,然后就对着书桌上的台灯发呆。可欣,她果然觅得了最幸福的归宿,自己呢?幸福,幸福在何方?

窗外树影依稀,花影仿佛,而幸福却如烟如雾,无处可寻!可欣的幸福和她的不幸,这是多么强烈的对比!"故人入我梦,明我长相忆",只怕也是"恐非平生魂,路远不可测"了!想当年大家在一起玩乐,一起欢笑,一起编织着梦,再追寻着梦。现在却海天远隔,生活悬殊。真的,像置身在两个星球里,她和可欣间的距离已太远太远了!

"如果没有纪远出现,可欣嫁给了嘉文,又会是怎样一副局面?"她恍恍惚惚地想着。或者,她会在哥哥嫂嫂安排下,嫁给了那个秃头科长。许多人生来就注定是悲剧的命运,就像她,似乎怎样都摆脱不开追随在自己身边的一种悲剧色彩。

嫁给嘉文的时候,哥哥嫂嫂冷嘲热讽,认为她"捡着了高枝儿",后来,嫂嫂又换了一副面目,巴结她,恭维她,提醒她在哥哥嫂嫂家住了多少年,为的是从她这儿拿一点东西走。现在,哥哥嫂嫂又恢复了冷嘲热讽的态度,"要嫁有钱的,到头来还落得自己洗衣烧饭!"她只能沉默地应付这一切,自始至终,她没考虑过经济问题,伤心的,只是当年嫁给嘉文时,那满腔浓情蜜意和美梦,都碎成片片了!

"我怎样回复可欣的信?"

她茫然自问。坦白告诉她?不!每个人都有掩饰"坏的真实"的本能,何况她不想增加可欣他们精神上的负担。她宁愿可欣认为她很幸福,很快乐,也不愿可欣知道她的凄惨的现状!而且,谁知道?或者一切还会好转的,嘉文会戒赌,夫妇携手为前途努力,尽管不能恢复财产,也总可以过一分安详的清苦生涯。只要他戒赌,人不到咽最后一口气,你就不能对他放弃希望,或者他会改好,他既然能由好变坏,为什么不能由坏变好?他改好了,一家人又融融洽洽,可以把这幢房子卖掉,换一幢小平房,团结一致地努力。最起码,他们还有这样一幢房子!许多贫苦的人,住在破破烂烂的茅草房里,也照样生活得快快乐乐!她并不要富有,她只要快乐!谁能肯定她已远离幸福?一切还会好转的,谁知道?

拿出信笺,推开桌上那些学生的练习本和作文本,她开始给可欣写回信:

可欣:
　　收到你的信真高兴极了,我和孩子们都生活得快乐幸福,嘉文在工作上也表现得很好,爸爸已于去年告老退休,在家里享受儿孙之福……

她写不下去了,用手托着下巴,她瞪视着信笺。她自己写下的句子让她脸红,到底,她是个善良忠厚、不善于撒谎的人。抛下了笔,她用手捧着头,痛苦地自语:
"可欣!噢,可欣!我如何告诉你呢?"

同一时间,杜沂也在他房里踟蹰叹息,雅真的信非常简单,却充满了恳切的问候之意和关怀之情,最后,还有一句动人心弦的话:"船已倦于漂泊,惜无归期。借问昔日港湾,仍屹立如故否?"

另有一首缠绵的诗:"竟夕不成寐,人眠我独醒,情丝偏不断,心镜转空灵。晓日开图画,秋山列障屏,起来慵栉沐,眉锁黛痕青。"

没料到去国多年,她仍痴情一片!而他呢?好久好久,他都没有给她写信了,当日向她求婚的热情,早被连年的不幸所冲淡，自从家庭败落，他更不做此想了。她在国外，归期无定，他已苍老，身体日衰，这个梦恐怕只有来生再续了。和湘怡一样，他没有勇气给雅真写回信，几度提笔，又几度掷笔。朦胧中，和雅真双双弄笛，仍恍如昨日，而数十年光阴，已悄然度过，如今两地隔离，谁又知道相见何日？提起笔来，他觉得有作诗的冲动，脑子里迷迷茫茫，昏昏沉沉，他写了一首诗，最后几句话是："两地云山总如画，布帆何日斜阳挂？倘若与君重相逢，依依蓊烛终宵话。读君词句怜君痴，感君深情长相思，愿将万缕缠绵意，谱入阳关笛里吹！"

诗写完，他觉得头昏得更厉害，而且十分疲倦。真的，他太累了，这么多年，独闯天下，建立了事业和家庭，老来还要为儿女操劳担忧。就像雅真说的，人生真像一条船，你不知道什么时候能够停泊和休息，这是一段艰苦的、不能停止的航行。丢下笔，他熄灭了灯，和衣倒在床上，他太疲倦了，想睡了。他刚刚蒙眬了一阵子，就被一阵喧闹的声音惊醒了。他听到湘怡急促的、争辩的、祈求的声音在低喊："你不能进去！爸爸已经睡了，你别再扰他了，我求求你！"

然后是嘉文暴躁而粗鲁的声调，带着不寻常的沙嘎："你别管我！我要见爸爸！我有事！"

嘉文！他那不成器的儿子！那数日没有回家的儿子！居然有脸要见他！他的睡意全消失了，翻身下床，他走到门边去打开了房门。门外，嘉文敞着衣领，卷着袖子站在那儿，脸色苍白得像个鬼，那深陷进去的眼睛更像个鬼，浑身的烟味和汗味，一脸的邪气和流气。他正和湘怡挣扎，湘怡抓住他的衣袖不放他。杜沂看到他这副样子,就抑制不住怒气,厉声地说:"你要做什么?嘉文?你还有脸回来,干脆死在外面不回家算了!"

嘉文看到杜沂,禁不住也屏息敛气,低着头,垂着手,懊丧地望着地下。杜沂又问:"你到底要做什么?"

"我——我——"嘉文吞吞吐吐地,"我输了钱。"

"你输了钱!"杜沂咬牙切齿地迸出几个字来,"你输了钱来告诉我干什么?你,你还做得出什么好事来?"

"我把这笔钱还掉就不再赌了!"

"不再赌了!你说过几百次的不再赌了!"

"我一定要还,"嘉文毫无生气地说,"否则他们要我的命,他们在逼我,我要一笔钱!"

"让他们去要你的命!我不管!"杜沂斩钉截铁地说,"有你这样的儿子还不如没有!而且,你以为我还能代你还出什么钱来?家里已无隔宿之粮,你知不知道?"

"可是——"嘉文的声音平平地滑出来,没有高低,"还有这幢房子。"

"什么?"杜沂气得手脚发冷,浑身都抖颤了起来,"你,你,你……你……"他的嘴唇哆嗦着,半天才逼出一句话来,"你这个混蛋!"

"我们用不着这么大的房子,"嘉文的声音仍然是疲倦而平淡的,有种近乎残忍的冷静,"嘉龄反正迟早要嫁出去。"

"好哦,"一个声音传了过来,嘉龄早已闻声而至,用手叉着腰,她狠狠地盯着嘉文,"你就想我嫁出去,是不是?你早就想把我赶走了,是不是?哼,这个家还不是你的呢,你休想卖我们的房子!"

"你少多嘴!"嘉文看到嘉龄就冒火,长久以来,他们兄妹间已变得水火不相容,"卖不卖房子与你都没有关系,不要你管!"

"我还是这家里的一分子呢!"嘉龄愤怒地大嚷了起来,"你把这个家败得还不够?你还有脸说要卖房子,我看你把自己卖掉算了,没有你,我们也不至于弄得这么惨!"

"闭嘴!"嘉文阴郁地吼了一声,"我把你卖掉,卖到酒家里去!你有什么资格来指责我!"

"爸爸,你听!"嘉龄气得脸色发青,"他这是什么话?"

"反正你不是什么好出身!"嘉文又接了一句。

"嘉文,你在说什么?"湘怡急了,用手一个劲地扯嘉文,"回房间里去,有什么话明天再谈,现在已经这么晚了,吵得邻居都不能睡!"

"你是什么意思?"嘉龄一对燃着火的眸子逼了过来,"你解释清楚,你一来就扯到什么出身上去,我们同一个爹娘生的,你嘴里不干不净地说些什么?"

"嘉文,走吧,走,走,明天再说!"湘怡拼命地拉扯嘉文,"走吧!别说了!"

"我不能走!"嘉文甩开了湘怡,"我等着要钱,他们在等我。爸爸,房契给我,好吗?"

"房契?"杜沂已被气得七荤八素,眼前全是金星在乱跳,"你居然有脸向我要房契,我还没有断气呢!等我断了气你再卖房子好不好?"

"爸爸,你千万不能给他房契,"嘉龄喊着,"他就差把我们全卖掉了!"

"你闭嘴!"嘉文叫,"房子又没你的份!你再多一句嘴,我就揭穿你的秘密!"

"我有什么秘密怕你揭?"嘉龄向前迈了一步,"我又不偷不赌,不做你那些下流事!"

"走吧!求求你!嘉文!"湘怡瘦小的身子吊在嘉文的胳膊上,声音里带着泪,"给这家庭留一点安宁吧,我求你,嘉文!"她又转向嘉龄,哀恳地望着她,"你就少说几句,委屈一点吧,好吗,妹妹?"

"我要他讲清楚,我今天非要他讲清楚不可!"嘉龄一迭连声地嚷着,"你不要装神弄鬼瞎威胁人!你说出来!我有什么秘密,你说!你说!"

"我有什么不能说的,我就说——"嘉文也冒火地开了口,带着一不做二不休的神态,威胁地转向嘉龄。

"你敢!"杜沂大吼,"你,你,你……你想气死我是不是?你敢说一个字!你给我滚出去,我——我——我不要你这个儿子!你滚出去!这个家庭没有你的份儿!"

"没有我的份儿!有嘉龄的份儿是不是?"嘉文邪恶地望着嘉龄,不怀好意地眯起了眼睛,"你以为你很清白?"

"我不清白?"嘉龄狐疑、愤怒而诧异,"我怎么不清白了?你有话就说,别吞吞吐吐地含血喷人!"

"你敢说!"杜沂吼着,"我早已不承认你了,嘉龄是我的女儿,你不是我的儿子!滚吧!你!有你存在一天,这家里就没有一分钟安宁!你给我滚!"

"我要房契。"嘉文冷冷地说,"这房子迟早是我的!"

"你你你敢这样说?你——"杜沂气得说不出话来。

"走吧,嘉文,求你!"湘怡流着泪请求,"走吧,别再气爸爸了!走吧!"

"你还没说出来呢,我到底怎样?"嘉龄紧盯着问。

"你给我滚开!"嘉文对他妹妹大叫,最后的一线良知仍在他内心挣扎,"我只要房契,我不想惹你,你别逼我说出真相来!"

"我绝不给你房契!绝不!"杜沂喊,额上的青筋突了出来,鼻孔里沉重地透着气。

"你说什么真相?你非说不可!你说!"嘉龄也大嚷着。

"我就说——我就说——"嘉文豁出去了,把头凑向嘉龄。

"嘉文!"湘怡尖叫。但是,惊人的言语已从嘉文口中直泻而出:"你不是我的妹妹,你不是我妈妈生的!你母亲是个舞女!是个狐狸精!是个荡妇!你也不干不净!谁知道你的父亲是不是爸爸!你没有权管我的事!没有权过问我们杜家的财产!你——"

嘉龄尖声锐叫了一声,冲向了嘉文,扑打着他,扭着他,一面发狂般地喊:"你胡扯!你胡说八道!你这个流氓!下流痞!爸爸!爸爸!爸爸!"她求救地哭了起来:"你听哥哥说些什么?你听哥哥!爸爸!爸爸……"

"你问爸爸!你问爸爸!"嘉文扯开了她,"问问爸爸你的母亲是谁?问问看!爸爸是不说谎的!你问呀!"

"爸爸!你听哥哥!"嘉龄大哭,"爸爸!不是的!是吗?爸爸?爸爸呀!"

杜沂的眼睛望向了天,觉得自己脑子里有几十面重大的鼓,在不断地狂击着。咚咚咚！咚咚咚！他的眼前全是乱舞的金星，和一团团飞跃着的色彩，那些色彩变幻着，游移着，扩大，缩小，缩小，扩大……他呻吟了一声，喃喃地说："我的天哪！我造了什么孽呢？"

接着，他就听到几十万个声音在他耳边狂呼锐叫，还夹带着求救的哭声："爸爸！""爸爸！""爸爸呀！"

他的头无力地侧向一边，所有的声音都远离了他，飘散，消失，剩下的是一种空漠的境界，和死一般的寂静。

是的，房子里像死一般的寂静。杜沂躺在地上，湘怡跪在他身边，解开他的衣领和袖口，用手探摸着他的心脏。然后，她抬起带泪的眼睛和灰白的脸庞，望着像木头般站在那儿的嘉文和嘉龄。

"我们要马上去请医生，"她轻轻地说，喉头紧逼而痛楚，"他昏迷了。我摸不出他的心跳。"

医生来了，嘉文、嘉龄和湘怡环侍在杜沂身侧，都焦灼地望着医生，垂首无言。医生的诊断没有耗费太久的时间，收拾好了医药包，他的结论简单而明了："你们可以准备后事了，他度过不了今夜。"

一段沉寂，然后嘉龄哇的一声放声大哭，扑倒在杜沂身上，她号啕地呼喊着："爸爸！爸爸！爸爸！不要走！爸爸呀！"

湘怡默默地站在那儿，低俯着头，她没有失声痛哭，只是静静地掉着眼泪，那无声的抽泣使医生都为之鼻酸。

嘉文直直地伫立着，像一座石头的雕像。

凌晨三点钟左右，杜沂咽下了他最后的一口气。从他昏迷到死亡,他一直没有清醒过来。这一段漫长的旅程,他总算走完了,带着未竟的梦想,带着对儿女的牵挂,这口气一定咽得并不平静。谁知道"死亡"是什么?谁知道"它"是不是人生的终站?无论如何,这"港口"中应该不再有狂风巨浪了。

第二十三章

湘怡坐在洗衣盆旁边，吃力地搓洗着衣服，太阳很大，直晒在她的背脊上。她背上的衣服，早被汗水所湿透。新的汗珠仍不断地从她额上冒出来，跌落在洗衣盆里。她坐直了腰，深深地喘了一口气，对水龙头边的一对小女儿说："真真，把妹妹带开，不要玩水。"

不满四岁的真真，牵着两岁多的妹妹，摇摇摆摆地走开了。湘怡望着那两个瘦小的影子，忍不住又叹了口气。用手背擦了擦额上的汗，她抬头看看天空，太阳刺目而耀眼，已经是秋天了，天气仍然燠热，下一阵雨或者会好些，但是，明朗的天空看不出丝毫的雨意。把衣服铺在洗衣板上，她慢慢地涂上肥皂。洗衣盆里堆满了肥皂泡沫，一个又一个，不断地堆积、破裂。她瞪视着水盆，机械地搓着衣服，心境迷惘而空虚。杜沂去世已一年零三个月了，她还记得嘉文如何哭倒在杜沂的坟头，如何跪在坟前，向杜沂生前的好友们赌咒发誓，说终身不赌了。他们卖掉了房子，还不清嘉文欠下的赌债。李处长怜惜杜沂的一对孙女，叹息一个终身孜孜于事业的人，竟死后萧条到如此地步。他开了一张支票给嘉文，让他写下一张借据，保证以后用工作的薪金来分期摊还。这张支票还清了所有的赌债，他们在中和乡用三百元一月的价钱租下这两间平房，李处长又把嘉文介绍到一家私人公司里去当英文秘书，待遇还算优厚。生活应该可以重新开始了，在杜沂逝世的凄凉里，和毁家破产的哀愁中，对嘉文而言，应该已是置之死地而后生了。但是，嘉文循规蹈矩地上班下班只维持了半个月，当他又在深更半夜，从赌场荡回家来，像个幽灵般站在湘怡面前的时候，湘怡只感到可怖的绝望，绝望到想自杀。嘉文用手捧着头，反反复复地说着同样的几句话："我根本不想去的，我不知道我怎么又去了，一定有魔鬼附在我身上了，我不知道是怎么回事。"

湘怡不能说什么，骂人吵架对她都是外行的事。虽然她真想大骂大吵一阵，她却只把自己关在房间里，伤心透顶地痛哭到天亮。

一切成了恶性循环的局面，赌博、欠债、还债、戒赌、再赌博、再欠债……湘怡疲于规劝，疲于应付债主，也疲于生活。杜沂死了，她眼睁睁地看着一个人由活生生步入死亡，心底充塞了许多属于哀愁以外的东西，对生命的怀疑，对另一个境界（死亡）的困惑。当她工作的时候，她常会突然停住，奇怪着杜沂现在在哪儿？原来有思想、有意识、有感情的一个生命，怎会在刹那间消失得无影无踪？小真真常常牵着她的衣襟问："妈妈，爷爷到哪里去了？"

爷爷到哪里去了？她有同样的疑惑，看到杜沂遗留的东西，诗和字，她会长久地陷入沉思，生命的本身有多大的痛苦！死亡是否将一切的痛苦也都带走了呢？那么，"死亡"应该并不可怕，那只是一个归宿，一个无忧无虑也无我的境界，一种虚无，和一种解脱。

痛苦是无止境的。当嘉文又开始赌博之后，一个早晨，嘉龄悄然出走了。她没有给嘉文留下任何可以找寻的线索，只给湘怡留了一个短简。

湘怡：

我走了。这个家，当爸爸去世之后，已不再属于我，我找不出可以让我停留下去的理由。爸爸临死，我才知道自己有个不明不白的出身，这虽使我痛苦，但，也给了我勇气，让我毅然离开了我那不争气的哥哥！我走了，这个家没有什么值得我怀念的东西，哥哥也不愿意有我这个名不副实的妹妹吃闲饭。我的离开，对我们两个都是好事。唯一让我留恋的，只是你！湘怡，记住我一句话吧，必要的时候，抛开哥哥算了，你犯不着跟着他往悬崖底下跳，何况，你还有两个嗷嗷待哺的小女儿！

别担心我，我早就该学习学习独立了。

愿你幸福

嘉龄留条

湘怡做不到不为嘉龄担忧，捧着嘉龄的留条，她哭了又哭。一个二十几岁的女孩子，能出去做什么事呢？这社会那样复杂，人心那样难测。嘉龄又从没有吃过苦、经过风霜，万一失足，她如何对得起泉下的杜沂？她把念念背在背上，牵着真真，去满街找寻，向一切有关的亲友询问，得到的都是摇头和耸肩。嘉文对这事毫不关心，看到嘉龄的留条，他冷笑了一声说："不管她，让她去死！没有她才好呢，我眼睛前面干净！反正是她自己走的，我又没逼她！"

湘怡痛心地看着嘉文，她不知道昔日大学时代，那个温柔多情的青年如今在何处？她恳求嘉文去找嘉龄，嘉文耸耸肩动也不动，看到湘怡不停地流泪，他不耐烦了，说："你管她呢，她在外面活不下去，自然会回来的！"

于是，湘怡天天等待着嘉龄回来。一个月、两个月、三个月、一年都过去了，嘉龄却音信全无。湘怡只得放弃了希望，她了解嘉龄的个性，她比嘉文多一分倔强，这样子离去，她就是无以为生，也不会甘心回来。尤其在嘉文表示了她并非他的妹妹之后。

日子在充满阴霾和无望中度过，由于没有人带孩子，湘怡又被迫辞职，在家里操持家务，她没有回复可欣前一封信，也没有再写信给她。杜宅的不幸和嘉文的堕落，使她没有勇气提笔。可欣，可欣，她但愿可欣设想他们是幸福的，快乐的，但愿雅真还存着归港的希望。想到杜沂临终那一首诗："两地云山总如画，布帆何日斜阳挂？倘若与君重相逢，依依蕲烛终宵话……"她就觉得热泪盈眶。有一天，雅真会回来，谁再和她"依依蕲烛终宵话"呢？人生，岂不太苦。

衣服洗完了，湘怡直起腰来，深深地吐出一口气，站起身子，她吃力地把衣服穿上竹竿，再晾起来。太阳依然那样灼热，没有一丝秋意。她抱起地上乱爬的念念，拍去她身上的灰尘。抚摸着念念那瘦小的胳膊，她心中一酸，伤心地说："念念，谁要你来到这个世界上呢？制造你这条生命，等于制造痛苦，等你长大成人，不知还要受多少痛苦呢！"

真真拉拉母亲的衣襟，嘟起小嘴说："妈妈，馒头，包包！"

真的，卖馒头的正在外面呼叫："馒头，豆沙包！"湘怡摇摇头，拉过真真来，像对一个大孩子似的说："真真，你已经吃过早饭了，不是吗？你知道，妈妈没有多余的钱买东西给你吃，你爸爸一年来没有拿一分钱回来，我们可当可卖的东西都当掉卖掉了，现在，连日子都不知道怎么过呢！"

"妈妈，真真饿。"孩子转着天真的眸子，自说自话地望着母亲。

"饿也没办法呀！真真，这几天的日子，已经是问隔壁张妈妈借的钱了，不是我不给你吃，是没办法呀。"

"妈妈，包包！"孩子缠在湘怡的脚下，用小胳膊抱紧母亲的腿，耍赖地扭着身子，"真真要！真真要吃！"

"哦，放开我！"湘怡屈服地叹了口气，"妈妈去看看还有没有钱。"

买了一个包子，分作两半，给一个孩子一半。湘怡就握着仅余的三角钱，坐在床沿上发呆。嘉文又有两天没有回家了，谁也不知道他什么时候会回来？摊开手掌，她望着掌心里的两个镍

291

币，一个两角的，一个一角的。以后的日子如何过法？她心中恍恍惚惚，竟生出一个意外的想法，或者嘉文会赢一大笔钱回家，摇摇头，她又自嘲地笑了，赢钱，他赢了会把赢的再输掉，反正，他不会带钱回来，而家里已面临断炊了。

一天过去了，嘉文果然没有回家。第二天又过去了，嘉文又没有回家。湘怡再也不好意思问邻居十元二十元地借债，第三天，她包了一包仅余的杜沂和她的旧衣服出去，勉强再支持了两天，然后，卖尽当光，她已山穷水尽，嘉文仍然不见踪影。

这天，从早上到下午，母女三个就干瞪着眼睛挨饿，湘怡的智慧，已无法再变出任何可吃的东西来了。午后，两个小家伙开始哭哭啼啼地缠着湘怡喊饿，哭得湘怡心碎。于是，她下决心地抱起念念，牵着真真，走过川端桥，来到哥哥的家里。湘怡的哥哥几年来情况依旧，仍然在当他的小职员，这些年来，在杜家经济情形好的时候，他们也陆续接受过杜家不少好处，这也是湘怡敢于来向哥哥求援的原因。谁知，她才跨进哥哥的房门，嫂嫂李氏已尖着喉咙喊："湘平，妹妹来啦！"一面望着湘怡说，"妹夫好吗？听说他又找着好差事了，让他也提拔提拔你哥哥，你看，我们一家人都快饿死了！"

湘怡一肚子的话，只好硬咽了回去。她知道李氏并非不明白她的来意，而是故意用话来堵她的口，坐在那儿，她如坐针毡。李氏还口若悬河地、明枪暗箭地讽刺她："湘怡，你还记得以前那个张科长吗？他最近又升了职，发财了，造了一幢好漂亮的房子，又结了婚。新娘呀，还没你一半漂亮呢！当然，你以前嫌人家年纪大，没想到人家也会发财呀！把福气留给别人去享，你要嫁年轻有钱的,结果……哎哎,别谈了!只是你没缘分罢哩!当初呀,你总认为自己选的人强,不把哥哥嫂嫂的意见放在眼睛里,现在又怎样了呢?哎,妹夫还赌不赌呀?你也该管紧一点儿才是……"

湘怡坐不下去了,两个孩子又哭个不停,一个劲地喊饿。站起身来,湘怡匆匆地告了辞。湘平把妹妹送出门来,趁李氏看不见,悄悄地塞了五张十元的钞票给她,低声地说:"你知道钱都在她手里,我也没办法多给你,先给孩子买点东西吃,别饿坏了。只是,这可不是一个长久之计呀,你做什么打算呢?"

眼泪往湘怡的眼眶里冲,握着钱,她逃难似的带着孩子跑开。过了桥,在一家烧饼油条店里,买了两碗豆浆,和几个烧饼给孩子吃,自己虽然饿得发昏,却一口也吃不下去。望着两个孩子饥饿的样子,和那两张瘦削的小脸,她心脏都扭绞了起来。

"不能这样过下去了,"她心里喃喃地自语着,"决不能再这样继续下去,我要找嘉文彻底谈谈,如果他不戒赌,我只有带着孩子离开他!"

这天夜里,嘉文终于回来了,那副潦倒的样子,比以前有过之而无不及。一连赌了好几天,他早已头昏脑涨,再加上又是惨败,心里烦躁得想杀人。看到湘怡,他愤愤不平地说:"你猜怎么,我起先大赢,最多的时候赢了两万多,后来一副牌又全输回去了!他妈的老赵,一定在牌里弄了鬼,哪一天给我发现,不宰了他才怪!"

湘怡瞪视着他,呼吸剧烈地在胸腔里起伏,她有满怀的怒气要发作,又不知从何说起。嘉文看了她一眼,没好气地说:"你瞪着我干吗？连你都是一副讨债面孔，难怪我要触霉头了。"

湘怡转开了头，用背对着嘉文，牙齿咬住嘴唇，呼吸得更加沉重了。好半天，她才把那股要从体内爆裂出来的悲愤压抑了下去，用勉强维持冷静的声调说："嘉文，我能和你谈谈吗？"

"我知道，你那一套又要来了！"嘉文烦躁地往床上一躺，"我累了，你最好把话留到明天再说！现在给我弄点吃的来！"

"吃的？"湘怡冷冷地注视着他，"你知道家里这几天怎么过的吗？你知道孩子饿了多少顿吗？你——"

"算了，算了，别向我诉苦！"嘉文打断了她，"在外面受了气，回来还要听你唠叨！难道我希望孩子饿肚子？谁叫我运气不好，总是输！明天只要大赢一副，来个同花大顺，你就一年用不完了！"

"嘉文，你还是执迷不悟，"湘怡悲痛地说，"你等同花顺已经把我们等到这个地步了，你还要等同花顺！你在爸爸坟前发的誓呢？你答应李处长的诺言呢？你——"

"好了，你别再把爸爸抬出来！"嘉文喊，"你要啰唆到什么时候？我累了，要睡觉了，你知不知道？"

"要睡觉了，我知道。"湘怡绝望地说，"家是什么？你回来吃饭睡觉的地方，孩子已经快不认识你了，事实上——"她声调凄楚，"我也不认识你了，你照照镜子，你还是当年的嘉文吗？"

"你不是不认识我了，"嘉文冒火地说，故意歪曲事实，"你是只认得钱，现在我穷了，你就做出这种怪相来，等我有钱了，你就又认得我了！"

"嘉文！"湘怡气得脸色发白，"你说这些话真没良心！

我——我——我真不知道怎么嫁给你的！你气死了爸爸，气走了妹妹，现在就剩我跟着你，你还要——"

"爸爸不是我气死的！"嘉文吼着，他最怕别人说他气死了父亲，"他是死于心脏病！你最好闭起嘴来！别再啰唆个不停！我是男人，我做我愿意做的事情，你管不着！把你那些废话收起来！"

"我是废话，"湘怡含着眼泪说，"总有一天，你会听不到我的废话了。现在，已经是家破人亡了，你继续赌下去，谁知道后果会怎样？你输掉了财产，输掉父亲的生命，也输掉了你自己的人格、良心和慈善！……"

"闭嘴，"嘉文大叫，"我不要你来教训我！"

"我不是教训你，我是求你，求你看在两个孩子的面上戒赌！看看她们，那么小，那么天真，你需要养活她们，需要给她们做榜样！不要让她们长大了，别人指着她们的背说：'她的爸爸是个赌徒！'你懂吗？嘉文，你骂我也好，恨我也好，孩子是你的，为了她们，救救你自己，救救这个家吧！"

"你别说了，我会戒赌的，等我翻回一部分的钱来，现在我输得干干净净，除了赌，什么工作可以让我把输掉的再赚回来？我不会永远输，你看着吧！"

"嘉文，嘉文，我要说多少话，你才能想明白？"

"你最好什么都不要说！"嘉文懊恼地嚷，"你快变成个叽咕不停的老太婆了！假如你再啰唆下去，这个家叫我怎么待得住？"

湘怡闭了嘴，坐在床沿上，她呆呆地瞪视着窗子。好半天，才凄苦地说："你何曾在家里待住过？这个家什么时候吸引过你？自从嫁给你，我就天天在等待，我不想再等了，我等够了，再等下去，也不会等出什么好结果来……"

"闭嘴！"嘉文喊，"你能不能不开口？"

"你很快就不会听到我啰唆了，"湘怡仍然凝视着窗子，自言自语地说着，仿佛不是说给嘉文听，只是说给自己听，"我对你浪费了太多的感情，妄想你会改好，相信你本性善良，一次又一次地说服我自己，要鼓励你，说明你，因为你需要鼓励和说明。现在，我知道自己全错了，你是冷酷无情的，像个冷血动物！我真不懂，当初你为什么要娶我？如果你对我这样冷落，你就不该娶我！"

"你要知道吗？"嘉文被她持续不断的指责激怒到要爆炸的地步，尤其她每一句话里都有"道理"，而他现在最怕面对的就是"道理"。仓促中，他只想找一句话来封住湘怡的口，他从床上跳起来，恶狠狠地盯着她嚷："我根本就不应该娶你，我从没有爱过你，我爱的是唐可欣！就是因为你对我没有吸引力，我才会去赌钱！如果你能把我留在身边，我怎会逃出去呢？我赌钱就为了逃避你，躲开你！一切责任全在你身上！现在你可不可以不再说话了！"

湘怡被击昏了！她真的不再说话了，只像个石像般坐在那儿，直直地望着窗子。窗外没有什么可看的东西，他们的大门对着前面人家的后院，杂乱地堆着鸡棚和鸭笼。她的牙齿咬着下嘴唇，双手无力地交握着。她手指上已没有结婚戒指了，在一次挨饿中，她把戒指换了钱买吃的给孩子们，嘉文手上同样没有结婚戒指，他把它掷在赌桌上做"孤注一掷"，早就输掉了。她昏昏沉沉地坐着，有一段很长久的时间，她心内是空空茫茫的一片，没有意识和思想。然后，逐渐地，意识回来了，思想也回来了，她才感到可怕的绝望和悲愤。这绝望和悲愤的感觉压榨着她每一根神经，每一根血管，她扭着自己的手，把脸埋在掌心中，徒劳地和自己的哀苦无望挣扎呻吟，她没有流泪，她的泪早就流干了。

夜，那么漫长，那么寂静。嘉文已在过度疲倦后睡熟了，沉重的呼吸鼓励着夜雾。湘怡慢慢地把脸从掌心中抬起来，迷惘地望着嘉文沉睡的那张脸，他睡得并不平静，嘴巴扭动着，胸腔不平稳地起伏，或者，他梦到正围着桌子，握着牌紧张地等着下注。她叹息了一声，一时间，许多久远以前的往事，都依稀地回到眼前，和可欣在一起的时光，嘉文家里常开的舞会，狩猎的那一夜，嘉文受枪伤之后，可欣的毁婚，她的下嫁……一幕一幕的，全在她眼前流动。而现在，面对嘉文这张冷漠无情的脸，她几乎不敢相信这是她不计一切、愿意下嫁的嘉文！嘉文那几句残酷的话仍然不断地在她耳边回响：

"我从没有爱过你！我爱的是唐可欣！"

"就是因为你对我没有吸引力，我才会去赌钱！"

"我赌钱就为了逃避你，躲开你！"

她慌乱地站了起来，仿佛有谁在追赶她，茫然四顾，她不知道该何去何从！什么都错了，从一开始就错了，完完全全地错了，到如今，她将怎样安排自己呢？她走到两个女儿的床边，孩子们睡得很甜，真真的小胳膊搂着念念的脖子，无知的面庞上漾着天真的笑意。无辜的小生命！谁该对你们的生命负责呢？她把面颊埋在孩子们的被褥里，到这时才开始沉痛而无声地啜泣起来。

她哭了很久，然后慢慢地抬起头，轻轻地吻着每个孩子，吻完了，她给她们拉好棉被，盖住那四仰八叉的小胳膊和小腿。再走到嘉文床边，她对他摇摇头，低声说："你虽不怜惜我，孩子总是你的！老天哪！但愿有人能够助你！"

坐到书桌前面，她想写点什么，提起笔来，她的手剧烈地颤抖着，脑子里空空如也，什么也写不出来。窗外的鸡房里，一只大公鸡在扑动着翅膀，远处的天边，透出一线朦胧的白，天快要亮了。湘怡受惊似的望望窗外，那种被追赶的感觉更强烈了，握住笔，她匆忙地在纸上写下了几行歪斜的字：

  这一切早已过去，
  烟消云散般不留痕迹。
  尽管我曾费心寻觅，
  流着眼泪如醉如痴！
  终究这一切已经过去，
  剩下的只是残酷的真，可怕的实，
  以及那满天满地满空间时间的无奈的凄迷！

写完，她放下了笔，倚着窗子，久久伫立。一阵风卷了过来，把树梢的第一片落叶带到她的窗前，风很凉，她打了个寒噤，嗅到秋的气息了。仰头望天，寒星数点，晓月将沉，黎明快要近了。这新的一天，不知道该属于谁？最起码，不会再属于她了。

嘉文醒来的时候，已快上午十点钟了，他被孩子们的哭叫声所吵醒,坐起身子,他用手抹抹脸,还有些儿迷蒙不清。小真真在尖着喉咙哭叫:"妈妈!妈妈!妈妈!"

湘怡到哪儿去了?他有些不耐烦地喊:"湘怡!"

没有答应,真真仍然在哭叫,念念也跟着加入,他跳下床,昨晚的争执早已不存在他脑海里,他扬着声音喊:"湘怡!你在哪儿?湘——"

他猛然住了口,因为他看到湘怡了。她就倒在书桌前面,身子平躺在地下,似乎在沉睡。真真拉着她的衣服哀唤不停。她的手无力地伸展着,顺着她的手向地下看,他看到两摊殷红的血,新的血还在不断地流出来。他浑身震动,禁不住狂叫了一声:"湘怡!"

冲到她的身边,他扶起她的头来,她双目合拢,眉尖轻蹙,仿佛有无尽的委屈和痛楚。她面颊上的泪痕犹新,但是,呼吸却早已停止了。嘉文大叫了一声,拿起她的手来,刀片深深地划过她的手腕,创口那样深,可见她下手时决心之大,另一只手的创口比较浅,血也流了很多。嘉文的心脏几乎停止了,他狂乱地望着她,摇着她,呼唤她:"湘怡!湘怡!湘怡!"

湘怡的眼睛不再睁开,所有的呼唤和哭泣都与她无关了。

嘉文神志昏乱地抱起她来,把她抱到床上,他解开她的衣领,徒劳地想弄热她的身子。在巨大的昏乱中,他甚至忘记去请医生。不过,邻居们已经围着窗子看热闹了,医生和员警都在邻居的报告下来到,医生用不着太多的时间来诊断,湘怡死亡的时间大约在凌晨五时。

"她死去好几小时了!"医生简单地说,离开了床边。

"不!"嘉文狂叫,扑倒在床前面,"她还没有死,她不会死,她是骗着我玩的,"他搓着她,揉着她,哀恳地望着她。"湘怡,湘怡,"他凄楚地唤着,"你跟我说话呀,湘怡,我什么都听你的,真的,湘怡,你叫我做什么我就做什么,我再也不赌了,绝对不赌了,湘怡,湘怡,你睁开眼睛,看看我呀!湘怡,湘怡,湘怡。"他把头埋在她胸前,失声地痛哭起来。

员警无法向他问话,也没有人能劝他离开床边,他也不许别人搬动湘怡的尸体,只紧紧地攥住她的衣服,费心地和她说着话,劝她睁开眼睛来。

"你看,湘怡,你是脾气最好的,不是吗?我不好,让你生气,你骂我吧!打我骂我什么都可以,只是不要这样躺着不说话。湘怡,你看看我,看看我呀!全世界就是你对我最好,我都知道。我昨晚是胡说八道的,我爱你,真的,湘怡,我不骗你。你睁开眼睛呀!我以后再不让你伤心了,我会好好做人,重新做人,你要我怎么我就怎么,湘怡,你听到没有?"

湘怡平躺着,在那无知无觉的境界里,这些懊悔和保证对她都不再有用了!嘉文凝视着她,抚摸她苍白的面颊,吻她冰冷的嘴唇,整理她凌乱的头发。喃喃地、梦呓似的述说着他的爱情。可是,一切的温存,一切的体贴,一切的柔情蜜意,都无法唤回逝去的生命了!

"她没有死,"嘉文自言自语地说,"她睡着了。"拉开棉被,他细心地盖住她,又扶正了枕头。"我坐在这儿,湘怡,我等你醒来。每次都是你等我,现在我等你,照顾你,你会发现我是个体贴的好丈夫。"他又吻她,"你向来对我都是最仁慈的,你原谅我一切错误,不是吗?那么,再原谅我一次吧!湘怡!好湘怡!别生我的气,别这样不理我,湘怡,好湘怡……"

一位邻居太太看不过去了,用手推推他,劝解地说:"好了,杜先生,人已经死了,还是准备后事要紧,伤心也没用了!"

什么?人已经死了?嘉文深深地注视着湘怡,那张哀愁的脸没有丝毫生气,他看了很久,突然明白了,是的,她已经死了!不会再复活了,扑倒在她身上,他一恸而不可止,号啕地喊着:"湘怡,湘怡,该死的不是你,是我呀!"

第二十四章

　　大地混沌昏暝，时间停滞不动，天地未开，世界是一片原始的洪荒地带，空旷、寂寞而凄凉。太阳早已沉落，沉落在无数星球的底层，全宇宙都充塞着黑暗与虚无。空间辽阔得无际无边，找不到一点掩护和遮蔽。嘉文的意识就沉睡在这一片荒芜里，醒觉的是刺痛的感情，像杂乱蔓生的藤葛，彼此纠缠又彼此压榨。他坐在湘怡的坟墓前面，在冬日黄昏的冷风里，已坐了整整两小时了。头埋在掌心中，手指深深地插在乱发里，像一个树桩般一动也不动。距离湘怡死亡，已经四个月了。那是初秋，现在已是深冬，墓地里充满了肃杀的气氛。一阵风来，黄叶纷飞，嘉文仍然埋着头不稍移动。直到暮霭渐浓，风声渐厉，他才慢慢地把头从掌心里抬起来，注视着面前的一抔黄土。他无法猜想这土堆里躺着的湘怡现在怎样了，也无法相信这土堆就掩尽了湘怡的音容笑貌和一切。墓碑边已杂草丛生，亚热带的冬天草不枯萎，墓碑的下半截都埋在草丛中。一株小草尚有这样顽强的生命力，但湘怡一去就不复回。墓碑上，是嘉文在那段昏乱的日子里写下的句子，不为湘怡而写（她无法看见了），是为他自己而写：

> 她流尽了她的眼泪，
> 而今躺在这里长睡不醒，
> 她的生命以泪珠堆积，
> 又何幸长睡不醒！

墓碑上没有死者的名字，下款刻的是：

——使她流泪的人立——

或者，这只是一种阿Q精神，一种赎罪的方式。写在那儿，让过路的人都看得见，以交卸一些良心上的负荷。不过，现在，当他在暮色苍茫中，看到这几行隐隐约约的字迹时，他只感到无聊、没有意义和滑稽可笑。湘怡不需要这些说明，路人也不需要知道这个，他的罪愆和负疚，也不能因这几行字而减轻分毫！面对这块墓碑，使他仿佛面对一面镜子，照出自己，竟那样懦怯虚伪和可憎！站起身来，他把手轻轻地压在那冰冷的墓碑上，心底迷惘恍惚，似乎接触到的不是墓碑，而是湘怡温暖的胳膊。湘怡这一生，从来没有做过任何伤害别人的事，只有这一件。把悲哀和苦痛留给活着的人，她就这样一声不响地悄然隐退。他还记得埋葬时的一幕，李处长指着他的鼻子骂他是败类，湘怡的嫂嫂哭叫着，扯着他的衣服，要他把妹妹的命赔出来，两个孩子惶然地呼唤着妈妈,几位好心的邻居围着棺木垂泪叹息……那段可怕的日子,他所有的感觉都几乎麻木,只模模糊糊地感到湘怡做了一件残忍的事情,一件最残忍的事。而今,四个月过去了,这漫长的四个月,似乎比四百个世纪还要长久,他就挣扎在一个孤独黑暗无际无边的荒漠里,被那种孤苦无告和恓惶的情绪压迫得要发疯。湘怡存在的时候,他很少重视她,但,当她去了,他才知道自己如此孤独,除了孤独之外,他在一次比一次加深的痛楚的怀念里,初次衡量出湘怡在他心中的分量。可欣不再存在了,他眼前浮动的全是湘怡的影子,湘怡的笑,湘怡的泪,湘怡祈求而哀恳的目光……

抚摸着墓碑,他站了很久很久,冬日的晚风穿过了旷野,一株高大的凤凰木筛落下许多细碎的叶片。他抬头向天,灰黑色的云层正密密地堆积着,天空暗淡而苍凉。苦涩的情绪逐渐从他胃部向上升,不断地蔓延扩大……他闭了闭眼睛,眩晕地摇摇头,轻声说:"湘怡,你错了,你不该这样遗弃我。以前,当全世界的人都远离我的时候,你总是忠心耿耿地站在我身边,现在,连你也遗弃了我,你叫我怎么支撑下去?"用手指无意识地画着墓碑,他咬了咬嘴唇,"我没有办法再寻回你,我愿意用一切的一切,换得你在我的面前,那么,我可以告诉你许多事情,许多你活着的时候我没说出的话,可是,现在……"苦涩已升到他的喉咙口,又迅速地升进他的眼眶,他狠狠地摆了一下头,摆不掉那份凄楚。拉拉大衣的前襟,他回转身子,望着山坡上的小路,又喃喃地低语了一句:"我要走了,湘怡,帮助我借到一笔钱,帮助我……活下去。"竖起大衣的领子,他拖着滞重的脚步,离开了墓碑,离开了湘怡,离开了荒凉的山头,离不开的是自己的恓惶、孤苦、寂寞和懊丧。

走进了市区,他垂着头,在汽车穿梭的街道上无精打采地走着。霓虹灯纷纷地亮了,街灯跟着大放光明,车头上的灯像流动的火炬,不停不休地在大街小巷滑行。人群挨着肩膀擦过去,匆匆忙忙的,不知赶向何方。他站住了,有些诧异地望着身边流动的一切事物,奇怪着全世界都在"动",只有他"静止"。一辆街车在他身后疯狂地按着喇叭,更多的街车回应了起来,司机们把头伸出车窗咒骂,他才突然发现自己正停在街心,成了交通的阻碍。他慌张地退到人行道上,愣愣地看着那些车子,心里恍恍惚惚地在想,当全世界都在"动"的时候,原来想静止也不能静止。真的,他似乎也不能停在人行道上了,一个交通警察对他走了过来,用狐疑的眼光上上下下地打量他,他下意识地拉拉自己的大衣,这件破旧的呢大衣也相当狼狈,上面布满了灰尘和油渍,扣子早就掉光了,里面的绸里子拖出了袖口,必须时时把它塞进去。他用手抚摸着好几天未刮胡子的下巴,和那一头乱蓬蓬的头发,希望员警不把他当小偷或流氓看待。不过,员警先生显然并无恶意,只温和地问了一句:"你喝了酒吗?"

"酒?"嘉文怔了怔,咽了一口口水,他已经一天没吃饭,更何况酒?"没有。"他伸手摸摸大衣口袋,嗒然地把空手抽了出来,"我一毛钱都没有,怎会喝酒?"

"那么,你站在街心干什么?"

"我?"他又怔了怔,"不干什么。"

员警对他注视了几秒钟,终于说:"好吧!那你回去吧!别站在街中间阻碍交通。"

他点点头,转过身子,向前面慢慢地走去。"回去吧!"这三个字提醒了他,真的,他该回去了。一清早,他就被孩子饥饿的哭叫所吵醒,出门的时候,他原准备马上就回去,他想找找旧日的同事,借个一百两百的,或者一十二十也好,买点吃的给孩子们带回来。可是,才跨出门,他就想起所有的旧日同事,他早就借遍了,根本不可能再借到钱,于是,他只好在街上闲荡,希望能意外地碰到一两个熟人,可以开口借一点。但是,上帝没有帮他忙,荡了一个上午,他竟连半个熟人也没碰到。午后,他曾在父亲工作的银行门口站了半小时,考虑要不要进去,想想看,上至董事长、协理、经理、处长,下至职员、工友,他几乎都欠了债没还,他的脸皮就是再厚,也没勇气走进去。终于,他还是垂着头离开了银行,没有钱,没有吃的,他怎能回家面对那两个嗷嗷待哺的孩子?无可奈何中,他禁不住又想起了湘怡,湘怡在就好了!她能得到人的喜爱和同情,他只能得到轻蔑和冷淡!湘怡,湘怡,湘怡!一时间,他整个心里充塞的都是湘怡。于是,他走向了山坡,走向了墓地。

现在总该回去了,两个孩子在家里一整天,孤单单的无人照应,又没吃的喝的,现在不知道会哭成什么样子了。他身不由己地向归路走去,神志陷在一种半昏迷的状态里,但是,脚步却越走越快了。到了巷子口,他一眼就看到隔壁的张太太,正和一个员警在他家门口办交涉,两个孩子挤在一块儿,站在屋檐下发抖。出了什么事?他冲过去,真真眼尖,首先发现了父亲,就尖叫了一声:"爸爸!爸爸!"

接着，就哇的一声大哭起来，念念也跑过来，一把抱住嘉文的腿，也哭着大喊："爸爸！爸爸！"两个孩子缠在嘉文的脚下，把满是眼泪鼻涕的小脸在他的大衣上揉着搓着。嘉文本能地用手护住了孩子，带着点敌意对那员警说："你要做什么？"

"这两个是你的孩子吗？"员警指着真真和念念问。

"是的。"

"我们接到报告，说有两个孩子整天没人管，也没东西吃，我来查问一下是怎么回事。"

嘉文看了张太太一眼，张太太瑟缩了一下，立即就振作了，直视着嘉文，她坦白地说："是我去找他来的，你的孩子快要饿死了，我们自己的孩子也多，不能天天帮你带她们，这样有一顿没一顿的，你还不如让她们到孤儿院去，在那儿，最起码她们可以有三餐饭吃！"

"不！"嘉文突然愤怒了，瞪视着张太太，他哑着嗓子说，"我不把孩子送孤儿院，我还没死呢，为什么我的孩子该进孤儿院？你别管闲事！"

张太太的脸涨红了。"好哦，"她愤愤地说，"你一个大男人，养不活孩子，我天天帮你忙，找东西给她们吃，你还怪我管闲事！我是看在你死去的太太身上，看在孩子太可怜的分儿上，才插手来管这件事！狗咬吕洞宾，不识好人心！以后我就闭着眼睛不管，又不是我的孩子，饿死了也不关我的事！"掉转身子，她头也不回地走进自己的家门，砰然一声把门关上。

这儿，员警打量着那个落魄的父亲。

"好了，杜先生，希望你不在家的时候，最好找个人来照顾一下孩子,否则太容易出事。有父亲的小孩,就是要送孤儿院也送不进去,不过,这样常常让孩子挨饿总不是办法!"

"我在失业。"嘉文叽咕了一句。

"你可以去找工作哦,台湾从来不会有人找不到工作的,何况你还是个大学毕业生呢!"

员警走了,嘉文牵着两个女儿走进屋里,心内禁不住涌起一股怆恻之情,堂堂七尺之躯的男子汉,竟养不起两个孩子,这还算人吗?屋内一片漆黑,他伸手摸到电灯开关,灯不亮,换了一盏灯,仍然不亮,他诅咒地骂:"怎么回事?见了鬼!"

"穿制服的人把电线剪掉了!"真真用她早熟的声调,细声细气地说,"张妈妈说灯不会亮了,我们没有缴钱。"

嘉文呆了呆,就沉坐在一张椅子里,长叹了一声。用手捧着头,他像碾磨般把头在掌心里转来转去,喃喃地、反复地说:"我怎么办呢?天哪,要我怎么办呢?"

"爸爸,黑黑!"小念念提出抗议了,"我看不到你。"她用一只瘦骨嶙峋的小手,触摸着嘉文,以她自己发明的语言说:"黑爸爸,黑姐姐。"没有灯时的爸爸是黑的,姐姐也是黑的,她拍拍自己,"黑念念。"然后才说到主题,"黑念念饿,黑念念要包包。"

看来她将来会成为个文学家,嘉文好奇地把手放下来,在黑暗中注视着他的小女儿。念念有对充满灵秀之气的眼睛,在暗夜里仍然闪着光彩,那小小的鼻头和嘴就看不清楚了。站起身来,他摸黑找到了一段台风时用剩的蜡烛,燃起蜡烛,他再望向两个女儿。烛光下,一对童稚无知的孩子,都仰着天真的小脸,带着股好奇和不解的神情，望着她们的父亲。两个孩子，真真聪明慧黠，念念美丽憨厚，只可惜都已骨瘦如柴，面有菜色。假若是以前的家庭情况，两个孩子白白胖胖的，在草地上跳跳蹦蹦，一定是一幅美丽的图画，而今呢？家破人亡，什么都别谈了！

真真把一个小手指塞进了嘴里，轻轻地说："爸爸，你买什么给我们吃？"

念念立即附和："爸爸，我要一块大——大饼。"她夸张了那个"大"字。

"爸爸，妈妈呢？"真真问。

"妈妈消饭饭。"念念永远把"烧"念成"消"，"念念要吃。"

"爸爸——"真真用手推拉着父亲的手臂，哀求地唤。

"爸爸——"念念跟着喊。

嘉文跳了起来，他自己的肚子里也在叽里咕噜乱叫，饿得眼睛发花，嘴里冒酸水。孩子们的哀呼撕碎了他，他逃避似的喊："别吵！都给我闭嘴！"

真真的嘴唇瘪了瘪，眼圈发红，她是十分容易受伤的。眨动着眼睛，她委屈地说："我要妈妈！"说完，猛然哇地大哭了起来，一面叫着："妈妈！我要妈妈！妈妈——"

念念受惊吓地看着姐姐，嘴一扁，也跟着大哭大喊："妈妈！妈妈！妈妈——"

"我的天哪！我的上帝！"嘉文用手蒙住耳朵，逃出了大门，站在门外，他瞪视着门里哭成一对泪人儿似的孩子，又听到那口口声声唤娘的声音，心脏扭紧了，浑身都抽痛痉挛起来。门外很冷，寒风像刀子般地刮过他的面颊，卷进了小屋，桌上的蜡烛被

309

冷风扑灭了。正哭成一团的孩子又受到黑暗的惊吓和恐怖，就更加尖锐地大哭大叫："妈妈！哇——妈妈——"

"你们等着，"嘉文的声音抖颤，被寒风吹散了，语不成声，"你们等着，我去弄钱，一定弄来——一定。你们等着——等着。"

带上房门，把一对小女儿关在黑暗的屋内，他踉跄地奔向了大街，几乎是不经思索地，他在街车的隙缝中横冲直撞，终于来到一幢西式建筑物的前面。站在那屋子的廊柱底下，他喘着气，低头望着寒碜的自己。他没勇气按门铃，可是，孩子要吃的！伸出手去，他机械地把手压在门铃上。

门开了，一位衣着整洁的女仆狐疑地望着他，他有气没力地说："我要见李处长。"

"你——贵姓？"女仆问，"有没有名片？"

"没有，我要见李处长。"

女仆的狐疑加深了。"你等一下。"门砰然关上，女仆进去了。好一会儿，门上的一个小方洞打开了，露出了李处长的一对眼睛。嘉文神经质地抽动着肩膀，莫名其妙地苦笑起来，喃喃地说："李处长，我不是来抢劫的。"

门开了，李处长拦门而立，严厉地看着他："你要干什么？"

"借我一点钱！我的孩子快饿死了！"他厚颜地说。

"你知道我几乎被你拉垮吗？为了你，我欠下三四万块钱，你还有脸来向我开口？"李处长的眼珠凸了出来。

"我只要五十块！"

"我告诉你，五角钱都不借！"

"不——借——"嘉文低低地重复着李处长的句子，"我的孩子要饿死了。"

"你还是个男子汉吗?"李处长声色俱厉,"多好的一个家庭,被你弄到如此地步,你还有什么脸做人?别向我伸手,嘉文,我不会给你一分钱!你的孩子要饿死了,你去工作呀!去赚钱呀!"

"我找不到工作。"他低低地嗫嚅。

"找不到?去踩三轮车去!去擦皮鞋去!去卖奖券去!要不然,你就到街上去讨饭去!无论做什么都可以,用你自己的力量去养活你的孩子,我们一角钱也不借!"

砰然一声,门关上了,李处长消失在门内。嘉文呆呆地站在那儿,好久好久,才机械地转过身子,一步一步地向街头挨过去。孩子们饥饿之状,犹在眼前,哭啼之声,犹在耳畔,他不能回去。一小时后,他停在以前的协理门前,但是,却为一个粗暴的男仆挡了驾:"协理不在家!"

他累了,倦了,饿了。风似乎越来越刺骨,寒冷凝固了他每一根血管。他拖不动自己的脚步,在深夜的街头,也不知该何去何从。可是,他没忘记孩子的哭声,没忘记应该弄些吃的东西回去。他走着,不断地走着,他的脚变得有一百斤重了,一千斤重了,一万斤重了……然后,他来到湘怡哥哥的家门前。

"看在湘怡的面上,"他乞求似的说,"请借我五十元!"

"是你?杜嘉文?"李氏气势汹汹地冲了过来,"你逼死了我们的妹妹,还要跟我们借钱吗?你这个没良心的流氓!我早知道你不是东西!只有我们那个傻妹妹会爱上你,弄得死都没个好死!姓杜的,你小心点,我们没要你赔款就算好的,你还来借钱!你不是有钱家的少爷吗?不是有洋房汽车吗?看看你,这个乞丐样子，就是我那位妹妹选中的好丈夫呀！"

嘉文逃出了郑家，整个大杂院里的人都伸出头来张望，李氏还在后面穷嚷穷叫，指给邻居们看，数说着他的百般罪状……他又回到大街上了，风比刚才更冷，夜比先前更寒，他的脚步比来时更沉重。俯视着自己，他看到一身的肮脏，一身的耻辱，和一身的罪恶。靠在一株电线杆上，他闭上眼睛，心底辗转呼号："湘怡，我怎么办呢？湘怡？"

湘怡没有答复他，也没有人能够答复他。裹紧了大衣，他重新向前面走去，脑海里在搜索着能借钱的任何一个人名。最后，像灵光一闪，他想起了老赵，这个人曾在赌桌上赢走了他的万贯家财，虽然不是他一个人赢的，但他是那赌窟的老板，他赢得了大部分。现在，他总可以借给他一百两百吧？

有了一线新的希望，他的脚步就轻快多了，走过大街，穿进那条暗沉沉的小巷，他找着那家被掩护得很好的赌窟。可是，门口的门房挡了驾。"你不能进去，我们老板交代的。"

"请他出来好吗？我要和他讲几句话。"他低声下气地说。

老赵出来了，用那对斜吊眼上上下下地打量着嘉文，叼着香烟的嘴角带着个似笑非笑的表情，嘲弄地说："怎么，嘉文，好久没看到你了。是不是又筹到了资本，要来玩一下？"

"我不是来赌的——"嘉文吞吞吐吐地说，"我需要一点钱用——大概两百元。"

老赵一语不发地望着他，半天才说："怎样呢？"

"想向你通融一下。"

"哈哈，"老赵干笑了两声，"两百元有什么关系，不过我今天手气不顺,已经输了两万多,实在没有钱来借给你了,你还是去和别的朋友借借看吧!"

"我——实在没人可借了,"嘉文恳求地望着他,"就借我一百吧。"

老赵冷酷地摇摇头。

"那么,五十元!"

老赵再摇头。

"三十!求求你,就借我三十吧!"嘉文抹掉了全部的自尊,哀求地喊,"你从我手里拿走了那么多钱,把我弄到现在这样的地步,就向你借三十块,你难道都不肯吗?"

"笑话!"老赵的笑脸消失了,代替的,是一层冰冷的寒霜,"赌钱的时候有输有赢,你自己的运气不好,怪得了谁?我又没骗你的,抢你的,怎么说我从你手里拿走了钱呢?我输的时候也有呀,我可没说谁拿走了我的——"

"我不是这意思,"嘉文急忙赔罪,"只是我需要一点钱,你就借我一点吧!"

"我告诉了你,我今天没有!你去向别人借去!"

"几十块都不肯吗?"

"几块钱都不行,借钱出去要倒霉的,我手气正不好,你别烦我了!"

"那么,我和你再赌一次!"嘉文咬牙地说。

"你用什么资本来和我赌?"老赵冷笑地问。

"用我的生命!"

"哈哈哈哈!"老赵纵声大笑起来,"嘉文,你别傻气了,你的生命值什么钱?"

"我的生命是不值钱,"嘉文的眼睛冒着火,"我就向你借一点钱跟你赌!"

"我没兴趣,"老赵说,"你走吧,嘉文!老实告诉你,你已经不是我们的物件了,我们早调查过你,你没有一毛钱可以输了,现在,你还是趁早走吧!"

"好,我明白了,"嘉文重重地喘着气,"你们是一个骗局,你们骗走了我全部的财产,好,我明白了,"他掉转了身子,"我要去告发你们,我要去检举你们!"

"慢着!"老赵拦住了他,"你是聪明人,别做傻事,员警抓不住我们的,你也知道,对不对?你别给我们找麻烦,赌钱的事,一个愿打,一个愿挨,我们可没扯着你的耳朵逼你赌,是你自己送上门来的!假如你给我们找麻烦的话,你也知道那个后果是什么……"

老赵向身子后面看了一眼,于是,嘉文发现有两个彪形大汉,正慢慢地走了过来,这两人是嘉文熟悉的,在老赵赌钱的时候,他们总是斯斯文文地端茶倒水,侍候客人。嘉文不自觉地后退了一步,了解他们想做什么。血向他的脑子里冲去,他的眼睛发花,神志昏乱,体内每根血管都爆胀了。喘息着,他瞪着老赵,哑声说:"你这个魔鬼!"

"你到现在才知道?哈哈!"老赵冷笑着,"是你自己要与魔鬼为伍呀!"

"我——我要你的命!"嘉文红着眼睛,扑了过去。

"你试试看!"老赵亮出了一把小刀。

嘉文什么都看不到了，他已丧失理智，丧失思考，只想扼杀面前这个人，这个魔鬼，这个毁了他一生前途的地狱使者。他扑了上去，用尽他浑身的力量。在他这一生中，这恐怕是他最勇敢的行为了，他扼住了老赵的脖子，死命地扼着，把他所有的悲痛、耻辱、仇恨都压在老赵的脖子上，直到他什么都不觉得了，什么都看不到了。

他的手指失去了力量，身子向地下滑，躺倒在小巷的柏油路上。有一阵时间，他似乎还朦朦胧胧若有所知，意识浮在白云中，轻飘飘地忽远忽近，他仿佛看到了湘怡，她离他那么近，他几乎可以触摸到她。"湘怡！"他无声地呼唤，他的湘怡。他没想到可欣，或者他曾爱过可欣，但那是太遥远以前的事了。

他在送医院的途中死去，身上一共挨了二十一刀。

第二十五章

一九六三年,十二月。

这年的寒流来得特别早,十二月已经相当冷了,从月初开始,细雨就整日整夜地飘飞起来。雨季加上寒流,台北的冬天似乎并不可亲,但是,对于甫从美国归来的纪远和可欣而言,却是他们一生中见到过的最美丽的冬天。站在松山机场的大门前,望着一片雾蒙蒙的天和地,望着机场前那块圆形的新栽草皮,望着来来往往的人,喜悦和兴奋使他们忘记了举步。可欣拉着纪远的手腕,大大地透了一口气:"假若湘怡知道我们回来了……"

她没有把话说完,和湘怡不通音信已经五年多了,虽然寄了无数的信,但都被退了回来。然后,因为忙碌,他们也不再写信了,直到动身归来前一星期,才又按原址寄出一封信,通知湘怡他们的归期,而现在,他们站在松山机场的台阶上,湘怡却渺无踪影。可想而知,湘怡一定又没收到这封信。雅真站在一边,她老了,鬓边已全是白发,但比离开时还显得健康些。肤色红润,眼睛也奕奕有神。伸长了脖子，她四面张望着，喃喃地说："我没有看到杜家的人。"

"他们一定搬家了，我明天就可查出他们的地址来。"纪远说，一面拉住了正在台阶上跳上跳下的小威和小武。两个小家伙结实健康，长得一模一样，引得好些旅客驻足注视。

一辆黑色的小汽车疾驰而来，停在机场前面，从里面走下一位四十几岁的、矮矮胖胖的男人。四面打量了一下，他就径直走向纪远，礼貌地问："您是纪工程师吗？"

"不错。"纪远点点头。

"我是陈经理，我来接您。"

"噢，不敢当。"纪远点了个头，微笑地把可欣和雅真介绍了一遍，又按着两个孩子的头，要他们叫陈伯伯，这次纪远回来，是接受××建筑公司的聘请，膺总工程师的职位。大家客套了一番之后，就把行李搬上了车子。纪远全家上了车，陈经理愉快地说："你们的家已大致布置好了，公司代你们押了一幢房子，在中山北路，如果你们不满意，可以另外再找，家具是内人给你们选的，不知道合不合意。今天晚上，内人请你们全家到舍下便饭。"

"哦，真不好意思，让你们为我们忙，"纪远说，"我怎么也想不到，你们会连房子都帮我们准备好了！"

"我知道，你们全家回来，最需要的一定是先要找个'窝'，所以我们就代你找了！"陈经理笑着。

可欣也笑了，这是个细心的人，这也是个充满人情味的世界，她没有多说什么，但她的感激挂在嘴角上，闪在眼睛里。

噢！台湾，台湾，总算回来了。车窗外的树木飞驰着，一幢幢的建筑在后退，整洁的敦化北路，繁荣的南京东路……台北的变化很大，计程车取代了三轮车的地位，当年荒凉一片的南京东路已建筑了无数的高楼大厦，观光旅社比比皆是，连那些女士小姐，也似乎比往年时髦漂亮了！

"妈！妈！你看！那辆车子好滑稽哦！"小威兴奋地大嚷大叫，指着一辆三轮车，"那个人坐在上面会不会摔下来？"

"还有那个！"小武指着辆手推板车喊。

"别叫了，像乡下人进城啊！"可欣低声地说，沉溺在自己的愉快和喜悦里，一切都那么可爱，一切都那么亲切！纪远和陈经理已经聊开了，谈公司的情况，谈台北的变化，谈国外的生活……可欣听不到那些，她只陷在那层逐渐汹涌高涨的喜悦浪潮里。见到湘怡，第一件事要告诉她什么呢？嘉文不知道改变了多少？应该成熟了，稳重了，是个大男人了。他还会恨她和纪远吗？湘怡还会介意她对嘉文的影响吗？还有杜沂，他和雅真这段故事的完结篇会是什么？孩子们呢？真真和念念一定很漂亮，因为她们有很漂亮的父亲和母亲。他们还有没有更小的孩子？五年没消息了，五年，足以发生许许多多事情呢！

车子到达了目的地，两个孩子首先跳下了汽车，好奇地张望着他们的新居。陈经理开了大门，首先进入眼帘的，是一个面积广大的花园，原来的主人一定很爱花木，院子里一片绿荫，叶片被雨洗亮了，光洁清爽。房子意外地大，包括五间卧室和一间大客厅，已粗具规模，都有了若干家具，只要再添一些，就可以非常舒适了。可欣高兴地四顾着，不住地向陈经理道谢。陈经理没有久坐，知道他们新搬来，一定有许多东西要整理，叮嘱了吃晚饭的事，就告辞了。

陈经理走了之后，纪远脱下大衣，往沙发里一坐，深呼吸了一下，已开始在享受"家"的温暖了。两个孩子前前后后地奔窜，打开每间房子的门去"探险"。雅真也到处打量着，不肯休息。可欣看中了客厅里的电话，走到电话机旁边，她拿起听筒，迟疑了一会儿，纪远说："想打给杜家？他们不会再用原来的号码了，你不妨先查查电话号码簿。"

可欣在茶几底下找到了电话号码簿，查了半天，纳闷地说："没有嘉文的名字，也没有杜伯伯的名字。"合上号码簿，她说，"姑且拨拨以前的号码看，我还记得。"

纪远嘴边掠过一抹微笑，可欣知道他是笑她对嘉文的号码记得那么清楚，就也冲着纪远微笑。这么多年来，"往事"仍然是他们彼此嘲谑的好资料。电话拨通了，她刚刚"喂"了一声，对方就问："什么地方？"

"什么？"她愣了愣。

"你们不是叫车吗？"

"你是哪儿？"可欣问。

"××计程车行！"

"有没有一位杜先生？"可欣急急地问。

"没有！"

电话挂断了，可欣看了看纪远。

"不对了，是家计程车行。"

"我猜到不会是的，他们多半搬了家，也换了电话。"纪远说,走到可欣身边,从她手里拿过电话听筒,"让我来试试看,我有办法。"

他查了查电话号码簿,就拨了一个电话到杜沂的银行里,电话立即接通了,纪远说:"请杜总经理听电话。"

"杜总经理?"接线小姐诧异地说,"我们的总经理姓谢,不是姓杜。"

纪远皱皱眉,这是怎么回事?

"那么,原来那位杜总经理呢?"

"我不知道!"这接线小姐显然是新来的。

挂断了电话,纪远看着可欣耸了耸肩,说:"大概杜伯伯已经离开××银行了。"

雅真慢慢地走了过来,她听到了整个打电话的经过,坐进椅子里,她轻声说:"我们离开七年了,七年中的变化一定很多,我总觉得有什么不对,这两天心神不定,有种不祥的预感,或者,他们遭遇了一些什么……"

"妈,"可欣打断了母亲,"不会的,他们不可能遭遇什么,您别多愁多虑,顶多是搬了家,杜伯伯退休了,嘉龄结婚了,湘怡生了一大堆儿女,忙得没有时间写信……"

"杜沂不会没时间写信的。"雅真低低地说,说给自己听。

"或者他另外结婚了,不好意思写信!"可欣冲口而出地说。说了就后悔了,只得把头转开,装作不在意。

雅真看了女儿一眼,笑了。"真的,这倒有可能性!"她说,站起身来,准备去开箱子。六十岁的人了,还像小儿女般多情,岂不可羞?为了掩饰自己突然感到的窘迫,她开始整理他们的新居。

"算了！"纪远也站起身来，"胡思乱想地瞎猜有什么用？我们还是整理东西吧，今天把家先布置好，安定下来，明天我去杜家旧居问问，看他们搬到哪里去了。如果问不出来，也可以去银行里，找杜伯伯的旧同事打听一下，反正，总会找出他们的下落来，这么多年都过去了，又何必急在一时呢？"

家，整理好了。紧接着的三天，纪远夫妇就忙于各方面的宴会和应酬，简直抽不出一点儿时间来。第四天，新请的女佣阿菊上任，纪远和公司里的人也都见过了，公司给他一星期的假期来安置家务，他们才算能喘一口气。早上，纪远出门的时候，带着个含意颇深的笑，注视着可欣，可欣明白他的意思，抿着嘴角，她说："别那样神秘兮兮的，希望晚上你能带着湘怡回来。"

"不带嘉文吗？"纪远扶着门框，调侃地说。

"带来嘛，给他看看你头发里面那道被花盆打的伤痕！"

纪远的手从门框上滑下来，落在可欣的肩膀上，稍一用力，可欣的身子就倒进了他的怀里，他的唇贴住她的，带着种崭新的热情和压力，两道黑眉毛掩护下的眼睛，依旧和当年一般地灼热逼人。

"在没有找到他们之前，我要告诉你一句话。"他低声地说，盯着她的眼睛，"我——"

"你什么？"

"我爱你。"

一句古老的话，几千年来不知被人重复过多少次了。但是，可欣的面颊涌上一股红晕，头脑里掠过一阵晕眩的快乐，已有许久许久,她没有听纪远说这三个字了。七年半的婚姻生活不是一段短时间,一切神秘的已变成熟知,新颖的已成为陈旧,不再有诱惑,不再有波动,也不再有试探和研究的兴趣,加上工作的忙碌,机械的生活,磨光了几许"情调"!这三个字又重新有了它的刺激和吸引力。可欣闭上眼睛,深吸了口气:"唔,再说一遍。"

"我爱你。"

"再说一遍。"

"我爱你。"

"再说——"

"别傻了!"他放开她,吻吻她的面颊,困惑地望着她,"你像个小新娘,我不相信你是两个孩子的妈妈了。"他欲走又停,"你猜怎么,可欣,我对嘉文仍然有点酸溜溜的,很怕有一天,你会懊悔你的选择。"

"傻话!"可欣轻轻地说,把满含笑意的眼睛转开,她喜欢他那点"醋意",这使她明白自己的"分量"。

纪远走了,可欣回到屋里,一面指导着阿菊处理家务,一面沉湎在和湘怡重聚的幻想中。一整天,她都心神恍惚,忽忧忽喜。雅真却很宁静,一心一意地给两个外孙补习中文,他们都该进小学一年级了,还不会写自己的中文名字。在雅真心中,杜沂这么久不通音信,一定有了变故,最大的可能性,就是又结婚了,这也未为不可,到底不是年轻人了,各种风霜和波折都遭遇得够多,人也变得镇静和淡泊了。何况,她从不认为会和杜沂有怎么样的结果,许多时候,有个缺陷比完全的完美还好些,她乐意于享受自己的生活,自己的秘密的感情(数十年如一日),和自己这份缺陷。

午后四时左右,纪远打电话回家,说不回来吃晚饭了,他的声调有些特别,向来冷静的他,似乎碰到什么问题,显得有些激动。

"你找到嘉文他们的新居没有?"可欣迫不及待地问。

"还没有,我到原来的地方去过,也问过邻居,据说,杜家五九年就不住在那儿了。我又去看了杜沂的老同事,一位姓李的,本来是处长,现在已升任业务处经理,和他谈了很久……"他的语声中断了。

"怎样呢?"

"等我回来再详谈吧,我还要去继续打听一下。或者我得到的消息并不确实……"

"你得到什么消息呢?"

"再谈吧!我想去……可欣,你记得湘怡哥哥的住址吗?我想去找找湘怡的哥哥。"

"我记不清了,好像他在××机关做事。住址是厦门街,你知道我以前很少到她哥哥家去的。"

"好,我去机关里打听。"

"早点儿回来哦,我急于听你的消息。"

"我知道。"

放下电话,可欣感到一阵怔忡和心跳,会有什么事呢?嘉文和湘怡?为什么纪远的语气显得那么严重?或者他们的感情很坏,离婚了,湘怡又改嫁了,所以纪远要到湘怡哥哥家去打听。无论如何,情况并不简单,也并不乐观。但是……这到底是怎么回事呢?

"你不用走来走去,"雅真望着女儿,"总之,他们不会从地面上隐没的。"

晚餐之后,纪远迟迟不归。小威和小武又在模仿西部牛仔了。"砰砰砰!""砰砰砰!"假枪假刀的声音闹得人头昏脑涨。假若是女孩子就好了!可欣收拾着他们散了一地的玩具时,不由自主地想着。她渴望见到真真和念念,但是,她们在哪儿呢?

深夜,孩子们睡了,屋子里就出奇地宁静。纪远仍然没有回来,也没有来电话。可欣和雅真面面相对,几百种臆测,几千种想象,却谁也不想说出来。随着时间过去,两人不祥的预感都越来越重,最后,可欣不耐地说:"这个纪远,怎么回事?也不打个电话回来!"

"别急,他一定有消息了,恐怕不是电话里说得清楚的。"

可欣靠进沙发里,她不断地想象着湘怡,胖了?瘦了?还是和以前一模一样?嘉文呢?当年那欢笑的一群,如在目前,还有那卡保山的狩猎!卡保山,那满山红叶,别来无恙否?但愿能集合十年前原班人马,去重访卡保山!十年?有十年了吗?算算看,真的,已经整整十年了。可是,那月夜下的山和树,那长夜的期待,还和昨天的事一样。纪远背着负伤的嘉文,越过岩石,涉过激流,走过峭壁……一次打猎改变了多少人的命运!但愿嘉文和湘怡比她和纪远更幸福,但愿!假如有个童话中的仙女,给她一个愿望的话,她就只有这一个愿望了!

深夜十二点半,纪远回来了,他看来疲倦而乏力,眼睛暗淡,脸色灰白。握着可欣的手,他严肃而低沉地说:"我要和你单独谈谈。"

雅真看看他们夫妇,已经明白事情不妙,她没有多问什么,就一声不响地退回了自己的房里。纪远在沙发上坐了下来,把可欣拉到他的面前,用一对恳切而哀伤的眼睛,深深地望着他的妻子。

"你有勇气接受打击吗,可欣?"

可欣的嘴唇失去了颜色,但她的背脊是挺直的。

"告诉我吧!"她低低地说。

纪远从大衣口袋里掏出一张几年前的剪报,默默地递给可欣。可欣看到被红笔圈出来的一段社会新闻,标题是触目惊心的几个大字:"赌徒的下场!"

下面的小字标题是:"深宵小巷演出血案　富家子弟刀下丧生",再下面,还有两行更小的字:"疑凶赵某某已落网并破获庞大赌窟"。

可欣一语不发,表现得出乎意外的冷静,她慢慢地看完了整个新闻的内容,才抬起头来,静静地注视着纪远。纪远又递了另一张剪报给她,是这件案子的宣判,赵某判处了终身监禁,从犯都分别判了十年二十年的徒刑。新闻的标题是两句颇发人深省的话:"杜嘉文一失足成千古恨　赵某某再回头已百年身"。

放下了报纸,可欣轻声地问:"湘怡呢?"

"也死了,在嘉文之前四个月,是自杀的。"

可欣垂下了头,好半天,她一动也不动。纪远揽着她,感得到她身子的战栗,一不做,二不休,他把另一个坏消息也透露出来:"杜伯伯死得较早,是死于中风。"

可欣震动了一下,坐进沙发里,用手托着头,她一语不发。什么都完了,整个的杜家!她所有的幻想,重逢的快乐,欢乐的一群,卡保山重寻红叶……什么都没有了!她的好友,她无日或忘的朋友们……什么都没有了!她坐着,合上眼帘,一股热气从她胸部向上升,凝结成一团硬块,哽在喉咙里,她费力地要把那个硬块压下去。纪远的手温暖地握着她,低声说:"如果你想哭,就哭出来吧!"

可欣缓慢地摇了摇头,她的理智已经接受了这个事实,感情却还没有接受。不知道过了多久,她才能用勉强的声调,呻吟地问:"孩子们呢?嘉龄呢?"

"嘉龄下落不明,她在杜伯伯死后就离开了杜家,据我收集的资料,他们在卖掉房子以后就三餐不继了,嘉文输掉了全部财产,逼得湘怡自杀,他自己死后还负债累累。孩子们——我打听不出确实的下落,湘怡的哥哥已经搬家了,听说,两个孩子都在孤儿院,我准备明天去台北的几家孤儿院调查一下。"

可欣又沉默了,她从没想到杜家会有如此悲惨的下场。她沉默了很长久很长久,当她再抬起眼睛的时候,尽管脸色苍白,但眼里并没有泪。挺了挺脊梁,她接受了这个事实。

"他们只有两个孩子?"她问。

"是的,真真和念念。"

"我们找到她们,把她们接回家来,我一直想要两个女孩子。"可欣轻轻地说,"至于嘉龄,我们可以登个寻人启事,她已经二十八岁了,多半已经结了婚。不过,我们一定要找到她。"她从沙发里站起身来,安静地说:"现在,我去把这个消息告诉妈妈。"

纪远注视着可欣的背影，许多时候，他觉得可欣坚强得令人心折。那挺起的肩膀稳定而勇敢，仿佛可以肩负全世界的重量。望着她消失在雅真的房门口，他的眼眶发热而潮湿了。他自己也不明白流泪的原因，是为了杜家可悲的命运，还是为了可欣可感的坚强？

第二天是奔波的一日，纪远经过了许多周折，终于打听到湘怡哥哥的住址，湘平已经调任课长，分配到一幢较好的宿舍，生活环境应该比以前改善了很多。但是，李氏在七年间，又连生了三个子女，经济情形也就相当拮据了。在郑湘平那儿，纪远总算获得了杜家由盛而衰、由衰而败的全部经过，湘平感慨地说："嘉文死后，两个孩子真可怜极了，本来，我们应该领来养育的，但是，我们自己的孩子都养不好，怎么能再增加两个呢？最后，还是把她们忍痛送进了孤儿院，两个小女孩，长得乖巧玲珑。唉！"

纪远知道他说的是实话，他们的情形，确实不可能再负担两个小孩了。要了孤儿院的地址，他匆匆告辞，急于去找寻那两个小孩，临走的时候，湘平又叫住了他："纪先生，我知道你们是嘉文最密切的朋友，嘉文死了之后，遗物里有一包湘怡的日记，和杜沂的诗稿文稿，如果你们有兴趣保留，可以拿去，放在我这儿是没用的。"

"好的。"纪远取得了这包东西，离开了郑家。

孤儿院很快就找到了，那是个设备还很不错的公立育幼院。但，因为天气严寒，衣物缺乏，孩子们一个个都不胜瑟缩。纪远立刻见到了真真和念念。

一时间,他说不出任何一句话来,真真有张倔强而聪明的小脸,以一种木然的眼光望着他,薄薄地带着份敌意,抿得紧紧的小嘴唇,有种不妥协的神情。念念比她的姐姐漂亮,弯弯的眉毛下有对柔和的眼睛,她一定遗传了湘怡全部的好脾气。纪远把两只手分别压在她们的小肩膀上,温柔地说:"孩子们,我来带你们回家去!"

转过头,他对站在一旁的院长说:"我能立即带她们走吗?我要领养这两个孩子。"

院长摇摇头,说:"我们很欢迎有人能领养她们,但我们需要调查一下你们的家庭,还要办理若干手续。"

"你马上可以知道我的家庭情形!"纪远说,他立即打了一个电话给可欣,要她带有关的证件来。又打电话请来陈经理夫妇,让他们给他的家庭做证,郑湘平也赶来了,他们在三小时之内,办妥了领养的手续,这可能是这育幼院里办得最快的一次领养手续了。办完之后,那院长点着头说:"你们的热情实在使我感动,尤其你们才刚刚回台湾。"

"你不知道我们和她们父母的关系!"可欣低声地说,用她的大衣裹住两个孩子,把她们圈在她的臂弯里。她望望真真又望望念念,含泪说:"你们是我的女儿了,我会用我的全部生命来爱你们!"把真真额前的短发拂到脑后去,她仔细打量着那张表情僵硬的小脸庞。

"你出世的时候,除了医生护士之外,是我第一个抱你的,你知道吗?"她低问,把两个孩子紧紧地拥在胸前。没想到当日产房里答应湘怡的一句话,竟成谶语!

把孩子带上了计程车,可欣长长地吐出一口气。

"嘉龄,现在要找的是嘉龄了!"

回到家里,一对孪生子立即围了过来,好奇地研究着他们的新姊妹。雅真接受打击的力量比可欣更强,知道杜沂全家的遭遇后,她始终没有表现出什么悲痛来,但是,当她见到真真和念念后,眼泪却一涌而不可止。等到夜静更深,她再在遗物中看到杜沂临终那首诗"两地云山总如画,布帆何日斜阳挂?倘若与君重相逢,依依剪烛终宵话……"的时候,她就更是泪不可止了。

第二十六章

嘉龄在何方？嘉龄在何方？嘉龄在何方？

报上的寻人启事，已经刊登了整整半个月，嘉龄仍然音信全无。纪远向各方面打听，找寻曾和嘉龄来往过的朋友，甚至托警局代为查访，可是，嘉龄就像从地面隐没了，消失得无踪无影。纪远和可欣是不会放弃希望的，报上的启事继续刊登。查访也一直没有停止，但，圣诞节来了，阳历年也过了，嘉龄的踪迹依然杳无可寻。

连日来，纪远走在大街上，已经习惯性地要对年轻女性都多看几眼，或者会踏破铁鞋无觅处，得来全不费工夫呢！他脑子里的嘉龄，依旧是十八九岁时的样子，所以，对十八九岁的少女，他就特别敏感一些。因此，这天，当公共汽车站上的一个少女不住地对他注视时，他就禁不住要心脏猛跳了。

但是，这绝不是嘉龄，这少女很年轻，大概不会超过二十岁，穿着一件朴素的黑大衣，怀里捧着一大撂书，不知是哪个大学里的学生,长得清秀文静,有一对很灵活的、似曾相识的眼睛。纪远暗中纳闷,这少女仿佛在哪儿见过,但,他离开这么多年,这是不可能的!他正想走开,那少女却突然开口了:"纪大哥!你是纪大哥,对吗?"

纪远怔住了,接着,他就像发现新大陆般跳了起来,忘形地抓住了那少女的手腕:"小辫子!是你吗?你长得这么大了,我都认不得了!"

"而且没有小辫子了!"小辫子摸摸自己烫得短短的头发,兴奋地笑着说,"你什么时候回来的?这么久一封信都不写来,我祖母一直记挂着你!"

"阿婆好吗?我起先太忙了,没时间写信,后来给你们写了信,也没收到回信。"

"我祖母已经去世三年了。"小辫子的笑容收敛了,"她死于肝硬化,在医院里住了半年。"

"噢。"纪远叹息了一声,拉住了小辫子的手臂,"我们找一个地方坐坐,谈一谈,好不好?你现在要去哪儿?"

"去上课,我在师大读书。既然碰到你,我今天就不去上课了。"

在附近一家咖啡馆,他们坐了下来。要了两杯咖啡,他们打量着对方。纪远回忆着当年那个调皮捣蛋的小女孩,实在有些不相信就是今天这个文质彬彬的大学生。好一会儿,纪远才问:"你还住在原来的地方吗?"

"不,"小辫子摇摇头,"早就不住在那儿了。我们的房子是违章建筑,后来都市计划,房子受命拆除,我们就连地都卖给了政府,现在,我们房子的地方已盖了一幢最豪华的观光旅社了。"

"你现在住在哪里?"

"和几个同学合租了一间房子,很小很挤,标准的冬冷夏热。"

"你的经济情形不好吗?"纪远关怀地问。

小辫子的脸微微红了一下。

"本来房子和地得到一笔钱,但是,祖母住医院的费用,和后来办丧事的费用付掉之后,就没有什么钱了,那时我还在读中学,苦撑了几年,考上师大,才算比较好些了。我现在,公费可以勉强够我用,等放了寒假,再找个家教的工作,就会好得多了。"

纪远深深地望着小辫子,沉思地用小匙搅着咖啡。小辫子微笑地抬起头来,说:"谈谈你吧!纪大哥,你在美国怎么样?过得很不错吗?你的太太呢?有几个小宝宝?"

她的一连串问题使纪远失笑了,放下咖啡匙,他的脸正了正,恳切地说:"帮你介绍一个工作,去不去?只要利用你课外的时间就行了,管膳宿,月薪五百元。"

"什么工作?"

"教四个小孩念书,三个小学一年级,一个小学二年级,两男两女。"

"你是说家庭教师?"

"是的,去不去?"

"这样的待遇似乎太优厚了,对我当然是求之不得,"小辫子犹豫着,"只是——这是什么家庭呢?为什么出这样高的待遇请家庭教师?"

纪远微笑着，含蓄而温和地望着面前的少女。"是我家，教我的孩子。"

"噢，"小辫子惊异地张大眼睛，"纪大哥！"

"来吧！小辫子，"纪远鼓励地说，"我家的地方很大，空下好几间卧室没人住，而且，四个孩子也真需要一个有经验的人来教教他们，可欣是最怕寂寞的，一定会欢迎你，如果你跟我们住在一起，我保证你会生活得很快乐。"

小辫子垂下了眼帘，当她的睫毛再扬起来的时候，她的眼眶里已充满了泪，点点头，她轻声说："要请家庭教师是假的，给我找个安身的地方是真的，对吗？纪大哥？我还有什么好说的，我愿意去住。祖母死了以后，你不知道我多寂寞！而且，我相信祖母有知的话，她会赞成我去的。她一直那么喜欢你，说你像我那个被日本人征去当兵、一去不回的爸爸。当然，"她又加了句，"你的年龄只能当我的纪大哥。"

就这样，小辫子迁入了纪家，而且，立刻和可欣成了好友，又和孩子们建立了一份良好的关系。七岁的真真始终有种反叛性，不大肯和人接近，小辫子融解了她。笑容逐渐涌现在真真和念念的面颊上，童稚的欢乐恢复了，何况，可欣又那样竭尽全力地去照顾这两个小女孩，小辫子热心地教他们念书，教他们游戏，教他们"爱"。在这样的环境下，没有一个孩子还能"孤立"自己。于是，一天，真真主动地走到可欣面前，第一次喊她"妈妈"。把她的小手放在可欣的膝上，她用发现大新闻的口气说："妈妈，我知道怎么分别小威和小武了，小威的头发边上有一颗小痣。"

"真的吗?"可欣发生兴趣地问,故意不在意她所称呼的那声"妈妈"——她一直拒绝喊可欣作"妈妈"。

"真的,只有一点点大。"

"你怎么看到的呢?"

"我帮他梳头呀!他的头发总是乱七八糟的!"女孩子到底是女孩子,她已经要照应比她小的弟弟了。

孩子们交朋友是容易的,孩子们和大人的亲近也是容易的,没有几天,这个家庭已和洽得不能再和洽了,到处都有欢笑,到处都有温情,只是,嘉龄仍然不知流落何方?

快要过旧历年了,大气出奇地冷,接二连三来了几次寒流,又加上一直在下雨,气候坏到极点。这样的气候下出门旅行,似乎不是什么愉快的事情。但是,纪远却对这次旅行抱着极大的兴趣和希望。他终于接到情报,说嘉龄在台中一家舞厅中化名献唱,他立即赶往台中,好在台中没有雨,可是,也冷得相当够受。

晚上,纪远来到了那家名叫蓝星的舞厅,这不是第一流的舞厅。布置得非常粗俗,暗沉沉的灯光,雾腾腾的空气,加上一些廉价的香水味,舞池里人影憧憧,不断地扭动旋转,音乐疯狂地响着,充满了世纪末的情调。他找了一个位子坐下,立刻有两个舞女舞到他面前来,他摇摇头,慢慢地燃上一支烟。

侍者走了过来,他叫了杯橘子水,对侍者轻轻讲了几句话,侍者狐疑地望着他,然后走开了。没多久,侍者陪着舞厅的经理过来了,纪远拉开身边的椅子,和那经理交换了一张名片。经理不解地问:"你请我来有什么事吗,纪先生?"

"我来打听一个名叫银妮的歌女,听说她在这儿献唱。"

"是的，"经理微笑了，"你喜欢她？"

"她很受欢迎吗？"纪远答非所问。

"说实话，并不怎么受欢迎，"那经理坦白地说，"她很固执，爱唱的歌才唱，不爱唱的就不肯唱。她的年纪也大了点，现在，比她年纪轻，什么都肯唱的歌女很多……"经理咽住了，觉察到自己透露得太多了，"纪先生问她做什么？"

"她的真姓名叫什么？"

"她姓杜，我们就叫她银妮小姐。"经理说，"她是被高雄××舞厅介绍来的，我们和她签了一年合同。"

"合同满了没有？"

"我知道了，"经理自作聪明地说，"你想请她去唱歌，是吗？合同还没满，钱倒都给她预支光了，我并不反对和她解除合同，只是她得先偿还欠的钱。"

"一共欠了多少？"

"大概一万元左右，要查一查才知道。"

纪远掏出了支票簿，说："你能去把她的合同和借据找出来吗？我要马上带她走，我希望没有什么牵缠。"

"呃，"经理呆住了，"那——那不大好办，她这样一走，临时没人接替……"

"在她借款之外，我另外赔偿你五千元，怎样？"

经理错愕地望着纪远，不知道这是哪儿跑来的"大头"？对于银妮，他们早就不满了，既不肯跟客人周旋，又不肯暴露色相，死死板板地唱她那几个"艺术歌曲"，天知道，到这儿来的客人还有什么艺术的？再加上她那份坏脾气，动不动就砸东西骂人。假若不是因为她欠了太多的钱,他们早就要请她走路了。现在,忽然从天上掉下来这样一个人,愿意为银妮清偿债务,他们又何乐而不为呢?点了点头,他站起身来,基于江湖义气,他又踌躇着说了句:"这位小姐并不是很好惹的,纪先生和她交情很深吗?"

"你放心吧!"纪远微笑地说。

经理进去了。这儿,纪远再燃上一支烟,望着舞池中的人影。一支舞曲结束,灯光忽然亮了起来,纪远本能地一震,嘉龄出来了!嘉龄,不管她化作任何名字,纪远依旧认得出来。她不再是往日的那个小女孩了,纪远带着沉痛的心情,望着她那张脂粉堆积着的脸庞。才二十八岁,应该也不会如此憔悴呀!脂粉掩饰不住她的苍白,那职业化的笑容里,每个笑痕中仿佛都挤得出泪水来。一件敞胸的黑色洋装裹着她,那裸露的肩头应该不胜寒冷,消瘦得可以看出骨骼。怪不得经理说她不受欢迎,青春似乎对她特别吝啬,那张当年焕发的脸庞已换上了疲倦和苍凉,看不出丝毫的光彩。对满座的客人机械地点了个头,她开始唱一支《绿岛小夜曲》。她什么都变了,只有歌喉依然圆润动听,婉转轻柔。纪远不禁听得呆住了。

一曲既终,场子里响起几声疏疏落落的掌声,不给人赞美的感觉,倒带着点讽刺的意味。经理走到纪远的身边,把嘉龄的合同和借据交给他,说:"她还要唱一支歌,让她唱完吧!"

纪远点了点头,大略地看看那些资料,就签了一张数字很可观的支票给经理,说:"我希望不再有什么麻烦。"

"哦,当然,当然,纪老板。"经理一迭连声地答应,把纪远不知当作哪家新开夜总会的老板了。

嘉龄又开始唱起一支歌来，纪远忍不住地大大震动了一下，那是一支熟悉的歌，他第一次听到它是在杜家的客厅里，也是嘉龄唱出来的。那时杜宅宾客盈门，觥筹交错，嘉龄尚不解人间哀愁，用天真的神情，唱出这支歌曲。和今日置身舞厅，苍凉地吐出那一个个的字，有多大的不同！他屏息敛气，听着嘉龄哀婉的歌声：

有一条小小的船，漂泊过东南西北，西北东南。
盛载了多少憧憬，多少梦幻，船儿美丽，梦儿旖旎，穿过海洋，渡过河川，来来往往无牵绊！
春去秋来，时光荏苒，憧憬已渺，梦儿已残，美丽的小船，不复昔日的光辉灿烂。
经过风暴，涉过险滩，盛满时光，载满苦难，何时才能卸下这沉沉重担？
经年累月，漂泊流连，白日苦短，夜来苦寒，何处是我避风的港湾？
我已疲倦，我已颠顶，憧憬已渺，梦儿已残，何处是我停泊的边岸？
我已疲倦，我已颠顶，何处是我停泊的边岸？
憧憬已渺，梦儿已残，何处是我避风的港湾？

歌声结束，嘉龄低低地弯下腰来，对听众鞠了一躬。转过身子，她迅速地走向后台。纪远抛下了站在一边的舞厅经理，也向后台走去，仓促中，他似乎还听到经理在讨好地说："这是她最爱唱的一支歌，非常——非常艺术！"

纪远来到后台，正赶上嘉龄从前面退下来，她低垂着头，显得不胜疲倦。纪远迎了过去，在她的意识还没有恢复以前，他已经用自己的大衣裹住了她，遮住了那可怜兮兮的肩膀。他轻声地说："你累了，嘉龄，我来接你回去。你该到一个港湾里，好好地避避风浪了。"

嘉龄愕然地抬起眼睛来，一看到纪远，她什么都明白了。她曾在报上看到纪远和可欣找寻她的启事，尽管那启事无比地吸引她，她却没有勇气把这有着罪恶和堕落的痕迹的身子，带到纪远和可欣的面前。这么多年来，她挣扎过，奋斗过，堕落过——一直在声色场中打转。现在，她是真的疲倦了。瞪视着纪远，她说不出话来，只觉得眼睛越来越模糊，越来越朦胧……泪珠滑下了她的面颊，新的泪珠又涌了上来。纪远的胳膊绕住了她的肩头，拥着她，他说："让我们回去吧，叫一辆计程车直回台北，四小时以后，我们就可以到家了。"

"我——"嘉龄啜嚅着，"我还有合同和一些债务。"

"放心吧，都已经帮你弄清楚了。"

"还有——我的衣服。"她想转身去取衣服。

"别管它了！"纪远说，"你还会有新的衣服，旧的所有的一切，都可以埋葬了。"

就这样，他们上了计程车。

"我堕落过，曾经有个孩子，害小儿麻痹症死了。"嘉龄轻轻地说，急于想托出自己最坏的一面。

"我都知道,"纪远打断了她,事实上他并不知道,但他也不想知道,"可是,现在都过去了。"伸头看看车窗外的天空,高漠的穹苍里,几点寒星在闪耀着。他微笑地说:"明天会有太阳。"

车子发动了,向台北的方向疾驰而去。

故事写到这里,应该可以结束了。不过,把时间延后半年,在纪家,还有一个小小的插曲。

这是星期天,一清早,嘉龄就知道家里要招待客人吃午饭。早上,是可欣和嘉龄两个人一起上的菜场,她们买了一条活的鲤鱼,又买了螃蟹和海参。回到家里,可欣亲自下厨,指导阿菊如何如何下锅。小辫子忙着把四个孩子打扮得整整齐齐,真真、念念都是一头长发,系着大蝴蝶结,小威、小武穿上白衬衫、西服裤,神气活现。纪远也失去一向的镇静,不时在房里绕出绕进。到十点多钟,纪远出去了。十一点钟,他打了个电话给可欣,可欣听完只是笑,雅真坐在一边,也望着可欣微笑,仿佛他们都有种默契和了解。到十一点半,纪远和客人都没来,可欣突然想起忘了买点花来插瓶,似乎花是必不可少的。她对嘉龄说:"嘉龄,去帮我买一束花来,到花店去买,要几朵百合,几朵郁金香,和几朵黄玫瑰。"

嘉龄去了,一连跑了好几家花店,都买不到郁金香,使她怀疑可欣是故意要调走她的,最后,她总算在中山北路一家花店里买到了两朵郁金香。拿着花回到家里,一走进门就觉得家中的气氛有些不对,弥漫着一层看不见的喜悦和兴奋。

她才跨进客厅,迎面有个男人站在那儿,因为她高举着花束,那男人显然误会了她那把花的意义,他顺手接过了花,对她温柔而诚恳地微笑着。"嘉龄,谢谢你。"他轻声地说。

嘉龄愣住了,张大了眼睛,她瞪视着面前这个男人,那熟悉的微笑,那熟悉的瘦长身材,那熟悉的一字眉!她张开嘴,半晌,才欢呼地叫:"是你!胡——胡——糊涂鬼!"

一屋子都爆发了欢笑。大家欣然入席,彼此举杯祝福。安排这次见面,使纪远和可欣大费苦心,蒙在鼓里的嘉龄这时才知道胡如苇是上午十时半刚抵达松山机场的。他已经拿到了博士学位,回来当副教授。比起以前,他看来稳重而成熟了。

"如苇,"可欣望着他,"为什么一直没结婚?"

"我还在等待。"胡如苇轻声地说,不知是说给谁听的。

饭后,大家聚在客厅里,欢笑是无止无休的,许多故事都发生了,过去了。属于以前的已再抓不回来,属于未来的还可以创造。大家笑着谈着,但是,当话题不期而然地转到嘉文和湘怡身上时,大家就都不由自主地沉默了。只听到花园里小辫子正在教孩子们唱一支歌,歌名是《拉纤行》,歌声里充满欢乐和喜悦:"前进复前进,大家纤在手,顾视掌舵人,坚强意不苟……骇浪惊涛中,前进且从容,无涯终可至,南北或西东……"

"一支很好的歌,"纪远打破了沉默,"或者人生是一条船,有着漫长而疲倦的航行,但是,'意志'是自己的舵手,航行的方向,只在于舵手的稳定与否而已。"

或者是的。全房间没有人答话,每人都陷在自己的思想里。人生是一条船,怎样的船?怎样的航行?怎样的方向?何处是港口和边岸?何时能停泊和休息?……有许许多多人生的问题,都不是任何人所能答复的。

孩子们的歌声依然在继续着:"步伐我既整,舵也掌得稳,行程要有方,涉险要能忍……"

——全书完——

一九六五年七月十五日于台北

（京权）图字：01-2024-1762

图书在版编目（CIP）数据

船 / 琼瑶著. -- 北京：作家出版社，2024.10
（琼瑶作品大合集）
ISBN 978-7-5212-2846-5

Ⅰ.①船… Ⅱ.①琼… Ⅲ.①长篇小说-中国-当代 Ⅳ.①I247.5

中国国家版本馆 CIP 数据核字（2024）第 089040 号

版权所有 © 琼瑶

本书版权经由可人娱乐国际有限公司授权作家出版社出版简体中文版
非经书面同意，不得以任何形式任意重制、转载。

船

作　　者：	琼　瑶
责任编辑：	杨兵兵
装帧设计：	棱角视觉　纸方程·于文妍
出版发行：	作家出版社有限公司
社　　址：	北京农展馆南里 10 号　　邮　编：100125
电话传真：	86-10-65067186（发行中心）
	86-10-65004079（总编室）
E-mail：	zuojia@zuojia.net.cn
http://	www.zuojiachubanshe.com
印　　刷：	河北京平诚乾印刷有限公司
成品尺寸：	142×210
字　　数：	239 千
印　　张：	10.75
版　　次：	2024 年 10 月第 1 版
印　　次：	2024 年 10 月第 1 次印刷
ISBN	978-7-5212-2846-5
定　　价：	46.00 元

作家版图书，版权所有，侵权必究。
作家版图书，印装错误可随时退换。

品 琼 瑶 经 典

忆 匆 匆 那 年

琼瑶作品大合集

1963	《窗外》	1981	《燃烧吧！火鸟》
1964	《幸运草》	1982	《昨夜之灯》
1964	《六个梦》	1982	《匆匆，太匆匆》
1964	《烟雨蒙蒙》	1984	《失火的天堂》
1964	《菟丝花》	1985	《冰儿》
1964	《几度夕阳红》	1989	《我的故事》
1965	《潮声》	1990	《雪珂》
1965	《船》	1991	《望夫崖》
1966	《紫贝壳》	1992	《青青河边草》
1966	《寒烟翠》	1993	《梅花烙》
1967	《月满西楼》	1993	《鬼丈夫》
1967	《翦翦风》	1993	《水云间》
1969	《彩云飞》	1994	《新月格格》
1969	《庭院深深》	1994	《烟锁重楼》
1970	《星河》	1997	《还珠格格第一部1阴错阳差》
1971	《水灵》	1997	《还珠格格第一部2水深火热》
1971	《白狐》	1997	《还珠格格第一部3真相大白》
1972	《海鸥飞处》	1997	《苍天有泪1无语问苍天》
1973	《心有千千结》	1997	《苍天有泪2爱恨千千万》
1974	《一帘幽梦》	1997	《苍天有泪3人间有天堂》
1974	《浪花》	1999	《还珠格格第二部1风云再起》
1974	《碧云天》	1999	《还珠格格第二部2生死相许》
1975	《女朋友》	1999	《还珠格格第二部3悲喜重重》
1975	《在水一方》	1999	《还珠格格第二部4浪迹天涯》
1976	《秋歌》	1999	《还珠格格第二部5红尘作伴》
1976	《人在天涯》	2003	《还珠格格第三部天上人间1》
1976	《我是一片云》	2003	《还珠格格第三部天上人间2》
1977	《月朦胧鸟朦胧》	2003	《还珠格格第三部天上人间3》
1977	《雁儿在林梢》	2017	《雪花飘落之前——我生命中最后的一课》
1978	《一颗红豆》	2019	《握三下，我爱你——翩然起舞的岁月》
1979	《彩霞满天》	2020	《梅花英雄梦之乱世痴情》
1979	《金盏花》	2020	《梅花英雄梦之英雄有泪》
1980	《梦的衣裳》	2020	《梅花英雄梦之可歌可泣》
1980	《聚散两依依》	2020	《梅花英雄梦之飞雪之盟》
1981	《却上心头》	2020	《梅花英雄梦之生死传奇》
1981	《问斜阳》		